MICHAELA KÜPPER
Witwenrallye

MÖRDERISCHER WETTLAUF Auf der Suche nach einem gestohlenen Pferd landet Privatdetektivin Johanna Schiller bei Manfred Krämer, einem Exknacki, der wegen des Überfalls auf einen Geldtransporter im Gefängnis saß. Er engagiert sie, um seine abtrünnige Frau Ellen aufzuspüren. Johanna ist erfolgreich, das Paar spricht sich aus. Aus Sorge, ihr Auftraggeber könne seiner treulosen Ehefrau etwas antun, hält Johanna während des Wiedersehens vor dem Haus Wache. Die Nacht verläuft friedlich, doch am Morgen fährt ein Leichenwagen vor. War die Aufregung um die Versöhnung zu viel für den herzkranken Manfred Krämer?

Krämers Tochter Rachel schaltet sich ein. Ihr Vater habe vor wenigen Wochen einen Brief erhalten, der einen Hinweis auf das Versteck des geraubten Geldes enthält. Absender war Krämers vor Kurzem verstorbener Bruder Werner, der Hauptinitiator des Überfalls. Wurde Manfred Krämer aus Geldgier ermordet? Während Johanna dies herauszufinden versucht, liefern sich die jungen Witwen ein rasantes Wettrennen um die Beute.

Michaela Küpper ist freie Autorin und Redakteurin. Sie wurde im niederrheinischen Alpen geboren und ist in Bonn aufgewachsen. In Marburg studierte sie Soziologie, Psychologie, Politik und Pädagogik. Heute lebt sie mit ihrer Familie in Königswinter am Rhein. »Witwenrallye« ist ihr dritter Krimi.
www.michaelakuepper.de

Bisherige Veröffentlichungen im Gmeiner-Verlag:
Wintermorgenrot (2015, E-Book Only)
Entlang der Sieg (2014)
Wildwasserpolka (2013)

MICHAELA KÜPPER
Witwenrallye
Kriminalroman

Besuchen Sie uns im Internet:
www.gmeiner-verlag.de

© 2015 – Gmeiner-Verlag GmbH
Im Ehnried 5, 88605 Meßkirch
Telefon 07575 / 2095 - 0
info@gmeiner-verlag.de
Alle Rechte vorbehalten
1. Auflage 2015

Lektorat: Katja Ernst
Herstellung: Julia Franze
Umschlaggestaltung: U.O.R.G. Lutz Eberle, Stuttgart
unter Verwendung eines Fotos von: © Francesca Schellhaas / photocase.de
Druck: GGP Media GmbH, Pößneck
Printed in Germany
ISBN 978-3-8392-1765-8

Personen und Handlung sind frei erfunden.
Ähnlichkeiten mit lebenden oder toten Personen
sind rein zufällig und nicht beabsichtigt.

0.

»Im nächsten Monat hätten wir unseren 13. Hochzeitstag gefeiert, ist das nicht furchtbar?« Für einen Moment wendet sie mir ihr spitzes, blasses Fuchsgesicht zu, um gleich wieder den Blick zu senken.

»Ich dachte, Sie wollten sich scheiden lassen«, wage ich einzuwenden und fahre mit dem Zeigefinger das winzige Rosenmuster der Tischdecke nach. Draußen hupt jemand, ein LKW rollt an, ein Moped knattert, der morgendliche Berufsverkehr hat längst eingesetzt. Durch das halb geöffnete Fenster weht ein Luftzug herein und bauscht die lindgrünen Vorhänge. Er trägt mir einen Geruch nach Babycreme zu, der von ihr ausgeht. Und den von etwas Likörartigem.

»Er war ein wunderbarer Mensch, ein ganz wunderbarer Mann«, sagt sie plötzlich in einem brüsken, beinahe trotzigen Ton, als müsse sie ihn verteidigen, und ich bin mir nicht sicher, ob sie meine letzte Bemerkung gehört hat.

»Aber mit ihm zusammenleben wollten Sie nicht mehr. Immerhin sind Sie zu Hause ausgezogen.« Eine Feststellung, ruhig und sachlich vorgetragen.

Sie schaut auf, und jetzt bleibt ihr Blick an mir haften. »Warum sagen Sie das?«, fragt sie scharf. »Was wollen Sie überhaupt? Ich muss nicht mit Ihnen reden.«

Nein, das muss Sie nicht. Aber sie braucht auch nicht zu lügen. Über niemanden wird mehr gelogen als über frisch Verstorbene. In den Todesanzeigen wimmelt es von wunderbaren Menschen, da fragt man sich doch, was aus den ganzen Arschlöchern wird, die das Zeitliche segnen. Und wenn wir ehrlich sind, spricht vieles dafür, dass ihr Gatte zu letzterer Kategorie gehörte.

Okay, ich geb's zu: Ich habe schlechte Laune; die letzte Nacht ist mir gehörig auf die Stimmung geschlagen. Ich stehe auf und hole mir den Rest Kaffee aus der Kanne, obwohl er übel nach Lakritz schmeckt, aber ich brauche das Koffein.

»Wir haben uns geliebt, trotz allem«, beharrt sie in fast kindlichem Tonfall. »Wir wollten es noch einmal miteinander versuchen. Weil wir zusammengehören. Weil wir doch gesagt haben: bis dass der Tod uns scheidet.«

Und der kam überraschend plötzlich, denke ich. Für eine Nacht sehen sie sich wieder, und prompt ist er hinüber.

Sie beginnt zu weinen. Ich wundere mich einmal mehr. Wenn das Schicksal einen von beiden ereilen soll, dann sie, hätte ich gestern noch gewettet. Aber jetzt sitzt sie quicklebendig vor mir, und mein Auftraggeber ist tot. Ein unvorhergesehener Umstand, der Fragen aufwirft – beispielsweise die, wer nun eigentlich meine Rechnung begleicht. Muss eine Ehefrau, deren Gatte eine Detektei beauftragte, sie zu beschatten, nach dessen Ableben für die erbrachte Dienstleistung aufkommen? Mich überkommt die finstere Ahnung, dass ich diesen Fall unter der Rubrik »shit happens« ablegen kann. Und dabei hatte alles so gut angefangen …

1.

»Frau Schiller, nicht wahr? Schön, dass Sie gekommen sind.« Wenz empfängt mich im gepflasterten Innenhof des Reitstalls Röcklingen, sein Händedruck lässt den Landwirt erkennen. Ich nicke und lächle, weil Nicken und Lächeln gut ist, wenn man mit einem neuen Klienten warm werden will. Oder muss. »Es geht um Ihr verschwundenes Pferd?«

»Genau. Wie ich schon am Telefon sagte: Dieser Kerl hat Stjörnugnýr einfach mitgenommen, letzten Dienstag, also vor drei Tagen.«

»Und Sie wissen, wer es war?«

»Im Prinzip schon. Er hatte ja vorher Linda gekauft, das andere Pferd, aber das wollte er dann offenbar ...«

Stopp. So geht das nicht. »Entschuldigen Sie bitte, aber ich komme nicht ganz mit«, unterbreche ich ihn. »Wir sollten besser noch einmal von vorn anfangen, bei den grundsätzlichen Dingen.«

»Wie Sie meinen.«

Die grundsätzlichen Dinge sehen so aus: Reinhard Wenz besitzt einen Reitstall in Windeck-Röcklingen, den er zusammen mit seiner Frau Inka führt. Inka ist ausgebildete Reitlehrerin und leitet den Unterricht, er kümmert sich vor allem um den Hof. Die Wenz' besitzen zwölf Schulpferde, hinzukommen etwa 15 Einstellpferde und vier weitere Tiere, die sie ausschließlich privat reiten. Gestohlen wurde ein vierjähriger Islandwallach mit dem nahezu unaussprechlichen Namen Stjörnugnýr, ein wertvolles Tier, aber nicht das wertvollste im Stall. Für die Zucht ist er logischerweise ungeeignet und als Reitpferd bislang nur bedingt tauglich, da er noch nicht ganz eingeritten ist. Auch das mindert den Marktpreis, wie mir Wenz erklärt. Allerdings besäße das Pferd gute Anlagen zu Tölt und Pass, den speziellen zusätzlichen Gangarten der Isländer, weshalb es zukünftig vielleicht einmal zu einem guten Rennpferd heranreifen würde.

»Kann das der Grund für den Diebstahl gewesen sein?«
Wenz zuckt die Achseln. »Wenn ich das wüsste.«
»Waren Sie bei der Polizei?«
»Ja, klar.«
»Und?«
»Die kümmern sich drum.«
»Wieso wenden Sie sich dann an mich, wenn ich fragen darf?«
»Die Polizei hat viel zu tun«, meint Wenz unbestimmt und kickt ein Steinchen beiseite. »Stjörnugnýr ist das Lieblingstier meiner Frau, verstehen Sie?«
»Ich verstehe. Allerdings glaube ich nicht, dass ich viel für Sie tun kann. Sie kennen den Täter, und in diesem Fall scheint mir die Polizei der beste Ansprechpartner zu sein.«
»Wer sagt, dass ich ihn kenne?«, widerspricht Wenz. »Ich habe keine Ahnung, wer dieser Typ ist. Die Kaufpapiere hat er unterschrieben mit Carsten Vogel, aber das ist offenbar nicht sein richtiger Name, sagte mir die Polizei.«
»Also hat er das Pferd gekauft, aber nicht bezahlt?«

»Nein. Er hat Linda gekauft, eines unserer Schulpferde, aber Stjörnugnýr hat er mitgenommen.«

»Eine Verwechslung vielleicht?«

»Eine Verwechslung?« Wenz schnaubt verächtlich. »Linda ist ein Englisches Reitpony, eine Fuchsstute, und Stjörnugnýr ein schwarzes Islandpferd. Da ist eine Verwechslung wohl ausgeschlossen. Außerdem hat der Kerl ja zuerst Linda in den Hänger geladen.«

»Und wie ist er dann an Stjörn… äh …« Der Name will mir einfach nicht über die Lippen. »Wie ist er an das Islandpferd gekommen?«

»Er hat den Wallach unbemerkt von der Weide geholt.«

»Es fehlen also beide Tiere?«

»Nein. Linda hat er dagelassen. Die stand abends auf der Koppel, dafür war Stjörnugnýr weg.«

Was für eine verworrene Geschichte. »Hat er gesagt, für wen er das Pferd kaufen wollte?«, frage ich.

»Ja, es sollte für seine Tochter sein. Er meinte, er suche ein braves, zuverlässiges Tier für sie, weil sie Reitanfängerin sei.«

»War sie Schülerin hier, die Tochter?«

»Nein, ich glaube nicht.«

»Sie *glauben* nicht? Hat er denn einen Namen genannt?«

Wenz runzelt unwillig die Stirn. »Ja, irgendeinen Vornamen, aber den weiß ich nicht mehr.« Er bemerkt meinen skeptischen Blick. »Hören Sie, hier springen an die hundert Mädchen herum, die kann man sich nicht alle merken.«

»Sie wissen also nicht, wie Ihre Schülerinnen heißen?«

»Nee. Doch. Meine Frau, die schon.«

»Kann die sich vielleicht erinnern?«

»Nein. Sie war ja nicht dabei.«

»Also gut. Er wird vermutlich nicht die Wahrheit gesagt haben, sonst wäre es zu einfach, ihm auf die Spur zu kommen. Und gezahlt hat er sicher auch nicht?«

»Doch, in bar.«

Die Antwort überrascht mich. »Dann haben Sie ja immerhin Ihr Geld erhalten. Oder einen Teil des Geldes.«

Wenz zieht ein Gesicht, als hätte ich das Gegenteil behauptet. »Es geht mir nicht ums Geld«, sagt er säuerlich, »es ist das Lieblingstier …«

»… Ihrer Frau, ich weiß. Sind Sie ihm nur dieses eine Mal begegnet? Dem Dieb, meine ich?«

»Nein, er war schon einmal da. Vor zwei, drei Wochen tauchte er auf und erzählte, dass er ein Pferd für seine Tochter suche, und dabei hat er auf Stjörnugnýr gezeigt. Ich dachte, das sei ein Zufall, weil Inka ihn gerade in diesem Moment über den Hof führte. Ich habe ihm gesagt, der Rappe sei zu jung für ein Kind und noch nicht ganz eingeritten. Außerdem sei er nicht verkäuflich. Der Typ hat dann noch ein bisschen herumgeredet und gefragt, ob es am Preis läge, aber ich habe ihm erklärt, da sei nichts zu machen, das Pferd wäre ohnehin denkbar ungeeignet für seine Zwecke. Stattdessen habe ich ihm Linda vorgeschlagen.«

»Warum dieses Tier?«

»Sie ist lammfromm und gut zu reiten. Weich in den Gängen, willig, fleißig.«

»Und was ist nicht so toll an ihr?«

»Wie meinen Sie das?«

»Wie ich's gesagt habe. Sie werden ja wohl nicht ohne Not Ihr bestes Pferd im Stall weggeben.«

Wenz druckst ein wenig herum. »Linda ist nicht krank, falls Sie darauf hinauswollen, aber sie ist nicht mehr die Jüngste – was für einen Reitanfänger nur von Vorteil ist. Später kann man dann immer noch auf ein temperamentvolleres Pferd umsteigen.«

Ich nicke. »Hatte der Mann Ahnung von Pferden?«

»Nicht die Spur.«

»Wenn man keine Ahnung von etwas hat, das man kaufen möchte, nimmt man dann nicht jemanden mit, der sich auskennt?«

»Das fragen Sie mich?«

»Wen sonst?«

»Tja, vernünftig wäre das. Aber er hat's nicht gemacht. Er war allein. Außerdem haue ich niemanden übers Ohr.«

»Vielleicht hat er das gewusst«, sage ich lächelnd. »Und er hat keine Adresse angegeben?«

»Doch. Die existiert sogar, das habe ich schon nachgeprüft. Nur wohnt er dort leider nicht. Und dieser Carsten Vogel auch nicht.«

»Wo wohnt er denn angeblich?«

»In Sankt Augustin.«

»Ist ja nicht weit weg.«

»Wenn's stimmen würde.«

»Sein Wagen?«

»Ich habe nicht darauf geachtet. Ein dunkler Van. Er parkte so, dass er mit dem Hänger zum Hof stand.«

»Und dieser Anhänger?«

»NR-Kennzeichen, mehr weiß ich nicht. Geliehen, sagte er. Dabei habe ich mir nichts gedacht, es hat schließlich nicht jeder einen eigenen Hänger.«

Ob er mir die Weide zeigen könne, auf der der Isländer gestanden hat, frage ich. Wenz führt mich über den gepflasterten Hof, vorbei am Wohnhaus und den Stallgebäuden. Wir passieren eine Gasse zwischen den Stallungen, die zum rückwärtigen Teil des Anwesens führt. Vor uns liegt jetzt ein offener Reitplatz mit Sandboden, in dessen Mitte eine stämmige Blondine steht und einen noch stämmigeren Haflinger longiert. Als sie uns sieht, hebt sie die Hand zum Gruß.

»Meine Frau«, erklärt Wenz und winkt kurz zurück. Wir gelangen zu einem Holztor, das auf die Koppeln hinausführt. Er öffnet das Gatter, und wir schlüpfen hindurch. Das Gras trieft vor Nässe, obwohl es nicht geregnet hat, doch die Nacht war kalt und feucht. Im Nu sind meine Leinenturnschuhe vollkommen durchgeweicht. Wir wandern weiter durch frühlingsfrisches, saftiges Grün, weg vom Hof. Auf einem Stück Wiese, das offenbar länger brachliegt, blühen Wolken zartvioletten Wiesenschaumkrauts, unterbrochen von leuchtend gelben Sumpfdotterblumen. In der Ferne glitzert die Sonne auf dem Wasser der Sieg. Die Koppeln liegen genau im Bogen einer engen Schleife, die der Fluss oberhalb von Röcklingen zieht, und werden von dieser begrenzt.

Wenz hakt einen der Elektrozäune aus, die das Gelände umfassen, lässt mich hindurch und schließt ihn wieder. Er deutet in nordwestliche Richtung, zum Ende der Weide, neben der ein kleines Sträßchen oder ein Feldweg verläuft. »Stjörnugnýr stand dort hinten mit den Schulpferden, die an dem Tag nicht mehr ranmussten. Meine Frau hatte ihn vormittags noch geritten.«

Ich will seinem Blick folgen, werde aber abgelenkt.

Hinter einem Weißdorngebüsch zu unserer Linken taucht ein großes graues Pferd auf und trabt zielstrebig auf uns zu.

»Das ist John-Boy«, erklärt Wenz freundlich und streckt die Hand nach dem Tier aus. »Der will bloß sehen, ob wir ein Leckerchen für ihn haben.«

»Er sieht aus, als wollte er uns fressen.« Ich trete vorsichtshalber einen Schritt zurück. Nach meinem unfreiwilligen Ritt vor einiger Zeit sind mir Pferde nicht mehr geheuer, nicht einmal die mit einem Stockmaß unter einem Meter zehn. Und dieser John-Boy liegt eindeutig darüber. Wenz lacht und klopft dem Tier freundschaftlich den Hals. Ich deute auf das ungefähr 50 Meter entfernt liegende Tor im Zaun, hinter dem sich das Sträßchen befindet.

»Dürfte kein großes Problem gewesen sein, Stjörni … das Pferd hier herauszuholen.«

»Wenn man das Vorhängeschloss knackt, mit dem das Tor gesichert ist, dann nicht«, meint Wenz. John-Boy im Schlepptau, wandern wir auf die Stelle zu. Ich besehe mir die Sache aus der Nähe und schieße ein paar Fotos. Ob es in der Vergangenheit ähnliche Vorkommnisse gegeben habe, will ich wissen. Wenz verneint dies. Weder bei ihm noch bei anderen, soweit ihm bekannt sei. Wir machen uns auf den Rückweg.

»Könnte Rache das Motiv gewesen sein?«, frage ich und weiche einem Maulwurfshügel aus. Wenz hält das für wenig wahrscheinlich.

Als wir wieder auf den Hof gelangen, kommt ein kleines, zartes Mädchen mit einem großen, speckigen Schimmel am Führstrick auf uns zu. Ich trete drei Meter zurück, was Wenz grinsend zur Kenntnis nimmt. »Sie haben was gegen Pferde, oder?«

»Ooch ...«

»Sie sollen Stjörnugnýr ja nur finden, keine Turniere mit ihm reiten.«

»Da bin ich froh, Herr Wenz, Sie haben mich überzeugt. Also machen Sie mal die Liste fertig.« Er sieht mich verständnislos an. »Eine Liste aller Mädchen beziehungsweise Personen, die bei ihnen reiten oder sich sonst wie hier vergnügen.«

Wenz macht ein Gesicht, als sei das eine nahezu unlösbare Aufgabe. »Die kommen und gehen«, versucht er sich herauszureden.

»Aber Sie werden doch irgendwo festhalten, wer in welchem Kurs ist?«

Er gibt sich geschlagen und nickt. »Brauchen Sie auch die, die nicht mehr kommen?«

»Gerade die«, antworte ich, und jetzt ist das Grinsen an mir.

2.

Ein neuer Fall. Zwar geht es um ein Pferd, und Pferde sind nicht meine Lieblingstiere, aber das Pferd ist nur Ermittlungsgegenstand, denn es ist verschwunden – ergo nicht in meiner Nähe. Wichtiger ist derjenige, der es hat mitgehen lassen. Kein Wühlen in fremden Betten, kein Kaufhausmief, keine zugigen Schwarzarbeiterbaustellen – dafür nehme ich zur Abwechslung sogar Huftiere in Kauf. Also frisch ans Werk, und das bedeutet wie immer: Herbert anrufen, meinen überaus geschätzten freien Mitarbeiter, den Expolizisten mit Rückenproblemen, aber topfittem Hirn, nicht zu vergessen seine exzellenten Beziehungen, ohne die ich oft einpacken könnte. Ich schildere Herbert den Stand der Dinge und bitte ihn, nach einem gewissen Carsten Vogel zu forschen, also jenem Namen, mit dem der Pferdedieb den Kaufvertrag für Stute Linda unterschrieben hat. Ich schätze, dabei kommt nicht viel heraus, aber irgendwo muss man ja anfangen. Wir plaudern noch ein Weilchen über Magenprobleme, die Herberts Frau Helga seit Wochen quälen, und ich empfehle Ingwertee, weil ich das immer tue, egal, um welches Leiden es sich handelt. Nachdem ich aufgelegt habe, lehne ich mich zurück und betrachte das Foto von Stjörni-Dings, das Wenz mir gegeben hat. Ich habe es auf dem Kopierer vergrößert und direkt neben meinen Schreibtisch an die Bürowand gepinnt. Mir kommt Black Beauty in den Sinn, dieser unsterbliche, Fleisch gewordene Pferdetraum aller jungen Mädchen. Auch Stjörni-Dings ist ein Rappe mit einem kleinen weißen Stern auf der Stirn, allerdings war Black Beauty kein Islandpony. Aber vielleicht wäre er eines, würde die Geschichte heute geschrieben, überlege ich, auch Pferderassen unterliegen nun einmal Moden. Wenn der Dieb es auf Stjörni-Dings abgesehen hat, warum hat er ihn dann nicht gleich gestohlen, warum der Umweg über das andere Pferd? Und warum hat er Geld gezahlt? Er hätte es leichter gehabt, wenn er das Tier einfach bei Nacht und Nebel von der Koppel geholt hätte, und hätte sich dabei zudem einem weit weniger großen Risiko ausgesetzt, selbst identifiziert zu werden. Apropos identifizieren: Wenz hat mir gesagt, Stjörni habe ein Brandzeichen auf der Hinterhand und sei gechipt. Der Täter hat natürlich keine Papiere für ihn: keinen Equidenpass – eine Art Ausweis für Pferde –, nicht einmal die Eigentümerurkunde. Dies alles macht es schwer, das Tier weiterzuverkaufen. Es sei denn, es steckt große kriminelle Energie dahinter, und der Dieb schreckt nicht davor zurück, Papiere zu fälschen, womöglich das Brandzeichen zu überbrennen und so weiter. Das alles passt wiederum nicht zu der Art und Weise, in der der Diebstahl erfolgt ist. Einerseits wirkt er raffiniert und dreist, andererseits alles andere als professionell. Vielleicht doch eine eher persönliche Geschichte zwischen Wenz und Wer-weiß-wem?

Stjörni ist letzten Dienstag verschwunden, am helllichten Tag, gegen 16 Uhr. Es war sonnig und trocken gewesen, wie ich mich erinnere. Das ideale Wetter, um ein paar Schritte vor die Tür zu wagen. Genau wie heute.

Ich beschließe, noch einmal nach Windeck zu fahren und Ausschau nach möglichen Zeugen zu halten.

Diesmal parke ich nicht auf dem Wenz'schen Anwesen, sondern ein Stück davor, am Ende einer Häuserzeile, die an das Wiesengelände grenzt. Gemächlich schlendere ich die Straße entlang in der Hoffnung, möglichst vielen Leuten zu begegnen, aber es herrscht tote Hose. Gut, Röcklingen ist nicht New York City, nicht mal Siegburg nach Geschäftsschluss, aber das hier … Dann treffe ich doch noch auf Menschen. Sie wisse von dem Diebstahl, erklärt mir eine junge Frau mit Buggy, als ich ihr das kopierte Foto von Stjörni zeige, aber leider könne sie überhaupt nicht helfen. Das kann auch eine ältere Dame nicht, die ich beim Fensterputzen antreffe, ebenso wenig wie ihr Gatte, der gerade von einem Spaziergang mit dem Hund heimkommt. Die Mittvierzigerin, die ich anspreche, als sie gerade in ihr Auto steigen will, hat ebenfalls nichts mitbekommen. Dito der Junge, der ein Blättchen austrägt. Meine Hoffnung, hier könne irgendjemand irgendetwas gesehen haben, ist nach 30 Minuten beträchtlich gesunken. Ich kehre um und registriere in einiger Entfernung einen alten Mann, der zu mir herüberblickt. Als ich näherkomme, wendet er sich ab und schlendert vor mir her die Straße hinunter. Ich folge ihm, weil ich ohnehin in dieselbe Richtung muss, hole ihn aber erst unmittelbar vor meinem geparkten Wagen ein. Höflich grüßend halte ich ihm Stjörnis Bild unter die Nase. »Haben Sie vielleicht von der Sache gehört, von dem Pferd hier, das gestohlen wurde?« Der Alte mustert mich sehr viel intensiver als das Foto. Ich versuche es anders. »Erinnern Sie sich, in der letzten Woche einen Wagen mit einem Pferdeanhänger gesehen zu haben?«

Noch immer ruht der Blick des Alten auf mir. Als ich schon glauben will, er könne gar nicht sprechen, antwortet er überraschend: »Schon möglich.«

»Möglich, aber nicht sicher?«, präzisiere ich.

»Kommt drauf an.«

Jetzt merke ich, dass er ein Spiel mit mir spielt. »Auf was kommt es denn an, wenn ich fragen darf?«

»Darauf, ob du eine Zigarette für mich dabei hast oder nicht, Liebchen.« Er grinst schelmisch.

»Tut mir leid, ich rauche nicht.«

»Ein Päckchen wäre noch besser.«

»Ich sagte doch, dass ich nicht rauche.«

»Aber es gibt Läden«, antwortet der Alte zuversichtlich. »Ich komme hier so schlecht weg, weißt du. Meine Schwiegertochter, die nimmt mich ja nirgendwo mit hin, das Luder.«

Wirklich ein pfiffiges Männchen, und ein sehr schlecht erzogenes. Kein Wunder, dass die ludrige Schwiegertochter keinen Bock auf seine Begleitung hat. Vermutlich hat der alte Zausel auch gar nichts von dem Pferdediebstahl gesehen oder es bereits wieder vergessen – ist ja schon länger als drei Tage her. Ich überlege, ob ich ihn einfach stehen lassen soll.

»Du meinst letzten Dienstag, Liebchen, nicht wahr?« In seinen wässrigen Augen blitzt es unvermittelt auf.

Bingo.

Er nickt wissend. Also gut. »In welcher Richtung ist der nächste Laden?«

Der Alte deutet nach Osten. »In Dattenfeld.« Ich

öffne meine Wagentür und steige ein. »Da gibt's auch ein Schnäpschen, für die Verdauung«, schiebt er grinsend hinterher, überaus zufrieden mit sich und der Welt. Genervt knalle ich die Tür zu.

In Dattenfeld kaufe ich das Gewünschte und frage mich, ob ich Kippen und Fusel von der Steuer absetzen kann. Im Recklinghäuser Lehrinstitut für private Ermittlungen, in dem ich ausgebildet wurde, gab es ein Seminar mit dem Titel »Der Detektiv als Unternehmer«, und eine Klausurfrage lautete: »Sind materielle Gefälligkeiten im Gegenzug für Auskünfte, die Sie von einem Informanten erhalten, steuerlich absetzbar?«

»Kommt drauf an«, war die richtige Antwort, umgangssprachlich übersetzt. Kommt drauf an, wie immer im Leben. Alles reine Verhandlungssache.

Als ich zurückkehre, ist der Alte nicht mehr da. Ich fürchte schon, dass der vor einer halben Stunde ausgehandelte Deal in die Hose gegangen ist, entdecke ihn aber ein paar hundert Meter weiter hinter den Wenz'schen Pferdekoppeln, auf jenem Sträßchen parallel zur Sieg, das auch der Pferdedieb genutzt haben muss. Der Alte möchte offenbar bei unserem konspirativen Treffen nicht beobachtet werden – genauso wenig wie ich. Ich steige ins Auto, fahre ihm nach und halte an. »Ich habe Ihnen die Zigaretten besorgt.«

»Nett von dir, Liebchen.« Er streckt die Hand aus.

»Erst eine Auskunft.«

Er streckt mir noch immer die Hand entgegen. Mit einem Seufzer reiße ich die Zellophanhülle auf und halte ihm die Packung hin. Feuer hat er selbst.

»Hier dreh ich immer meine Runden«, beginnt er, nachdem er den Rauch kräftig inhaliert und ihn noch kräftiger wieder ausgehustet hat. Er deutet das Sträßchen hinauf und malt mit der Hand einen großen Bogen am Siegufer entlang zurück in Richtung Dorf. »Letzten Dienstag war ich auch unterwegs, und da überkommt mich auf einmal ein Drang, wie soll ich sagen? Ich musste pissen«, behilft er sich selbst. »Ich also rechts ran, austreten. Da, hinter dem Gesträuch.« Er zeigt auf einen weiß blühenden Vogelbeerbusch wenige Meter vor uns. »In dem Moment kommt ein großer dunkler Wagen mit Hänger, der an dem Tor dort drüben an der Weide hält, und ein Mann steigt aus.«

»Kannten Sie ihn?«

»Also der Wenz war's nicht. Ein bulliger Typ, breit wie ein Schrank und groß. Der macht sich an dem Tor zu schaffen mit einer Gerätschaft, zack, zack, und dann stößt er es auf. Ich hab mir nicht viel dabei gedacht, er hat ja auch gar nicht heimlich getan, eher so, als wär's das Normalste der Welt. Dann hat er ein Pferd aus dem Hänger geführt und auf die Weide gebracht, ein Klaps auf den Arsch, und ab die Post! Danach geht der Kerl auf die Koppel und holt sich den kleinen schwarzen Zossen. Ich steh noch immer hinterm Busch, weil's mir peinlich ist, ausm Unterholz zu brechen wie die Wildsau.« Der Alte grinst. Kaum zu glauben, dass ihm irgendetwas peinlich sein könnte. »Er zerrt das Pferd in den Hänger und hat es jetzt mächtig eilig«, fährt er fort. »Der Schwatte will erst nicht, und da wird der Kerl sickig, und das Pferdchen denkt sich wohl, mit dem leg ich mich besser nicht an, und schwups!, ist es drin. Klappe zu und weg. Hat alles keine fünf Minuten gedauert.« Mein Informant hält inne und sieht mich an, als warte er auf Applaus.

»Und die Geschichte haben Sie nicht zufällig irgendwo aufgeschnappt?«

Er hebt abwehrend die Hände. »Alles selbst erlebt, so wie ich hier stehe!«

»Und warum haben Sie niemandem davon erzählt?«

»Dir erzähle ich's doch gerade, Liebchen. Sonst hat keiner gefragt. Wie sieht's übrigens aus mit dem Schnaps? Der tät mir jetzt richtig gut.«

»Schau'n mer mal.« Ich entschließe mich zu einer kleinen Fangfrage. »Der Schimmel, den dieser Mensch aus dem Hänger geholt hat, den hat er einfach laufen lassen, sagten Sie?«

Der Alte runzelt die Stirn. »Von einem Schimmel weiß ich nichts. Ich habe nur diesen Fuchs gesehen, ein zierliches kleines Pferdchen, viel schöner als der schwarze Zossen, den er mitgenommen hat.«

»Die Geschmäcker sind halt verschieden«, antworte ich, reiche dem Alten die Schachtel Zigaretten und hole den Schnaps aus dem Wagen. Er dreht den Schraubverschluss auf, nimmt einen kräftigen Schluck und hält mir die Flasche hin. Ich sage nicht Nein.

»Du steckst was weg, wie ich sehe, Kindchen. Biste von der Polizei?«

»Nein. Ich bin Privatdetektivin.«

»Privatdetektivin, is' ja 'n Ding! Ein Engel für Charlie, wie?« Er klopft mir auf die Schulter und verrät mir vor Begeisterung das Kennzeichen des Pferdetransporters. Das echte. Jenes unter dem falschen Kennzeichen, das der bullige Kerl flugs entfernt hat, bevor er sich mit Stjörni vom Acker machte. Mein Informant steckt Schnaps und Zigaretten unter seine Jacke, und ich wünsche ihm noch einen fröhlichen Nachmittag. Die Investition hat sich gelohnt, würde ich sagen, auch wenn das Finanzamt vielleicht anderer Meinung ist.

Ich fahre ein paar Kilometer weiter, parke irgendwo am Rande eines Waldwegs und rufe Herbert an. Seine Frau Helga ist am Apparat. Herbert drehe gerade seine Nordic-Walking-Runde, berichtet sie, wobei sie »Walking« sehr deutsch ausspricht. Sport auf Krücken wäre nichts für mich, erkläre ich und gebe Helga das Kennzeichen durch, das Herbert für mich prüfen soll. Der Höflichkeit halber erkundige ich mich nach ihrem Gesundheitszustand, empfehle Ingwertee und füge hinzu: »Der hilft auch beim Abnehmen.«

Nach dem Telefonat bringe ich den Fahrersitz in Liegeposition und lege die Füße aufs Lenkrad. Der Schnaps hat mich müde gemacht, ein Nickerchen wird mir guttun.

3.

»Du hast Helga gesagt, sie soll abnehmen?« Denise klingt wenig begeistert. »Warum tust du das?«
»Weil sie sich dann bestimmt besser fühlt.«
»Sie soll sich besser fühlen, wenn du ihr sagst, sie sei zu fett?«
»Ich habe Helga nicht gesagt, sie sei zu fett, obwohl das der Wahrheit entspräche! Ich habe ihr Ingwer empfohlen, mehr nicht. Und jetzt beenden wir unser Damenkränzchen und kommen zur Sache. Es gibt einen neuen Auftrag.«
Denise sagt einen Moment lang nichts, doch schließlich siegt die Neugier. »Lass hören.«
Ich berichte ihr von dem Pferdediebstahl, schildere ausführlich die näheren Umstände der Tat, das Gespräch mit Wenz und später mit dem Alten. »Und, was hältst du davon?«
»Klingt nach einem Fall für ›Die drei Fragezeichen‹.«
»Sehr komisch! Du könntest ruhig erwähnen, wie geschickt ich die Sache angegangen bin. Ich hoffe, dass Herbert morgen oder übermorgen …«
»Mama, was heißt das?«, unterbricht mich Yannick, mein sechsjähriger Sohn.
»Ich telefoniere, Yannick. Denise, ich rechne damit, dass wir …«
»Was ist das für ein Buchstabe!?«, beharrt Yannick.
»Ich telefoniere.«

»Aber ich weiß nicht, was das heißt!« Bei meinem Kind bahnt sich mal wieder ein hysterischer Anfall an.

»Nun sag's ihm doch«, schaltet Denise sich ein.

»Aber er soll nicht dazwischenreden, wenn ich geschäftlich telefoniere. Es reicht, dass er hier in meinem Büro hockt und meine Arbeitsmaterialien zerschneidet«, sage ich und wende mich Yannick zu: »Das ist ein Q.«

»Quuaaa-drooooooo...«

»Ich lasse morgen oder übermorgen von mir hören, Denise. Bis dann.«

»Alles klar. Ciao, Bella.«

»Qwa-drooooo-kooo...«

»Quadrocopter«, komme ich Yannick zuvor. In manchen Dingen habe ich einfach keine Geduld. »›Der Quadrocopter Cyklop X64100-i zeigt vollendete Flugeigenschaften, selbst bei ungünstigsten Witterungsverhältnissen‹«, lese ich vor. »›Die feingetunte Funkfernsteuerung erlaubt selbst schärfste Manöver. Der integrierte HD-Camcorder liefert hochauflösende Bilder von hervorragender Qualität mit einer sensationellen Aufzeichnungsdauer von bis zu 30 Minuten. Das Ultra-Leichtgewicht mit den erstaunlich geringen Maßen von ...‹«

»Was ist ein Quadrocopter?«, unterbricht mich Yannick.

»Dieses Ding hier, eine Art Hubschrauber, aber mit vier Rotoren, auf den Bildern kannst du's sehen.« Ich deute auf die aufgeschlagene Seite in Mr. Q's Secrets, meinem heißgeliebten Bestellkatalog für die Spionagebranche, den es seit Kurzem auch auf Deutsch gibt. Bereits seit einiger Zeit liebäugele ich mit der Kameradrohne, konnte mich allerdings noch nicht zum Kauf durchringen, da ich mich um die Geräuschentwicklung sorge. Das Ding ist zwar nicht größer als ein Spatz, aber sollte es wie ein echter Hubschrauber über zu observierendes Terrain donnern, ist mir damit wenig gedient. Der betagte Mr. Q, der mir von fast jeder Seite aus einer Art Luftblase heraus entgegenlächelt, verspricht zwar, dass der Cyklop X64100-i praktisch nicht zu hören ist, aber im Alter wird das Gehör bekanntlich nicht besser. Yannick betrachtet den Quadrocopter eingehend und greift zur Schere. Mein Katalog ist bereits reichlich zerfleddert.

»Warum malst du nicht ein schönes Pferdebild?«, schlage ich vor.

Yannick zuckt die Achseln und mahnt: »Du sollst dir noch mein Froschheft anschauen.«

Gut, dass er mich daran erinnert. Er reicht mir sein Heft, und ich blättere darin herum. »Sehr schön, sieht super aus«, lobe ich und will es ihm zurückgeben.

»Aber du sollst dir jede Seite ansehen«, krittelt Yannick, »ob alles richtig ist.«

»Es ist nicht gut für die kindliche Entwicklung, wenn Eltern dauernd nach Fehlern suchen«, wende ich ein. »Das nimmt Kindern ihr Selbstvertrauen.«

»Ich will aber nicht, dass Fehler drin sind«, bleibt Yannick stur. Also gut. Ich blättere weiter. Wann Herbert wohl mit Ergebnissen rausrücken wird? Und wird es überhaupt Ergebnisse geben? Der Alte kann sich auch ein falsches Kennzeichen gemerkt haben.

Als Herbert zwei Stunden später immer noch nichts von sich hören lassen hat, bestelle ich die Drohne.

Es ist bereits halb elf am nächsten Morgen, als er endlich anruft. Und er hat Neuigkeiten. Der Hänger ist auf einen gewissen Manfred Krämer zugelassen, ebenso wie ein Toyota Land Cruiser. Ein Privatmann, kein Fahrzeugverleiher also. Das passt zu meiner Hypothese, nach der der Dieb mit seinem eigenen Fahrzeug vorgefahren ist, es zur Tarnung jedoch mit falschen Kennzeichen ausstattete – er konnte ja nicht wissen, dass sie sich ohnehin niemand merken würde. Auf dem Heimweg, mit Stjörni im Gepäck beziehungsweise im Hänger, hat er die falschen Kennzeichen entfernt und ist mit den »echten« weitergefahren – ebenfalls nicht ahnend, dass sich ausgerechnet die jemand merkt.

Weit gereist ist Krämer nicht gerade, um sich seinen Traum vom eigenen Pferd zu erfüllen: Er ist in Hennef gemeldet, keine 20 Kilometer von Windeck entfernt, also quasi um die Ecke. Ich bin gespannt, ob ich Stjörni dort antreffen werde. Wie immer, wenn ich eine Fährte wittere, packt mich eine leichte Nervosität. Ich wähle Denise' Nummer.

»Es kann losgehen«, komme ich sofort zur Sache.

»Jetzt? Aber ich habe gleich einen Vorsorgetermin mit Merle beim Kinderarzt, den kann ich nicht absagen.«

»Schick deinen Freund hin.«

»Der ist auf Fortbildung.«

»Komisch. Immer, wenn er sich mal ums Kind kümmern soll, ist er auf Fortbildung«, mokiere ich mich.

»Sag mal, spinnst du? Das stimmt doch überhaupt nicht!«

Ich vergaß: Auf ihren Eric lässt sie nichts kommen.

»Ich zahle dir die ganze Woche Geld, obwohl du noch

keinen Handschlag getan hast«, schieße ich zurück. »Da kann ich wohl erwarten, dass du mal mitkommst, wenn ich dich brauche.«

»Ja, aber du kannst vorher Bescheid geben. Und damit meine ich einen Tag vorher, keine fünf Minuten.« Was soll ich dazu sagen? Am besten gar nichts. »Von mir aus um zwei«, lenkt Denise ein, »dann bringe ich Merle vorher zur Oma.«

»Okay, ich hole dich ab.« Ende des Gesprächs.

Bei meinem letzten großen Fall, genau genommen meinem einzig wirklich »großen« Fall, bin ich um ein Haar für den Rest meines Lebens hinter Gitter gewandert, weil ich die Sache im Alleingang durchgezogen hatte. Seitdem habe ich mir geschworen, gewisse Dinge nur noch im Team zu erledigen, was sich manchmal als überaus lästig erweist.

Was nun? Zunächst gilt es, die Lage vor Ort zu sondieren. Dass dieser Krämer in Hennef gemeldet ist, heißt nicht, dass er sich dort aufhält. Oder dass er tatsächlich der Pferdedieb ist. Es muss auch nicht bedeuten, dass ich Stjörni dort finde. Es muss überhaupt nichts bedeuten. Warum Denise mitschleppen, wenn vermutlich nichts dabei herauskommt? Ich werde niemanden observieren, mit niemandem reden, nichts unternehmen. Nur mal gucken.

Eine halbe Stunde später habe ich den Allner und den Dondorfer See hinter mir gelassen und fahre weiter in Richtung Bülgenauel. Obwohl es nur ein kleiner Ort ist, ist Krämers Haus nicht leicht zu finden. Er wohnt an der Straße »In den Erlen«, doch die Bebauung endet hier zunächst vor einem großen Wiesengelände. Ich fahre weiter, vorbei an einer Viehweide, hinter der die Straße scharf rechts abknickt und zu einer weiteren Handvoll Häuser führt. Das letzte Haus, ein gutes Stück abgerückt von den anderen, ist das Gesuchte. Ein Wäldchen im Rücken, die grüne Wiese vor sich, genießt es einen direkten Blick auf die Stachelhardt und die Drachenfliegerschanze. Keine Überraschung für mich, ich habe das Terrain zuvor per Satellitenbild am Computer gecheckt. Im Vorbeifahren mustere ich mein Zielobjekt: ein Walmdachbungalow älteren Datums mit brauner Klinkerfassade. Einige PKW parken auf dem großen Hof, allesamt Oldtimer jüngeren Datums. Auf der Weide, die dem braunen Bungalow unmittelbar gegenüberliegt, erblicke ich ein Mädchen – beziehungsweise ein Pferd. Das Mädchen ist ungefähr 13 Jahre alt und trägt ein Halfter über der Schulter. Das Pferd, auf das es zugeht, ist relativ klein und pechschwarz, wie Stjörni. Mein Herz schlägt ein paar Takte schneller. Nur keine Aufmerksamkeit erregen, langsam weiterfahren. Ich passiere ein Nadelwäldchen und gelange schließlich in großem Bogen wieder zu der Abzweigung.

Kein Personenkontakt ohne Begleitung, mahnt meine innere Gouvernante. Aber das hier ist doch keine erwachsene Person, sondern ein Mädchen, ein Kind. Wie soll es mir gefährlich werden?

Ein Kind hat Eltern.

Das Pferd ist vielleicht morgen schon nicht mehr da.

Aber sicher noch um 14 Uhr, wenn Denise Zeit hat.

Dann ist die Kleine womöglich weggeritten. Und wer weiß, ob es überhaupt Stjörni ist. Ich müsste ihn mir mal aus der Nähe ansehen. Also parke ich auf dem Randstreifen, greife nach meiner Jacke und im Schweinsgalopp geht es Richtung Bungalow beziehungsweise Weide. Wenn die Kleine nur nicht schon weg ist! Diese Gefahr besteht keineswegs, wie ich vor Ort feststelle. Das Mädchen stapft noch immer mit dem Halfter in der Hand über die Wiese, und immer, wenn es sich dem Pferd nähert, dreht das Tier ab und schlendert scheinbar gemütlich, aber zielstrebig in die entgegengesetzte Richtung. Ich warte einen Moment, bis sie das Spiel in meine Nähe treibt. »Na, geht ihr beide ein bisschen spazieren?«, scherze ich über den Zaun hinweg und bleibe stehen.

»Er trickst mich immer aus.« Verlegen lächelnd tritt das Mädchen näher.

»Ja, die Isis haben so ihren eigenen Kopf«, mime ich die gestandene Pferdefrau und sehe sofort, dass ich ihr Interesse geweckt habe.

»Eigentlich wollte ich ein bisschen reiten, aber bis ich ihn habe, ist es wahrscheinlich dunkel.« Wir lachen beide. Der Isländer ist neugierig geworden und nähert sich uns.

»Beachte ihn gar nicht«, empfehle ich. »Dann kommt er von selbst.«

»Sie haben Ahnung von Pferden, nicht wahr?«

Eher von Meerschweinchen, bei denen funktioniert der Trick ebenfalls. »Ich hatte auch mal einen Isländer«, behaupte ich. »Eine ganz liebe Stute, Blessi hieß sie. Ach, ich liebe Pferde, leider habe ich zu wenig Zeit zum Reiten.«

»Sie haben sie verkauft?!« Der Gesichtsausdruck des Mädchens ist nicht schwer zu deuten: Wer es übers Herz bringt, sein Pferd zu verkaufen, der ersäuft auch kleine Katzen.

»Um Gottes willen!«, wehre ich ab. »Ich könnte nie ein Pferd hergeben, das mir ans Herz gewachsen ist. Nein, die gute Blessi ist an Altersschwäche gestorben. Ganz friedlich. Im Schlaf. In meinen Armen, sozusagen.«

»Wie alt ist sie denn geworden?«

»Äh … zwölf«, behaupte ich ins Blaue hinein.

»Zwölf? Das ist aber jung für ein Pferd.«

»Zwölf Pferdejahre«, präzisiere ich. »Die zählen neunmal so viel wie Menschenjahre.«

Sie schaut skeptisch drein und meint, sie kenne nur Hundejahre, von Pferdejahren habe sie noch nie gehört.

»Doch, doch.« Ich lächle wissend. »Einen schönen kleinen Kerl hast du da. Wie heißt er denn?«

»Ragnar.«

»Ragnar. Ach ja, diese komplizierten isländischen Namen.« Ragnar sieht tatsächlich aus wie das Pferd auf meinem Foto. Bis auf den kleinen weißen Stern, den Stjörni auf der Stirn trägt. Dieses Tier hier ist lackschwarz.

»Haben Sie ein Reitabzeichen?«, will das Mädchen wissen.

Als ehemalige Pferdebesitzerin werde ich wohl irgendein Abzeichen gemacht haben, überlege ich und nicke.

»Welches denn?«

Keine Ahnung. »Das Goldene«, antworte ich – wenn schon, denn schon. Das Mädchen pfeift durch die Zähne. Ob ich zu dick aufgetragen habe?

»Sind Sie auch Turniere geritten?«

Wollen wir's mal nicht übertreiben mit der Reiterkarriere. Ich schüttele den Kopf. »Turniere sind nicht mein Ding, ich reite lieber in der freien Natur.« Durch Feld und Flur, wo mich niemand sieht. Allein durch Wald und Wiesen. Ohne Zeugen, sozusagen. »Habt ihr noch mehr Pferde?«, lenke ich ab.

»Ja, drüben im Stall. Kommen Sie, ich zeige sie Ihnen!«
»Tja, ich weiß nicht ...«
»Bitte, kommen Sie!«
»Na gut. Wenn deine Eltern nichts dagegen haben ...«
»Papa bestimmt nicht«, meint das Mädchen, »aber er ist sowieso nicht da.«

Na, dann. Keine Eltern. Diese Chance kriege ich kein zweites Mal. Die Kleine kriecht durch den Zaun und steht jetzt neben mir.

»Wie heißt du eigentlich?«
»Rachel.«
»Rachel? Ein seltener Name hierzulande.«
»Ein bescheuerter Name.«
»Wieso? Er klingt doch gut. Hast du eine englische Mutter oder einen Vater?«

Rachel lacht auf und schüttelt den Kopf. »Nein, habe ich nicht. Der Name ist aus diesem bescheuerten Film mit dem Pfaffen und der Alten, die ihr Leben lang auf ihn wartet, bis er tot ist. Kennen Sie den? Kam gleich nach der Stummfilmzeit.«

Sie meint »Die Dornenvögel«, bin ich mir sicher, doch ich möchte dieses Thema nicht vertiefen und schüttele den Kopf. »Ich heiße übrigens Cornelia.«

Mein Handy macht sich bemerkbar. Eine SMS von Herbert. »M. Krämer hat eingesessen wg. Überfall auf Geldtransporter«, lese ich »entlassen 2011«. Das klingt ja vielversprechend. Ich hoffe, er ist wirklich nicht zu Hause.

»Mein Mann«, sage ich zu Rachel und deute auf mein Smartphone. »Er fragt, ob ich noch einkaufen gehe. Offenbar hat er Hunger.« Wir schlendern in Richtung

Haus, Rachel immer einen halben Schritt voraus, mit wippendem aschblondem Pferdeschwanz. Auf der Rückseite des Hofes und von der Straße aus nicht einsehbar liegt das Stallgebäude, frisch geweißt und top in Schuss. Rachel stößt eine Seite des doppelflügeligen Holztors auf. »Da sind wir. Kommen Sie rein!«

»Und deine Eltern haben wirklich nichts dagegen?«

»Quatsch. Und wie gesagt: Mama und Papa sind nicht da.«

Ganz das, was ich hören wollte. An das blendende Sonnenlicht gewöhnt, haben meine Augen im ersten Moment Schwierigkeiten, sich an die tiefe Dämmerung hier drinnen anzupassen. Schemenhaft erkenne ich einen Gang, links eine Pferdebox, dahinter, nur wenige Schritte weiter, bereits die rückwärtige Stallwand. Aus einem Fenster über der Box fällt ein schräg einbrechender, scharf gebündelter Lichtstrahl, der ein helles Rechteck auf den Betonboden wirft. Ich frage Rachel, wo die Pferde sind.

»Drüben, auf der anderen Seite. Aber ich wollte Ihnen zuerst Ragnars Box zeigen.«

»Kannst du mal Licht machen? Ich sehe fast nichts.«

»Ja, gleich. Ach verflixt, jetzt habe ich mein Haargummi verloren! Es muss am Tor runtergefallen sein, warten Sie einen Augenblick.« Schwups, ist sie draußen, und in der nächsten Sekunde kracht die Stalltür zu.

»Rachel?« Ein Riegel wird vorgeschoben. »Rachel?« Das darf doch nicht wahr sein! Ich renne zur Tür und stemme mich dagegen. Sie hat mich eingesperrt, das Biest hat mich eingesperrt! Ich sprinte zurück, in Ragnars Box, auf das Licht zu, das einzige Fenster des Stalls, so hoch angebracht, dass ich mich strecken muss. Kaum will ich es aufstoßen, drückt eine unsichtbare Hand von außen dagegen. Wieder das metallische Scharren eines Riegels, und plötzlich herrscht finstere Nacht.

»Rachel!« Ich stolpere zurück zur Tür. »Rachel, was soll das? Lass mich sofort hier raus!« Ich poche wie wild gegen das Tor. »Das ist kein Spaß, hörst du? Ich rufe die Polizei! Ich habe mein Handy dabei.«

»Hier hat niemand Empfang«, schallt eine helle Kinderstimme von draußen. Und das ist das Letzte, was ich von Rachel höre.

Sie hat recht: kein Netz hier drinnen. Ich kann es kaum glauben. Wie konnte das passieren? Und warum? Unweigerlich kommt die Erinnerung an die Erzgrube hoch, in die Waskovic mich in meinem letzten Fall eingesperrt hatte, und nur mit Mühe gelingt es mir, die aufwallende Panik niederzuringen. Hey, das hier ist weder ein stillgelegtes Bergwerk noch ein Hochsicherheitstrakt, versuche ich mich zu beruhigen. Hier kommt man irgendwie raus. Ich finde den Lichtschalter; ein Deckenstrahler flammt auf. Hektisch schaue ich mich um. An der Wand zu meiner Rechten diverse Haken, daran aufgehängt Zaumzeug, ein Führstrick, ein weiteres Halfter. Ein Sattel auf einem hölzernen Bock, daneben ein Regal mit Putzutensilien. In der Ecke eine Schaufel, eine Mistgabel, eine aufgestellte Schubkarre. Kein Werkzeug. An der rückwärtigen Wand stapeln sich Heu- und Strohballen bis auf halbe Raumhöhe. Ich nehme das Regal mit den Putzutensilien genauer unter die Lupe, insbesondere eine Pappschachtel, die aussieht wie frisch aus dem Drogeriemarkt. »Perfect brilliance hair mascara ultrablack permanent« steht darauf, darunter das Gesicht einer Frau, deren Haar so schwarz glänzt wie Rabenflügel. Ein Haarfärbemittel. Sie haben Stjörni den Stern auf der Stirn gefärbt, wird mir klar. Und ihn in Ragnar umgetauft. Keine Frage, ich bin am richtigen Ort. Nur leider zum falschen Zeitpunkt, wie's aussieht.

4.

Schreien nützt nichts, hier hört mich ja doch niemand. Also Ruhe bewahren, nachdenken. Denise geht davon aus, dass ich sie um zwei abhole. Tauche ich nicht auf, wird sie anrufen. Wenn sie mich nicht erreichen kann, wird sie Herbert anrufen und der hat die Adresse Manfred Krämers und seiner Bagage. Meine Mitarbeiter werden zwei und zwei zusammenzählen und wissen, dass ich mal wieder gegen alle Regeln verstoßen und mich allein auf die Socken gemacht habe – und offenbar in Schwierigkeiten stecke. Sie werden mich suchen. Oder die Polizei rufen. Oder beides. Ich brauche nur ein bisschen Geduld. Jemand wird kommen. Mit diesem Mantra lulle ich mich ein, bis ein Gedanke mich siedend heiß durchfährt. Helga hat heute einen Termin in einer Kölner Spezialklinik – und Herbert wird sie begleiten, er hat es mir selbst erzählt. Er wird nicht erreichbar sein, sein Handy ausschalten, keine SMS lesen. Also wird Denise auch nichts über meinen Aufenthaltsort erfahren. Es wird niemand kommen.

Verdammt, Helga! Wenn du nicht so viel futtern und ab und zu eine Runde um den Block drehen würdest, wäre deine Verdauung in Ordnung. Du könntest jetzt gemütlich daheim auf der Couch sitzen und wichtige Anrufe entgegennehmen. Du könntest Leben retten, aber nein … Scheiße. Ich beiße auf meiner Unterlippe herum – eine Art Tick, der sich einstellte, nachdem ich in dem unterirdischen Stollen eingesperrt war – und richte den Blick gen Himmel beziehungsweise zum Dach. Wenn ich mir mit den Strohballen eine Art Gerüst baue, könnte ich die Dachpfannen abdecken, das dürfte leichter sein, als das Holztor aufzubrechen. Auf einen Versuch käme es an. Ich stapele Stroh und Heu so hoch aufeinander, dass ich mit den Händen die Deckenkonstruktion erreiche. Alles wirkt bombenfest. Ich bräuchte Werkzeug – das ich nicht habe. Die Mistgabel wäre eine Möglichkeit. Ab nach unten, und wieder hinauf. Ich probiere es mit den Zinken der Gabel, dann mit dem Ende des Stiels. Es tut sich nichts. Bei einem neuerlichen Stoß verliere ich das Gleichgewicht und stürze, schleudere im Fall die Mistgabel von mir weg, um nicht Gefahr zu laufen, mich aufzuspießen. Die Gabel kracht zu Boden, danach folge ich. Ich rappele ich mich auf und gehe die Sache nochmals an, leider vergebens. Erschöpft lasse ich mich auf einen Strohballen sinken. Irgendwann wird jemand auftauchen, rede ich mir wieder ein. Sobald er oder sie die Tür öffnet, werde ich den Überraschungsmoment nutzen und mich nach draußen stürzen. Ich muss nur auf die Straße gelangen, so schnell wie möglich. Was zum Kuckuck hat sich diese Rachel eigentlich gedacht? Eine Kurzschlusshandlung vermutlich. Sie hat mich durchschaut und Panik bekommen. Nur weil ich sie mit einem geklauten Pferd erwischt habe, wird ihr Daddy mich schon nicht gleich ermorden, hoffe ich zumindest. Im Wilden Westen werden Pferdediebe grundsätzlich wie Mörder behandelt, wispert meine innere Gouvernante, die allmählich hysterisch zu werden beginnt.

Aber wir sind hier nicht im Wilden Westen.

Ein paar Meter weiter die Sieg rauf, und wir sind mittendrin, wispert sie. Schnauze! Ich höre Schritte dort draußen. Schwere Schritte, zielstrebige Schritte. Die Schritte von einem, der genau weiß, was er tun wird. Ich springe auf.

Der Riegel wird zurückgeschoben, und in der Tür steht der Terminator. Oder zumindest ein Typ, der ihm optisch ziemlich nahekommt. Einen solchen Kerl rennt man nicht einfach um. Ich bleibe stehen, wo ich bin. Regungslos. Breit wie ein Schrank und groß sei er, hatte der alte Zausel aus Windeck über den Pferdedieb gesagt. Damit hat er den Mann, der jetzt vor mir steht, ziemlich exakt beschrieben. Manfred Krämer. Der Pferdedieb. Der Exknacki. Sorry, aber ich habe Angst. Eine Scheißangst.

»Da sind Sie ja.« Krämer sagt das, als habe er bereits auf mich gewartet, und seine Stimme klingt weniger sonor, als sein Brustkasten vermuten lässt. »Meine Tochter hat mich also doch nicht auf den Arm genommen.« Er tritt näher, heraus aus dem gleißenden Sonnenlicht, und jetzt kann ich ihn besser erkennen. Ein in die Jahre gekommener Terminator, würde ich sagen, mit Bauchansatz und Doppelkinn, aber deshalb kaum weniger Furcht einflößend. Er sieht aus wie der Prototyp eines Knastbruders, und damit meine ich nicht die Sorte, die wegen Urkundenfälschung eingesessen hat.

»Was soll das? Warum sperren Sie mich ein?«, gebe ich mich forsch, um mir nicht anmerken zu lassen, wie sehr er mich einschüchtert. »Ich werde die Polizei rufen.«

»Das werden wir sehen«, meint Krämer, und es klingt nicht einmal unfreundlich. Aber man kann eine Drohung auch freundlich aussprechen.

»Was wollen Sie von mir?«

»Die Frage ist eher: Was wollen Sie von uns?«

»Nichts will ich! Ich habe keinen blassen Schimmer, was hier los ist. Aber was Sie machen, ist Freiheitsberaubung!«

Krämer lässt sich nicht aus der Ruhe bringen. »Ich raube Ihnen gar nichts, ich will mich nur mit Ihnen unterhalten.«

»Also gut, unterhalten wir uns. Das habe ich ja auch schon mit dem Mädchen getan, mit Rachel, Ihrer Tochter. Wir haben über Pferde gesprochen, und sie hat mir angeboten, mir die Ställe zu zeigen, das war alles.«

»Wonach suchen Sie denn?«

»Ich suche gar nichts, zum Kuckuck.«

»Das glaube ich Ihnen nicht.«

»Ihr Problem. Und jetzt lassen Sie mich gehen.« Ich mache einen Schritt auf Krämer zu, doch der bewegt sich nicht vom Fleck.

»Zeigen Sie mir Ihren Ausweis«, fordert er unvermittelt. Die Aufforderung überrascht mich.

»Tut mir leid, Herr Wachtmeister, den habe ich nicht dabei.«

Er zuckt die Achseln. »Also gut, wenn Sie auf Leibesvisitationen stehen. Aber ich sage Ihnen gleich: Ich bin nicht zimperlich.«

Ich manchmal schon, und die Vorstellung, von diesem Kerl angepackt zu werden, übersteigt eindeutig meine Toleranzschwelle. Widerwillig ziehe ich mein Portemonnaie aus der Jackentasche und reiche ihm meinen Personalausweis. Er wirft einen Blick darauf, macht auf dem Absatz kehrt und geht. Tor zu, Riegel vor. Ich bin wieder allein. Was wird als Nächstes passieren? Wird er zurückkommen? Falls ja, könnte ich ihm auflauern und die Mistgabel in den Bauch rammen oder ihm mit der Schaufel eins überziehen. Ich entscheide mich für die Mistgabel.

Tatsächlich muss ich mich nicht lange gedulden. Als der Riegel erneut zurückgeschoben wird, habe ich mich bereits neben der Tür postiert. Die Tür geht auf, doch Krämer zögert.

»Frau Schiller? Sie brauchen sich nicht vor mir zu verstecken.«

Verdammt, so wird das nichts. Ich trete nach vorn und drohe ihm mit der Forke. »Aus dem Weg, ich möchte gehen.«

Krämer grinst. »Wohin? Zurück in die Kompetenzagentur Schiller? Wahrheit. Klarheit. Fairness. – Oder wie heißt es so schön bei Ihnen?« Dieser Krämer hat mich längst durchschaut, ein Blick ins Internet hat ihm vermutlich Gewissheit gegeben. Und er hat jetzt offenbar genug von unserem Spielchen.

»Los, kommen Sie mit!«, fordert er mich auf. »Ich habe etwas Geschäftliches mit Ihnen zu besprechen. Aber lassen Sie die Mistgabel hier.«

»Ich denke nicht daran.«

»Also gut.« Er wendet sich um und geht voraus in Richtung Wohnhaus. Als er merkt, dass ich ihm nicht folge, dreht er sich noch einmal um. »Herrje, wovor haben Sie Angst? Dass ich Sie entführe?« Ich antworte nicht. »Keine Sorge, ich tue Ihnen nichts, ich will doch nicht meinen guten Ruf ruinieren.« Er lacht aus vollem Hals über seine Bemerkung, ein explosives, unkontrolliertes Lachen, das nicht gerade beruhigend wirkt. Meine Hand schließt sich unwillkürlich fester um die Mistgabel.

Wir betreten das Haus durch die Terrassentür, die in ein großes, gediegenes Wohnzimmer führt, reichlich konventionell eingerichtet angesichts der unkonventionellen Art und Weise, auf die hier Gäste in Empfang genommen werden.

»Setzen Sie sich«, fordert Krämer mich auf und deutet auf einen kackbraunen Ledersessel. Ich hocke mich auf die Kante des Sitzpolsters, die Mistgabel im Schoß, jeden Augenblick sprungbereit. Krämer macht sich an einem Serviertischchen mit einer Batterie von Hochprozentigem zu schaffen, und im Nu habe ich einen doppelten Cognac vor mir stehen. Genau das, was ich jetzt brauche.

»Ich sehe, Sie können etwas vertragen«, meint mein charmanter Gastgeber anerkennend und schenkt mir nach. Als er den Verschluss auf die Flasche schrauben will, gleitet ihm dieser aus der Hand und fällt zu Boden, rollt ein Stück, bleibt liegen. Ein goldener Kreis auf grauem Grund, keine drei Schritte von Krämer entfernt. Er kneift die

Augen zusammen, schaut angestrengt zu Boden, bückt sich und fährt mit der Hand über den Teppich, bis er das Gesuchte gefunden hat. Der ist ja blind wie eine Fledermaus, denke ich. Die Flasche wandert zurück auf das Tischchen, und Krämer wendet sich wieder mir zu.

»Lassen Sie uns Tacheles reden. Ich weiß, dass Sie wegen Schorsch hier sind.«

»Schorsch?« Ich habe keine Ahnung, von wem er spricht.

»Na, das Pony da draußen, der kleine Schwatte.«

»Heißt das Tier nicht Ragnar?«

»Ach was!« Krämer macht eine wegwerfende Handbewegung. »Den Namen hat sich meine Tochter ausgedacht, der echte Name gefiel uns nämlich nicht.« Wieder lacht er dröhnend. »Wie war der noch? Schuri… Storni… Weiß der Teufel. Ich nenne ihn Schorsch, und er ist ja auch wirklich ein kleiner Teufel. Gestern hat Rachel sich fast den Hals gebrochen, als sie auf ihm reiten wollte. Haben Sie ihre blauen Flecke gesehen?« Er sagt »Rätschel« wie er auch »Schorsch« sagt, in breitem, verwaschenem Rheinisch, und ich verstehe jetzt, warum dem Mädchen sein Name nicht gefällt. Nein, Rachels blaue Flecke habe ich leider nicht gesehen, sonst wäre ich vielleicht alarmierter gewesen.

»Seit wann sind Sie dran an der Sache?«, wechselt Krämer unvermittelt das Thema, und in seiner Frage schwingt erstmals wirkliches Interesse mit.

»Seit gestern«, antworte ich wahrheitsgemäß, da das Versteckspiel keinen Sinn mehr hat.

Krämer pfeift durch die Zähne. »Das nenne ich flott. Was zahlt Ihnen der Kerl, dieser Wenz?«

»Mein übliches Honorar.«

»Keine Ahnung, wie viel das ist, aber ich zahle Ihnen das Doppelte, dafür bringen Sie die Sache für mich in Ordnung. Schaffen Sie den Gaul zurück und erklären, das Ganze war ein Versehen.«

»Ein Versehen?«

»Ja, so ungefähr. Rachel hatte sich eben in den schwarzen Teufel verliebt, aber den wollte Wenz ja nicht hergeben.«

Ich frage mich, was an dieser Geschichte als Versehen zu bezeichnen ist, sage jedoch nichts.

»Im Nachhinein muss ich zugeben, dass Wenz recht hatte«, gibt Krämer sich einsichtig. »Aber hinterher ist man bekanntlich schlauer. Und damit Sie nichts Falsches denken – klauen wollt ich den Gaul nicht, ich bin kein Dieb.« Er sieht mich an, als hätte ich das Gegenteil behauptet. »Vielleicht war ich mal einer, aber heute bin ich sauber. Immerhin hab ich 6.500 dagelassen für den kleinen Zossen. Da kann Wenz sich nicht beklagen.«

»6.500?« Im Kaufvertrag standen 4.200, wie ich mich erinnere. Das war auch die Summe, die Wenz genannt hat.

»Vierzwo auf dem Papier und den Rest cash auf die Hand, das war der Deal«, meint Krämer, und ich glaube ihm sogar. Zumindest in diesem Punkt. »Hören Sie, ich will keinen Ärger«, fährt er mit großer Geste fort. »Sehen Sie zu, dass der Typ sich nicht aufregt. Sagen Sie, wir sind bereit, eine Art Leihgebühr zu zahlen, und fragen Sie, ob er nicht ein besseres Tier für meine Tochter hat. Meinetwegen das, das er mir andrehen wollte. Sagen Sie ihm, ich würde sie doch nehmen, diese Stute. Bezahlt habe ich sie ja schon.«

»Na, Sie haben Nerven!«

Krämer hält inne und mustert mich prüfend. »Und Sie? Was ist mit Ihnen?«, fragt er hintergründig. »Bei Ihren Fähigkeiten sollten Sie Wichtigeres zu tun haben, als Ponys zu suchen, Sie sind doch nicht Lassie.«

Das sitzt. »Was sollte ich Wichtigeres tun, Ihrer Ansicht nach?«, frage ich spöttisch, um meine Unsicherheit zu überspielen. Wieder dieser Blick, todernst diesmal.

»Suchen Sie meine Frau«, antwortet Krämer, und es klingt halb wie ein Befehl, halb wie eine Bitte. »Finden Sie sie für mich.«

»Was ist mit Ihrer Frau?«

»Sie ist weg.«

»Nun, das dachte ich mir schon. Ist sie freiwillig gegangen, ist sie ausgezogen, wurde sie entführt?«

»Abgehauen ist sie.« Krämer zieht nervös die Nase hoch.

»Tja, das müssen Sie wohl akzeptieren.«

»Ach was!« Er schüttelt den Kopf. »Das ist doch keine Art, so einfach abzuhauen.« Ich sage nichts dazu. »Was glauben Sie, weshalb ich den Unsinn mit dem Pony gemacht hab? Doch nur, um Rachel zu trösten, weil sie so traurig war. Plötzlich ist die Mutter auf und davon, ohne ein Wort. Das ist nicht schön.«

»Nein, ist es nicht.«

Krämer atmet auf. »Ich wusste, dass Sie mich verstehen!« Und mit ernster Miene bittet er noch einmal: »Finden Sie sie.«

»Erst sperren Sie mich ein und bedrohen mich, und dann soll ich für Sie arbeiten?«

»Ich habe Sie nicht eingesperrt, das war Rachel, und sie ist doch noch ein Kind. Sie hatte Angst, dass Sie ihr

Schorsch wegnehmen.« Er versucht es mit einem Dackelblick. »Tun Sie's für meine Tochter, sie ist ein so liebes Mädchen.«

Was für ein liebes Mädchen! Eigentlich müsste ich jetzt lachen, aber das Lachen ist mir für heute vergangen.

5.

»Wo warst du?«, begrüßt mich Denise am Telefon. Nach meiner Begegnung mit Krämer hatte ich ihr nur eine SMS geschrieben. Ich brauchte ein paar ruhige Minuten, um mich zu sortieren, und dann rief Markus, mein Mann, an und bat mich, Yannick von der Nachmittagsbetreuung abzuholen, weil sein Kundentermin länger dauern würde als geplant.

»Ich habe Ewigkeiten auf dich gewartet, und zu erreichen warst du nicht. Bei Herbert habe ich es auch schon versucht, aber der …«

»… ist nicht da, ich weiß. Mir ist was dazwischengekommen, mach dir keine Sorgen.«

»Sorgen? Ich mache mir keine Sorgen. Ich hab mich total abgehetzt wegen dir. Ich musste Merle zur Oma bringen, dann zurück zur Wohnung, weil du …«

»Das Pferd ist wieder da«, unterbreche ich sie.

»Echt? Wie kommt das denn?«

Das Ablenkungsmanöver ist geglückt. »Ich hab's gefunden, ist eine komplizierte Geschichte. Ich brauche dich morgen früh, Denise. Hast du Zeit?«

»Klar, wenn Merle in der Krabbelgruppe ist, kann ich immer, das weißt du doch.«

»Sagen wir um acht?«

»Kein Problem. Was ist denn das für ein Lärm bei dir?«

»Das sind Dick und Doof, Yannicks Meerschweinchen. Er hat sie gerade in mein Büro geschleppt, und sie denken, es ist Fütterungszeit. Das denken sie eigentlich immer.« Die beiden wuseln unter meinem Bürostuhl herum und piepsen und pfeifen in einer Frequenz und Lautstärke, die hörsturzgefährdend ist. »Ruhe, sonst mach ich Sonntagsbraten aus euch!«

Yannick schaut von der Schlachtfeldszene auf, die er gerade malt. »Meerschweinchen kann man nicht essen«, gibt er sich cool.

»Und ob! In Peru gelten sie als Delikatesse.«

»Quatsch.«

»Was glaubst denn du, warum sie ›Schweine‹ heißen, hm?«

Yannick runzelt die Stirn.

»Sag mal, willst du dein Kind traumatisieren?«, schaltet sich meine Mitarbeiterin telefonisch dazu.

»Ich glaube, wir waren fertig, Denise. Dann bis morgen um acht.« Ich lege auf und sage zu Yannick: »Du bringst sofort die Viecher hier raus, oder ich hole mein Gewehr!«

Es hat eindeutig Nachteile, zu Hause zu arbeiten. Dir pinkeln Meerschweinchen unter den Schreibtisch, und meist hockt ein Kind auf deinem Bürostuhl und versucht kostenpflichtige Spiele aus dem Internet herunterzuladen, oder es windet sich mit Schüttelfrost in deinem Besuchersessel und lässt dir via Gedankenübertragung Botschaften zukommen, die alle irgendwas mit Rabenmutter zu tun haben. Du guckst ständig aus dem Fenster, aus Angst, es könnte regnen, weil du doch heute Morgen die Wäsche rausgehängt hast, und der Staubsauger nebenan ruft: »Komm und hol mich, ich weiß, dass du da bist!« Und von all diesem Aufruhr darf die Kundschaft selbstverständlich nichts ahnen.

Nach dem Brand im vorletzten Jahr wollte ich mir ein Büro in der Innenstadt mieten, Premiumlage, versteht sich, am besten in der Holzgasse – so war zumindest der Plan. Leider entsprachen die Angebote nicht meinem Anforderungsprofil oder sagen wir: Mein Profil passte nicht zu den geforderten Mieten. Also muss ich mich wohl oder übel mit dem arrangieren, was ich habe, und das ist ein 17-Quadratmeter-Raum im Seitenflügel unseres Wohnhauses in der Frankfurter Straße, immerhin mit eigenem Eingang. Die Versicherung zahlte glücklicherweise die Instandsetzung, und jetzt sieht alles wieder nett und adrett aus. Die Akten, die ich retten konnte, verströmen allerdings noch immer einen Geruch von Lagerfeuer, und zwar keinem von der romantischen Sorte. Es riecht eher, als hätte man im Hinterhof seine abgefahrenen Sommerreifen abgefackelt, doch diesem Problem komme ich mit Anti-Tabak-Duftkerzen ganz gut bei. Ich darf mich also nicht beklagen und kann zufrieden sein. Heute besonders. Eigentlich.

Nachdem Yannick die Meerschweinchen hinausbugsiert hat, rufe ich Wenz an, um ihm die frohe Kunde vom Wiederauftauchen seines Pferdes zu übermitteln. Er klingt sehr glücklich, was mich etwas heiterer stimmt. Morgen früh werde ich das Tier zurückbringen, erkläre ich, doch da widerspricht er. Er möchte sofort selbst losfahren und es holen. Erst nachdem ich ihm mehrmals versichert habe, dass es Stjörni an nichts fehlt, gibt er nach. Das wäre geschafft. Allmählich löst sich die Anspannung der letzten Stunden, wozu auch die an einem kinder- und meerschweinchensicheren Ort verwahrte Tafel Nuss-Nugat-Schokolade beiträgt, die ich mir schmecken lasse. Feierabend.

»Holen Sie Schorsch morgen früh, wenn das Mädchen in der Schule ist«, hatte Krämer gemeint, und ich war einverstanden gewesen. Auch ich brauchte eine Verschnaufpause. »Sie wird ein anderes Tier bekommen, ein braves«, fügte er hinzu. Von mir aus.

»Die Sache war so eine Art Versehen«, erkläre ich Denise, mit der ich über Funk in Verbindung stehe. Es ist Viertel nach acht, und wir steuern beide auf Krämers Haus und Hof zu, jede in ihrem eigenen Fahrzeug.

»Ein Versehen? Man klaut aus Versehen ein Pferd?«

»So ungefähr. Aber wir bringen es ja wieder zurück, und dafür gibt's ordentlich Geld.«

»Von dem, der es aus Versehen mitgenommen hat, richtig?« Diese Fragerei ist mir unangenehm, und die Tatsache, dass es einem 13-jährigen Mädchen gelungen ist, mich einzusperren, ist mir derart peinlich, dass ich sie für mich behalte.

»Eigentlich geht es gar nicht um das Pferd, sondern um eine Frau«, erkläre ich.

»Was denn, wurde die auch geklaut?«, spottet Denise. »Der Raub der Sabinerinnen, oder wie?«

»Sie wurde nicht geraubt, sie ist abgehauen.«

»Und du sollst sie finden.«

»Richtig. Mit deiner Hilfe.«

Denise seufzt.

Krämer erwartet mich bereits. Seine Schlägervisage glänzt frisch rasiert, das nasse Haar hat er streng nach hinten gegelt.

»Auf Sie ist Verlass, das gefällt mir.« Er streckt mir die Hand entgegen.

»Schöner Wagen«, bemerke ich und deute auf den jadegrünen BMW 1802, neben dem ich geparkt habe.

»Ein Prachtstück, nicht wahr? Der würde gut zu Ihnen passen.« Das könnte ich mir auch glatt vorstellen. »Wollen Sie sich mal reinsetzen?«

Ich würde nur zu gern, aber leider bin ich nicht hier, um mir Autos anzusehen. »Später vielleicht, Herr Krämer.«

»Ich hab da einen schicken Mercedes 500 SL an der Hand, Baujahr 1980, der wär wie geschaffen für Sie. Wollen Sie sich den mal anschauen?« Er lässt nicht locker.

»Herr Krämer, wollten Sie nicht ein Pferd loswerden?«

»Ja sicher, Sie haben recht. Und damit Sie sehen, dass ich nicht bloß Sprüche klopfe, habe ich Ihnen gleich etwas mitgebracht.« Er greift in sein Sakko und zieht einen Umschlag heraus.

»Das können wir auch später regeln«, bin ich versucht zu sagen, schlucke die Bemerkung aber herunter und greife nach dem Kuvert. »Keine Blüten, will ich hoffen.«

»Um Gottes willen, nein!« Er reißt die Augen auf. Ich habe es tatsächlich geschafft, ihn zu verunsichern.

»War nur ein Scherz, bleiben Sie locker.«

Krämer bricht in sein dröhnendes Gelächter aus, in dessen Genuss ich bereits gestern gekommen bin. »Ist Rachel in der Schule?«, beende ich seinen Heiterkeitsausbruch. Er nickt. »Gut, dann können wir ja zur Tat schreiten.«

»Sie fahren mit meinem Wagen, wie abgemacht«, sagt Krämer. »Er steht hinterm Haus, ich hab den Hänger schon angekoppelt.«

»Und Schorsch ist drin?«

»Nein, der steht noch im Stall.«

»Tja, dann sollten Sie schleunigst dafür sorgen, dass er sich hier einfindet.«

Krämer schnaubt durch die Nase, setzt sich aber in Bewegung, um erstaunlich schnell mitsamt Pferd zurückzukehren. Sogar Stjörni hat offenbar Respekt vor ihm. Keine Viertelstunde später ist alles paletti, und ich rolle in Krämers Van vom Hof. Als ich auf die Straße einbiege, entdecke ich im Rückspiegel Denise mit ihrem blauen Mitsubishi. Es kann losgehen.

Nach kaum einer halben Stunde Fahrt erreichen wir Stjörnis alte Heimat. Wenz und seine Frau springen herbei und haben Stjörni schneller aus dem Hänger bugsiert, als ich aussteigen kann. Eigentlich hatte ich die Sache mit dem eingefärbten Fell erklären wollen, aber Frau Wenz kommt mir zuvor.

»Sieh dir das an, Reinhard! Sie haben ihm den Stern übermalt.«

»Das wächst sich aus«, lenke ich ein, doch niemand reagiert darauf. »Dann sollten wir die Geschichte jetzt zum Abschluss bringen«, sage ich laut. »Das Tier ist wieder da, und es ist gesund und munter, wie Sie sehen. Der Betreffende hat gut für ihn gesorgt.«

»Der Betreffende? Warum nennen Sie den Sack nicht beim Namen?«, empört sich Wenz.

»Das tue ich, sofern Sie sich entscheiden, nicht auf sein Angebot einzugehen. Bis dahin werde ich keine Namen nennen.«

»Sein Angebot? Was für ein Angebot?«

»Sie nehmen das Tier zurück und behalten einen Teil der Kaufsumme, als Leihgebühr, sozusagen.«

»Leihgebühr?« Wenz schüttelt den Kopf. »Ideen haben die Leute!«

»Der Betreffende sagt, er habe 6.500 Euro bezahlt, und zwar bar auf die Hand«, konkretisiere ich den Sachverhalt.

»Sagt er.« Wenz lacht unfroh.

»Richtig.« Ich schaue ihm in die Augen. Lange. Schließlich hält Wenz die Stille nicht länger aus.

»Herrje!« Er spreizt die Unterarme zur Seite, mit offenen Handflächen. »Ich bin kein Lügner, und ein Betrüger schon gar nicht!«

»Das glaube ich Ihnen aufs Wort, Herr Wenz.« Ich nicke ihm aufmunternd zu.

»Wir hatten einen finanziellen Engpass«, setzt er zu

einer Erklärung an.»Der Ausbau der Reithalle, die explodierenden Kosten ... Wissen Sie, dass die Umsatzsteuer beim Pferdeverkauf von sieben auf neunzehn Prozent erhöht worden ist?« Nein, das war mir entgangen.»Es stimmt schon, ich habe vierzwo in den Vertrag geschrieben, den Rest auf die Hand, das war vereinbart.«

»Okay, so macht man nun einmal Geschäfte«, komme ich ihm zu Hilfe.»Unser großer Unbekannter ist bereit, Sie für den Verlust zu entschädigen. Sie geben die 4.200 zurück und behalten 2.300, das ist doch kein schlechter Deal für drei Tage Verzicht auf Stjörnugnýrs Anwesenheit, oder?« Ich habe es tatsächlich geschafft, den Namen des Tieres fehlerfrei auszusprechen.

Wenz kaut nachdenklich auf seiner Unterlippe.»Und was ist mit dem Geld, das Sie kriegen?«

»Tja, ohne mich wären Sie Ihr Tier jetzt los, das ist Ihnen doch wohl klar«, sage ich.»Aber ich mache Ihnen einen fairen Preis und garantiere Ihnen, dass Sie mit Gewinn aus der Sache rausgehen.«

Wenz beäugt mich skeptisch.»Was haben Sie denn davon?« Eine durchaus kluge Frage.

»Entweder wir machen beide ein Geschäft oder keiner von uns«, erkläre ich schnell.»Das hängt ganz von Ihnen ab.«

»Und was ist mit der Polizei?«

»Die benachrichtigen wir selbstverständlich.«

»Also doch.« Er macht ein Gesicht, als sei nun alles verdorben.

»Natürlich, die Polizei soll ihre wertvolle Zeit ja nicht umsonst verschwenden. Wir sagen Bescheid, dass das Pferd wieder da ist. Genauso plötzlich, wie es verschwunden ist, stand es wieder auf der Koppel, wovon sich jeder überzeugen kann. Und die fehlenden Papiere von Linda hingen in einem Umschlag am Zaun.«

Wenz blickt ziemlich entgeistert drein.

»Wie gesagt, das wäre eine Möglichkeit.«

»Also gut«, stimmt er zerknirscht zu, und ich reiche ihm die Hand darauf. Die Sache wäre also vom Tisch.

6.

Ich manövriere PKW und Hänger zwischen den abgestellten Wagen hindurch, parke in der Mitte des Hofes und steige aus. Krämer erwartet mich bereits.

»Alles klar«, begrüße ich ihn.

»Sehr gut. Haben Sie das andere Pferd mitgebracht?«

»Nein, Herr Krämer. Aber Ihr Geld.«

»Was ist, wenn Rachel jetzt aus der Schule kommt und sieht …«

»Sie wird es verschmerzen«, unterbreche ich ihn. Der Kerl spinnt doch. »Ihre Tochter wird sich wieder verlieben, keine Sorge. Vielleicht versuchen Sie's mal mit Meerschweinchen, die machen weniger Ärger.« Krämer schnaubt nur. »Wie kamen Sie überhaupt auf

Wenz?«, will ich wissen, um vom Thema abzulenken. »Ihre Tochter war schließlich nicht im Reitunterricht bei ihm.«

»Sie hat dort im letzten Herbst einen Ferienkurs gemacht«, erklärt Krämer.

Ich denke an die Liste mit den Reitmädchen, die Wenz nun ganz umsonst für mich zusammengetragen hat. Wenn er gründlich war, müsste darauf Rachels Name zu finden sein.

»Warum haben Sie eigentlich zuerst das andere Pferd mitgenommen?«, frage ich, weil mir das noch immer ein Rätsel ist. »Sie hätten es leichter gehabt, wenn Sie Stjörni direkt geklaut hätten. Ohne den Umweg über das andere Pferd.«

»Ich bin kein Dieb – zumindest nicht mehr«, antwortet Krämer. »Und ich hatte ja eigentlich nicht vor, Schorsch mitzunehmen. Wenz hatte mich doch schon weichgeklopft, das andere Pony zu kaufen.«

»Trotzdem sind Sie mit gefälschtem Nummernschild vorgefahren.«

»Man sollte immer für alle Fälle gerüstet sein.« Krämer grinst, doch ich spüre einen Anflug von Scham dahinter. Tatsachen kann man nun einmal nicht wegquatschen. »Ich wollte das andere Tier, aber an dem Morgen, als der Deal stattfinden sollte, habe ich wieder Rachels traurige Augen gesehen und gedacht, dieses Mädchen hat es verdient, alles zu bekommen, was es sich wünscht. Und zwar genau das, was es sich wünscht. Nichts anderes. Also habe ich Wenz noch eine Chance eingeräumt, ich fragte ihn, ob er nicht doch Schorsch hergeben wolle, aber er ist stur geblieben.«

»Noch einmal meine Frage: Weshalb haben Sie dann das andere Tier mitgenommen?«

»Wie hätte es ausgesehen, wenn ich vorgefahren wäre und gesagt hätte: ›Jetzt will ich doch nicht mehr‹? Wir hatten den Deal doch schon telefonisch abgemacht. Wenz wäre garantiert misstrauisch geworden, und das wollte ich nicht riskieren.«

»Okay, das leuchtet mir einigermaßen ein. Für meinen Geschmack haben wir jetzt genug über Pferde geredet. Kommen wir zu Ihnen, Herr Krämer. Und zu Ihrer Frau.«

Krämer nickt und deutet mit einladender Geste auf sein Haus, um mir zu signalisieren, dass er das Gespräch gern drinnen fortsetzen würde. Er führt mich ins Wohnzimmer, das ich schon kenne, und wir nehmen dieselben Plätze ein wie beim letzten Mal – nur dass ich heute keine Mistgabel im Schoß habe. »Zuerst die bürokratischen Dinge«, sage ich, während Krämer uns einen kleinen Whisky einschenkt. Ich beschließe, mich nicht ablenken zu lassen, halte ihm einen Dienstleistungsvertrag unter die Nase und gehe ausführlich die Einzelheiten durch. Er hört mir zu, obwohl ich sehe, dass das nicht zu seinen Stärken gehört, und ist mit allem einverstanden.

»Nun zu Ihrer Frau. Reden wir über Ellen. Und über Sie. Was ist passiert?«

»Sie ist weg. Seit gut drei Wochen. Das sagte ich ja schon.«

»Ich weiß, Herr Krämer. Aber fangen wir von vorn an.«

Geheiratet haben die beiden vor 13 Jahren, erfahre ich. Im ersten Ehejahr war Krämer auf Montage und kaum zu

Hause, dann drehte er zusammen mit seinem Halbbruder Werner das Ding mit dem Geldtransporter und bekam acht Jahre Knast. Nach seiner Entlassung vor vier Jahren zog die Familie nach Hennef-Bülgenauel. Seit der Eheschließung arbeitet Ellen, eine gelernte Apothekenhelferin, nicht mehr. Sie habe ja ein Kind großzuziehen, erklärt Krämer und fügt hinzu: »Wenn Kinder da sind, gehört die Frau nun einmal nach Hause, alles andere taugt nichts.«

»Wovon lebt man so als Hausfrau, wenn der Mann einsitzt?«, will ich wissen.

Die Frage behagt ihm nicht. Von Ersparnissen, antwortet er widerwillig, auch wenn natürlich keine großen Sprünge drin sind. Ob er vor seinem Intermezzo im Gefängnis bereits Autos verkauft habe? Nein, damit hat er erst danach angefangen.

»Und seit Sie Autos verkaufen, wie sieht's da aus, finanziell, meine ich?«

»Wir kommen rum«, brummt Krämer.

»Das scheint mir etwas bescheiden formuliert angesichts der Tatsache, dass Sie mal eben 6.500 Euro für ein Pony auf den Tisch legen«, wende ich ein.

»Na und? Meine Tochter ist mir wichtig.«

»Kann man denn mit alten Autos so viel verdienen?«

»Das sind keine alten Autos«, korrigiert er mich, »das sind Schätzchen, Schmuckstücke, verstehen Sie? Dafür gibt es einen Markt.«

»Ich verstehe. Und dieser Markt ermöglicht Ihnen einen, sagen wir, gehobenen Lebensstandard?«

Krämer hat endgültig genug von meiner Fragerei. »Sind Sie vom Finanzamt oder wollen Sie meine Frau finden?«, fährt er mich an, doch ich habe nicht vor, mich noch einmal von ihm einschüchtern zu lassen.

»In welcher Ehe geht's nicht um Kohle? Ich kenne keine«, sage ich ruhig. »Aber gut, reden wir über etwas anderes. Ihre Frau hat vor gut drei Wochen die Koffer gepackt und ist auf und davon. Tat sie das heimlich, oder haben Sie ihren Auszug mitbekommen?«

Krämer zieht eine Grimasse und wiegt seinen massigen Körper hin und her. »Ich habe einen Wagen hoch nach Aachen überführt«, ringt er sich schließlich zu einer Antwort durch. »Das hat den halben Tag gedauert. Als ich zurückkam, war sie weg.«

»Und sie hat nicht gesagt, was sie vorhat?«

»Nein, mit keinem Wort.«

»Und Ihre Tochter, hat die auch nichts mitbekommen?«

»Die war morgens in der Schule und am späten Nachmittag noch bei einer Freundin. Dort habe ich sie auf dem Rückweg abgeholt, und wir sind zusammen heimgekommen. Nein, Rachel hat nichts bemerkt, und sie wusste auch nichts von den Plänen ihrer Mutter.«

»Und seitdem haben Sie nichts von Ellen gehört? Kein Anruf, keine SMS, keine Mitteilung über Freunde oder Bekannte?«

»Nein, nichts.« Krämer, dessen Gesichtsfarbe während unseres Gesprächs merklich an Intensität gewonnen hat, ist jetzt puterrot. Ich tue so, als merke ich es nicht.

»Gut«, sage ich. »Das heißt, gar nicht gut. Warum, glauben Sie, hat Ihre Frau einen so radikalen Schnitt gemacht?«

»Woher soll ich wissen, was in einem Weiberschädel vorgeht?«, platzt er heraus und springt auf. »Ich habe alles für sie getan, was ich tun konnte, mehr ist nun mal nicht drin.«

»Okay. Irgendeinen Hinweis darauf, wo sie sich aufhalten könnte?«

»Nein.«

»Sind Sie sicher?«

»Hätte ich Sie sonst engagiert? Nächtelang habe ich mir den Kopf zerbrochen. Wenn was dabei rausgekommen wär, hätte ich die Sache allein in Ordnung gebracht.«

»Setzen Sie sich bitte wieder, Herr Krämer.«

»Sie ist mit einem anderen Kerl durchgebrannt, das denken Sie doch, oder?«

»Ich denke erst einmal gar nichts, aber so etwas soll schon vorgekommen sein.«

Er lacht bitter.

»Würde Ihnen jemand einfallen, der infrage käme?«

»Nun hören Sie doch auf mit der Fragerei! Ich will einfach, dass Sie Ellen finden. Genauso, wie Sie das Pferd gefunden haben. Ist das klar?«

»Aber Ihre Frau ist kein Pferd«, wende ich ein. »Ihre Frau ist aus freiem Willen gegangen, das heißt, sie hat eine Entscheidung getroffen. Wenn ich sie finden soll, sollte ich wissen, was ihre Gründe waren.«

»Was weiß ich, Weiber!« Er fügt noch ein paar beschreibende Schimpfwörter hinzu, die in Audioübertragungen durch einen Piepton ersetzt würden.

Jetzt ist es an mir, die Backen aufzublasen. »Herr Krämer, reißen Sie sich am Riemen, Sie haben Damenbesuch!« Er senkt den Blick und krallt seine Finger in die Lehne seines Ledersessels. Das hilft offenbar.

»Versuchen wir es einmal anders: Wie war der letzte Abend, bevor sie gegangen ist?«

»Der letzte Abend? Der, bevor sie weg ist?« Krämer wühlt sich durchs Haar. »Ich bin spät heimgekommen und habe noch einen Film auf DVD angeguckt, sie lag schon im Bett. Als ich hochkam, schlief sie.«

»Und der Abend davor?«

»So ähnlich, aber ich war früher zu Hause. Ich hab ferngesehen, und sie lag im Bett.«

»Ihre Frau braucht offenbar viel Schlaf.«

»Was soll das heißen?«

»Nichts. Was war an den Tagen davor?« Ich mache mich schon auf eine Reihe von Fernseh- und DVD-Abenden gefasst, aber ich täusche mich.

»Am Abend davor gab's Zoff«, räumt Krämer ein.

»Weshalb?«

»Finanzkram. Sie meinte, sie wollte sich besser absichern.«

»Das klingt doch ganz vernünftig.«

»Pah! Ich habe ihr gegeben, was sie brauchte, wir haben doch gut gelebt. Aber sie meinte, ihr stünde mehr zu.«

»Mehr als drin war?«

»Mehr als gut für sie ist. Ellen kann mit Geld nicht umgehen. Wenn sie's in die Finger kriegt, haut sie's für Klamotten und Klunker raus, wie die Weiber das so machen.«

Ich überlege kurz, ob ich, anstatt mir Krämers Gewäsch weiter anzuhören, in den nächsten Juwelierladen fahren und mein Geld für Klunker raushauen soll. Wie die Weiber das so machen.»Also gut: Sie hatten Streit«, wiederhole ich.»Ein Wort gab das andere, und man trägt seine Anliegen ja nicht immer so vor, wie es Paartherapeuten empfehlen würden. Plötzlich kommt es zu Handgreiflichkeiten, die Sache eskaliert. So sind die Menschen nun einmal.« Krämer reagiert, wie ich es erwartet habe. Er widerspricht nicht.»Haben Sie Ihre Frau geschlagen?«, werde ich konkret. Er antwortet nicht.»Männern, die Frauen in einen dunklen Stall einsperren, rutscht womöglich auch mal die Hand aus«, setze ich nach und merke, wie meine eigenen Empfindsamkeiten die Oberhand gewinnen. Professionell ist das nicht. Reiß dich gefälligst zusammen! Wenn du's nicht schaffst, hättest du den Auftrag nicht annehmen dürfen.

»Ich habe Sie nicht eingesperrt«, widerspricht Krämer.»Das war meine Tochter. Das war Rachel, ein Kind. Und es war Ellen, die mir eine gescheuert hat. Patsch, patsch!« Er klatscht sich gegen die Wangen.»Darin war sie gut.«

»Und an diesem Abend haben Sie zurückgeschlagen?«

Schweigen.

»Haben Sie oder haben Sie nicht?«

»Dafür habe ich mich entschuldigt.«

Wenn das so ist! Ich stehe auf und gehe im Zimmer umher, schaue mir die Fotos an der Wand an. Manfred Krämer, um einige Jahre verjüngt, mit noch entschlossenerem, kompromisslosem Blick. Der Blick eines Mannes, der in Saft und Kraft steht, in der Blüte seiner Jahre sozusagen, einer, der meint, er könne Geldtransporter überfallen. Neben ihm eine zierliche, blutjunge Blondine im weißen Kleid. Alles an ihr wirkt schmal: die Augen, die

Nase, die Lippen, eine unscheinbare Gestalt, die erst auf den zweiten Blick attraktiv wirkt. Ihre Zartheit hat etwas Nobles, Aristokratisches, ihre ganze Person strahlt ein gewisses Understatement aus, wie ein teurer Wagen, der seine Klasse nicht nach außen tragen muss: die blasse, durchscheinende Haut, das feine, aalglatte blonde Haar, das ihr bis an die Schultern reicht.

»Ich brauche ein Foto von ihr«, sage ich zu Krämer, »ein möglichst aktuelles.«

»Sie hat sich gar nicht verändert«, antwortet er mit Blick auf das Bild. »Im Gegensatz zu mir.« Er zückt sein Smartphone, tippt darauf herum und hält es mir unter die Nase: Dieselbe Frau, ohne Zweifel. Ihr Gesicht ganz nah an einem mit brennenden Kerzen bestückten Kuchen. Sie pustet, ohne sonderlich begeistert zu wirken. Aber welche Frau jenseits der 30 packt schon die Euphorie, wenn sie ein Jahr älter geworden ist?

»Das war an ihrem Geburtstag im Februar dieses Jahr«, erklärt Krämer. Ich bin so frei und wische mich durch die nächsten Fotos, wähle ein Bild, auf dem sie nicht pustet, und er schickt es mir auf mein Smartphone rüber. Okay, fangen wir an.

Mein neuer Fall: eine vermisste Frau. Aber Ellen ist nicht einfach verschwunden, sie ist freiwillig gegangen. Und sie wird ihre Gründe gehabt haben. Sie hat nichts hinterlassen, als sie ging, keinen Brief, keine Nachricht, keine SMS. Das muss allerdings nicht zwangsläufig bedeuten, dass sie nicht gefunden werden will. Die meisten Leute wollen gefunden werden, sie wollen, dass man sich um sie sorgt. Ihr Verschwinden ist die verzweifelte Aufforderung, sie endlich wahrzunehmen. Sie hoffen darauf, dass der andere erkennt, wie groß die Not ist, dass die Dinge sich ändern, dass *er* sich ändert. Diese Leute verschwinden nicht wirklich von der Bildfläche, sie brechen nicht mit allem. Sie rufen Freunde an, schreiben ihnen Postkarten; sie wenden sich nicht von ihren Eltern oder Geschwistern ab, sie behalten ihre Hobbys und liebgewonnene Gewohnheiten. Je mehr man über diese Menschen weiß, desto eher entdeckt man Löcher in dem Tarnnetz, das sie über ihr Leben geworfen haben.

Selbstverständlich gibt es auch die, die wirklich verschwinden wollen. Meist haben sie einfach genug vom Ehepartner, und meist steckt eine neue Liebe dahinter. Ich habe nur einmal erlebt, dass es anders war: In diesem Fall ist der Gesuchte gleich wegen Ehefrau *und* Geliebter abgetaucht, und die beiden haben sich zusammengetan, um ihn wieder auftauchen zu lassen. Tatsächlich konnte ich ihn in einem Kloster in Bhutan ausfindig machen, die längste Geschäftsreise übrigens, die ich je getätigt habe. Der Mann bot mir das Doppelte meines Honorars an, wenn ich seinen Aufenthaltsort verschweigen würde. Das Geld brauche er ohnehin nicht mehr, Geld sei ihm nichts wert. Mir schon, und so habe ich es genommen. Ehefrau und Geliebter verriet ich trotzdem seinen Aufenthaltsort, ich hatte schließlich einen Vertrag mit ihnen, und sie hatten ein Recht darauf zu erfahren, wo der Mann geblieben war. Wahrheit. Klarheit. Fairness: meine Devise. Ich habe ihnen außerdem ein Handy-Filmchen gezeigt, auf dem zu sehen war, wie er mit einem schulterfreien Handtuchwickel bekleidet durch einen exotischen Garten schritt. Und ich habe ihnen von seiner umfassenden Beichte mir gegenüber berichtet, von seinen homosexuellen Neigungen, die in fortgeschrittenem Alter zunehmend hervorgetreten seien – und gegen die er nicht länger ankämpfen wolle.

»In einem buddhistischen Kloster?«, fragte die Ehefrau irritiert.

»Ich bin nicht weiter in ihn gedrungen, aber es schien ihm ernst. Es gab da auch – wie soll ich sagen? – einen jungen Mann, zu dem er eine tiefe Verbindung aufgebaut zu haben schien. Aber da lehne ich mich nun wirklich weit aus dem Fenster.« Eigentlich hatte ich mich bereits so weit aus dem Fenster gelehnt, dass ich schon rausgepurzelt war, doch die erfundene Geschichte überzeugte Gattin und Geliebte davon, dass es besser sei, auf eine Reise nach Bhutan zu verzichten und den Mann freizugeben. Und mir meine Erfolgsprovision trotzdem zu zahlen. Ich war damals ungemein stolz gewesen, den Fall für alle Seiten so zufriedenstellend gelöst zu haben. Werde ich auch diesen Fall lösen? Werde ich Ellen finden? Leider schweigt meine Intuition. Welcher Typ ist sie? Gehört sie zu den Klosterflüchtlingen, oder will sie gefunden werden? Ich weiß noch zu wenig von ihr, um diese Frage beantworten zu können.

»Fangen wir mit dem Einfachsten an«, sage ich zu Krämer und gebe ihm den Auftrag, die Einzelverbindungsnachweise seiner letzten Telefonrechnungen durchzugehen. Er willigt ein, doch an seinem ausweichenden Blick erkenne ich, dass er es bereits getan hat. Ich will ihn gerade darauf hinweisen, dass Ehrlichkeit eine Grundvoraussetzung für unsere Zusammenarbeit ist, werde aber durch eine eintreffende SMS abgelenkt. »Sag Helga nie wieder, sie wäre zu dick. Dein Herbert«, lese ich und wende mich wieder meinem Gesprächspartner zu. »Herr Krämer, ich bräuchte einen Lebenslauf Ihrer Frau. Die wichtigsten Eckdaten: wann geboren, wo aufgewachsen, Geschwister, Schullaufbahn und so weiter. Freunde wären auch gut. Solche, die wissen könnten, wo sie sich aufhält. Es wäre schön, wenn Sie mir das notieren könnten, am besten am PC, dann gibt's keine Probleme mit der Handschrift.«

Krämer nickt brav. Es erstaunt mich einmal mehr, welch aufrichtige Ehrfurcht er vor meiner Arbeit hat. In gewisser Weise beruht das auf Gegenseitigkeit: Wer könnte von sich behaupten, vielleicht nicht gerade Ehrfurcht, so doch zumindest Respekt vor jemandem zu haben, der es wagt, einen Geldtransporter zu überfallen?

»Herr Krämer, bevor ich gehe: Nennen Sie mir auf die Schnelle drei Leute, mit denen Ihre Frau den engsten Kontakt hatte.« Er überlegt lange. »Was ist mit der Familie?«, helfe ich ihm auf die Sprünge.

»Sie hat einen älteren Bruder, Frank. Frank Holmen. Aber der würde sich lieber einen Arm abhacken, als mir in irgendeiner Form behilflich zu sein.«

»Das klingt doch schon einmal ganz gut«, sage ich und ernte einen konsternierten Blick. Das klingt sogar hervorragend. Der große Bruder, ein Gegner ihres Mannes, der ideale Typ also, um bei ihm unterzukriechen. Mein Gefühl sagt mir, dass meine Suche nach Ellen schon sehr bald beendet sein wird.

Krämer begleitet mich nach draußen und zu meinem Wagen.

»Der SL ist noch zu haben«, sagt er augenzwinkernd und deutet auf einen nachtblauen Benz. Beim Anblick der schicken Flitzer scheint sich seine Laune schlagartig zu heben. »Setzen Sie sich rein, machen Sie ein Spritztourchen: Sie werden sich Hals über Kopf verlieben.« Ich lache nur. »Lachen Sie nicht! Sie werden sehen, ich verspreche nicht zu viel ...«

»Herr Krämer, ich glaube nicht, dass ich mir einen solchen Wagen leisten kann.«

Er winkt ab, als sei das ein völlig zu vernachlässigendes Argument. »Da gibt's Möglichkeiten, kein Problem. Wir könnten einen Teil Ihrer Gage verrechnen, Sie könnten ...«

»Nein, danke, vielleicht später einmal.« Ich mache mich davon und lache innerlich über die »Gage«, die er mir verspricht. Als sei ich eine Schauspielerin, die für ihre künstlerische Leistung entlohnt wird. Ich als Künstlerin, das gefällt mir irgendwie, vielleicht ist an dem Vergleich sogar etwas dran.

7.

Frank Holmen – eine brandheiße Spur. Eine, der ich sofort nachgehen muss. Allerdings wohnt dieser Holmen ziemlich weit weg, was Spesen erfordert. Und Umstände macht. Erst recht, wenn man ein Kind hat, so wie ich. Also muss ich mir mit einem Trick behelfen.

»Holmen.«
»Guten Tag, mein Name ist Britta Hochstätter, also eigentlich Britta Müller, Müller war mein Mädchenname. Ich bin eine Schulfreundin von Ellen, Ellen Holmen, wir waren zusammen auf der Eduard-Mörike-Realschule. Sie sind doch Ellens Bruder?«
»Ja, bin ich.«
»Ah, das ist gut! Frank, nicht wahr? Wir sind uns ein paarmal begegnet, aber wahrscheinlich erinnerst du dich nicht mehr an mich.« Das tut er ganz bestimmt nicht, doch er ist ein höflicher Mensch.
»Vage«, lügt er. »Es ist möglich.«
»Schön! Die Sache ist die: Ich möchte ein Klassentreffen organisieren, weiß aber nicht, wie ich Ellen erreichen kann. Im Telefonbuch habe ich sie nicht gefunden, dafür aber deine Nummer. Du kannst mir doch sicher helfen?«
»Hm. Ich kann Ihnen … dir Ellens Adresse geben.«
»Das wäre super.«
»Einen Moment, ich schaue nach.« Keine fünf Sekunden später nennt er mir Adresse und Telefonnummer der

Krämers. Soll ich das Spiel noch weiter treiben? »Ähm, also diese Anschrift habe ich bereits«, gebe ich mich verlegen. »Aber der Mann – Ellens Ehemann, nehme ich an – er meinte, sie sei nicht da ... Nun ja, wie soll ich sagen? Es klang eher, als hätten sie sich getrennt, um ehrlich zu sein.«

»Getrennt?«

»Oh je! Vielleicht liege ich ganz falsch, und es geht mich eigentlich gar nichts an. Ich dachte nur, Sie ... also du könntest ... Himmel, ich hoffe, ich habe jetzt nichts Falsches gesagt!«

»Und Krämer wusste nicht, wo sie ist?« Frank Holmen klingt beunruhigt. Mehr als beunruhigt.

»Herrje, ich hätte nicht fragen sollen!«

»Nein, nein. Es ist nur ... Ich kann dir nicht weiterhelfen, tut mir leid.« Ende des Gesprächs.

Eins ist klar: Den Bruder können wir von der Liste streichen. So viel zu meinem untrüglichen Spürsinn.

Wo wir gerade bei meinen seherischen Fähigkeiten sind: Zwei Punkte habe ich bislang außer Acht gelassen, über die ich zumindest nachdenken sollte. Der erste betrifft eine mögliche Theorie zu Ellens Verschwinden: Ellen ist nicht freiwillig weggegangen, wie Krämer behauptet. Sie ist nie irgendwohin gegangen. Er hat sie umgebracht und gibt mir den Auftrag, sie zu suchen, um von seiner Tat abzulenken. Diese Möglichkeit ziehen fernsehkrimigeschulte Leute gewöhnlich als erste in Betracht, die tatsächliche Wahrscheinlichkeit ist allerdings so gering, dass ich sie als letzte in Erwägung ziehe. Ganz ausschließen möchte ich sie angesichts Krämers krimineller Ader allerdings nicht. Für diese winzige Möglichkeit spräche in gewisser Weise der zweite Punkt, der das wirklich Mysteriöse an diesem Fall ist: Warum hat Ellen ihre Tochter verlassen? Warum verlässt eine Frau ihr Kind? Du kannst deinen Mann verlassen, dich von deinen Eltern abwenden, von den alten Freunden – aber von deinem Kind? Ich denke an Yannick, und mir läuft ein Schauer über den Rücken. Hat Ellen ihre Tochter wirklich verlassen? Hat sie ihr tatsächlich nichts gesagt? Oder weiß Rachel mehr als ihr Vater? Sie ist schlau, sie ist hinterlistig, sie hat eine Erwachsene ausgetrickst. Sie wäre sicher in der Lage, ein Geheimnis für sich zu behalten. Aber was ist, wenn sich diese Theorie als falsch herausstellt? Ein leidendes Kind, dessen Mutter verschwunden ist, mit Fragen zu drangsalieren, empfinde ich als unanständig. Bleiben wir fürs Erste bei den anständigen Methoden.

Wer kann noch über Ellens Verbleib Bescheid wissen? Ich habe keine Lust, auf Krämers schriftliche Ausführungen zu warten, also rufe ihn an. Ob es jemanden in der unmittelbaren Umgebung gebe, mit dem Ellen zu tun gehabt habe, vielleicht sogar befreundet sei, frage ich. Krämer zögert.

»Zwei Häuser weiter wohnt eine, mit der ist Ellen ganz gut klargekommen. So eine Fussige, sie heißt Claudia. Claudia Stelter. Aber die spricht nicht mit mir, und ich bin sicher, dass sie nichts weiß.«

»Sie sind sich sicher, obwohl sie nicht mit Ihnen spricht?«

»Ja, bin ich.«

»Warum?«

»Ist halt so.«

»Klingt überzeugend, Herr Krämer.«

»Verdammt! Letzte Woche hat Claudia mich gefragt, wo Ellen abgeblieben ist und mich dabei angeguckt, als hätte ich sie im Keller verscharrt.«

»Eine interessante Theorie.«

»Wie soll ich das jetzt verstehen? Wollen Sie etwa behaupten, ich hätte …« Er bricht mitten im Satz ab.

»Ich behaupte gar nichts, ich gehe nur alle Möglichkeiten durch, was Sie sicher nachvollziehen können. Gerade Sie, Herr Krämer, Sie sind ja sozusagen kriminalistisch gebildet.« Ich beiße mir feixend auf die Unterlippe. Das Telefon ist eine herrliche Erfindung: Man traut sich Frechheiten vom Stapel zu lassen, die man von Angesicht zu Angesicht nie aussprechen würde, schon gar nicht einem Angesicht wie Krämer gegenüber. Aber der lässt sich nicht so leicht aus der Deckung holen.

»Tun Sie, was Sie nicht lassen können«, brummt er, und genau das habe ich vor. Ich werde mich in seiner Nachbarschaft umhören.

In Bülgenauel angekommen habe ich wieder Glück. Als ich das Haus der Stelters passiere, steht eine Frau im Garten und nimmt Wäsche von der Leine. Eine Fussige, hat Krämer gesagt, was auf diese Person zutrifft: Ihr Haar ist flammend rot. Ich trete ans Gartentörchen. »Hallo! Mein Name ist Beate Janis. Herr Krämer hat mir von Ihnen erzählt.« Die Frau wendet sich um und starrt mich an. »Sie gucken so skeptisch!«, lache ich. »Darf ich reinkommen?« Ehe sie ablehnen kann, bin ich schon bei ihr. »Sie müssen Claudia Stelter sein, nicht wahr?« Sie nickt kaum merklich, während sie ein Geschirrhandtuch vor ihrer

Brust zusammenfaltet. »Ich bin eine alte Schulfreundin von Ellen, allerdings habe ich sie schon lange nicht mehr gesehen. Heute war ich zufällig in der Nähe und dachte, ich fahre mal vorbei und gucke, wie's ihr geht. Leider war sie nicht da, nur ihr Mann, und der ...« Ich seufze und trete noch einen Schritt näher an sie heran. »Ich hatte den Eindruck, die beiden haben sich getrennt«, flüstere ich, »und ich wüsste wirklich gern, wo Ellen ist. Da er erwähnt hat, dass Sie befreundet sind ...«

»Befreundet?« Keine Frage, »Freundschaft« wäre nicht das Wort, das Claudia Stelter wählen würde, um ihre Beziehung zu charakterisieren. »Als sie zugezogen sind vor vier Jahren haben wir uns ganz gut verstanden«, erklärt sie, »sie machten ja auch einen normalen Eindruck, die beiden. Bis wir dann erfahren haben, dass er geradewegs aus dem Knast kam, der Krämer. Aber man soll ja keine Vorurteile haben, und die arme Ellen kann ja auch nichts dafür. Dann fingen die Streitereien an, ich weiß nicht, wie oft bei denen seither die Fetzen flogen. Man hat ihn brüllen hören bis auf die Straße, und es ist nicht lange her, da kam sie mit einem blauen Auge an und behauptete, sie habe sich am Küchenschrank gestoßen. Traurig, echt traurig.«

»Mein Gott!« Ich presse meine Hand vor die Lippen. »Wissen Sie, wo Ellen ist?«

Claudia Stelter schüttelt den Kopf. »Nein, ich habe sie schon seit Wochen nicht mehr gesprochen. Hab Krämer nach ihr gefragt, aber er wollte nichts sagen. Ist auch noch frech geworden und meinte, ich solle meine Nase in meine eigenen Angelegenheiten stecken. Ich hätte ihm nur zu gern Kontra gegeben, aber ehrlich gesagt habe ich Schiss vor ihm.«

»Ja, er kommt ziemlich schräg rüber«, stimme ich ihr zu. Und genau das werde ich ihm jetzt sagen.

Krämer steht im Hof und ist gerade dabei, eines seiner Schätzchen auf Hochglanz zu polieren. Als er mich sieht, hält er kurz inne und macht dann weiter. Er scheint nicht gut auf mich zu sprechen zu sein seit unserem Telefonat, aber daran kann ich nichts ändern. Ich trete zu ihm und frage, ob er den von mir gewünschten Lebenslauf seiner Frau bereits erstellt hat, worauf er seinen Lappen auf die Motorhaube wirft und im Haus verschwindet. Bald ist er wieder da und drückt mir ein eng bedrucktes Blatt in die Hand.

»Ich höre, es gab oft Streit zwischen ihnen«, sage ich und beobachte ihn genau.

»Hat der Fusskopp Ihnen das erzählt?«

»Spielt keine Rolle, wichtig ist nur, ob's wahr ist.«

»In jeder Ehe wird mal gestritten, haben Sie das nicht neulich selbst gesagt?«

»Mag sein, aber nicht in jeder Ehe gibt's ein Veilchen für den, der zufällig anderer Meinung ist.«

»Veilchen? Ach, jetzt weiß ich, was die Kuh erzählt hat! Ellen hat sich am Küchenschrank gestoßen. Sie hat sich gebückt, die Schranktür stand auf und peng!«

»Man hat sie bis auf die Straße brüllen hören«, beharre ich.

»Diese alte …« Würde dieser Dialog im Radio gesendet, würde es jetzt wieder piepen.

»Herr Krämer, wenn Sie sich so um Ihre Frau sorgen, warum benachrichtigen Sie dann nicht die Polizei?«

Ihm klappt die Kinnlade runter. »Das fragen Sie mich,

Frau Detektivin? Sie kennen doch meine Geschichte. Wie sieht's denn aus, wenn ich zu den Bullen renne und sage, meine Frau ist weg?« Er schüttelt den Kopf, hält jedoch plötzlich inne und starrt mich an. »Hey, Frau Oberschlau! Sie wollten doch am Telefon schon drauf raus, dass ich Ellen irgendwo verscharrt habe. Und jetzt glauben Sie, den Beweis zu haben, was?«

»Ich glaube nichts, ich gehe nur alle Möglichkeiten durch«, wiederhole ich. »Niemand hat Ellen gesehen, seit Wochen nicht. Niemand hat von ihr gehört. Das ist merkwürdig.«

»Seit Wochen nicht gesehen, hat sie das gesagt?« Krämer erwartet keine Antwort, sondern zückt sein Smartphone und wählt eine Nummer. »Guten Tag, Frau Nachbarin. Hast du erzählt, du hättest Ellen seit Wochen nicht gesehen?« Pause. »Gut, dann wiederhole doch bitte, was du mir selbst gesagt hast. Hier steht jemand neben mir, der sich Sorgen macht, ich könnte Ellen schon vor Wochen um die Ecke gebracht haben.« Er reicht mir sein Smartphone, und Claudia erzählt mir, sie habe seit Wochen nicht mehr mit Ellen gesprochen, was ich ja schon wusste. Diesmal liegt die Betonung allerdings auf »gesprochen«, denn vor fünf Tagen hat sie Ellen vorbeifahren sehen. Ellen war nach Hause gekommen, zu einer Zeit, in der Krämer einen Wagen in Belgien abgeholt hatte.

»Glauben Sie immer noch, dass ich sie umgebracht habe?«, fragt er grimmig.

Es sei immer schön, das Schlimmste ausschließen zu können, kontere ich und beschließe, etwas milder mit ihm umzugehen. Ich zeige auf das Innere des Wagens.

»Darf ich mich reinsetzen?« Krämer stutzt einen Augenblick, öffnet mit Schwung die Beifahrertür und deutet eine leichte Verbeugung in meine Richtung an.

Ich liebe den Geruch von Ledersitzen. Ich liebe eine gehobene Innenausstattung. Ich lehne mich zurück und genieße für einen Moment das Gefühl, in Luxus zu baden, bevor ich mich dem Blatt Papier in meiner Hand zuwende, dem Lebenslauf, den Krämer für mich erstellt hat. Ich studiere ihn aufmerksam, während Krämer beginnt, den linken Kotflügel zu polieren und es vermeidet, mich anzusehen. Ellen macht Yoga, erfahre ich. Ich lasse das Seitenfenster herunter und frage ihren Gatten, seit wann sie diesen Sport betreibt. Schon ein paar Jahre. Nicht erst seit gestern also, weil's gerade Mode ist. Die Chancen stehen gut, dass sie es auch nach ihrem Verschwinden nicht aufgegeben hat. »Hat sie eine feste Gruppe?«

»Ja. Immer dienstags ist sie hin.«

»Und, haben Sie schon gecheckt, ob sie noch dabei ist?«

»Ich bin mal vorbeigefahren, aber sie ist nicht gekommen.«

»Haben Sie nachgefragt?«

»Soll ich etwa ihre Turnschwestern bitten, mir zu sagen, wo meine Frau ist?«

»Warum nicht?«

Krämer steckt seinen Kopf durch das Fenster und meint mit einem listigen Lächeln: »Dafür habe ich ja jetzt Sie.«

In diesem Moment schießt ein Wagen mit hohem Tempo auf den Hof und legt eine Vollbremsung hin. Der Fahrer springt betont sportlich aus dem alten Opel Corsa und hüpft auf Krämer zu. »Hi, Manni, altes Haus! Wie steh'n die Aktien?«

Krämer scheint wenig erfreut über den Besuch. »Was willst du hier?«

»Tja, ich habe gedacht, ich mach mal eine kleine Spritztour und besuche alte Freunde.«

»Tolle Idee, aber ich hab keine Zeit.«

»Das seh ich!« Der Typ grinst anzüglich und taxiert mich gründlich, dann lässt er den Blick über die im Hof parkenden Autos schweifen und pfeift durch die Zähne. »Alter Verwalter, du lässt es richtig gut angehen, was?« Krämer antwortet nicht. »Unser Manni-Manni, der hat's drauf!« Er faselt weiter in dem Stil, und erst nach dem dritten Manni-Manni verstehe ich das Wortspiel. »Money-Manni« soll es heißen, und Krämer hält nicht hinterm Berg mit seiner Meinung dazu. Piep – piep – piep. Ich werfe ihm einen mahnenden Blick zu, den er durchaus versteht. In höflichstem Ton fügt er hinzu: »Besten Dank für deinen Besuch, und jetzt zieh Leine.«

Der Typ hebt entschuldigend die Hände. »Hey, Alter, ich wollt nicht stören. Ich schau einfach ein andermal wieder vorbei, kein Problem!« Schon ist er in seinen Corsa gestiegen und ebenso schnell verschwunden, wie er gekommen ist.

»Wer war denn das?«, frage ich Krämer.

»Ein Spinner, hat mit Ellen nichts zu tun«, lautet die knappe Antwort.

»Womit hat er denn zu tun?«, bohre ich nach.

»Neugierig sind Sie wohl gar nicht.«

»Doch, bin ich. Ist mein Beruf.«

Er rümpft die Nase und erklärt widerwillig: »Der Typ saß auch mal im Knast, und jetzt denkt er, wir wären verwandt oder so was. ›Wenn du Anschluss suchst, geh deinem Bewährungshelfer auf den Sack‹, habe ich zu ihm gesagt, aber er hat mich wohl ins Herz geschlossen.« Krämer bleckt die Zähne zu einem Wolfsgrinsen.

»Ja, das hat er wohl.« Ich grinse ebenfalls. »Die Hölle, das sind die anderen, nicht wahr?«

Krämer hebt den Daumen. »Gefällt mir, der Spruch, ist der von Ihnen?«

»Nein, von Sartre.«

»Ausländer, wie? Cool, der Typ. Hat sicher auch mal eingesessen. Ein Freund von Ihnen?« Ich bin so baff, dass mir keine Antwort einfällt, was Krämer allerdings nicht bemerkt. »Den Knaben würde ich gern kennenlernen, bringen Sie ihn doch mal mit.«

»Das wird nicht gehen, er ist tot.«

»Tot? Wieso ist der schon tot?«

Diese Unterhaltung übersteigt allmählich meinen Horizont, und ich sehe zu, dass ich wegkomme.

Zwei Stunden später stehe ich vor einer Hennefer Grundschulturnhalle und beäuge die Frauen mittleren Alters, die sich nach und nach zu einem Grüppchen versammeln und gemeinsam in der Halle verschwinden. Ellen ist nicht dabei. 19 Uhr, fünf Minuten nach, zehn nach – sie kommt nicht. Nach einiger Überlegung beschließe ich, das Ende des Kurses abzuwarten. Als die Damen eine gute Stunde später herauskommen, frage ich die Erstbeste nach Ellen. Sie sei schon länger nicht mehr gekommen, ist alles, was ich in Erfahrung bringen kann. Nichts Neues für mich. Und dafür habe ich mal wieder auf das gemeinsame Abendessen mit meiner Familie verzichtet. Ich gebe auf und trotte langsam dem sich entfernenden Pulk hinterher, als sich eine große Brünette noch einmal umdreht und wartet, bis ich sie erreicht habe.

»Hi, ich bin Barbara, die Trainerin«, begrüßt sie mich. »Ellen hat mir vor einigen Wochen erzählt, sie wolle wahrscheinlich nach Köln ziehen, und wollte wissen, ob ich dort eine Yogagruppe kenne. Meine Freundin Yvonne gibt einen Kurs in Deutz, ich habe Ellen die Telefonnummer gegeben. Vielleicht hat sie sich ja bei ihr gemeldet.«

Immerhin, besser als nichts. Aber nicht sehr viel besser.

Auf dem Heimweg rufe ich Herbert an und frage nach Neuigkeiten. Vielleicht hat er ja mehr Glück bei seinen Recherchen gehabt. Es sei gar nicht so einfach gewesen, nähere Informationen über Carsten Vogel zu bekommen, erfahre ich. Diesen Vogel hatte ich ganz vergessen, in Sachen Pferdediebstahl spielte er ohnehin keine Rolle mehr. Vogel saß in der JVA Hagen ein, in der auch die Gebrüder Krämer zu Gast waren, und wurde vor etwa sechs Wochen entlassen. Verurteilt worden war er wegen räuberischer Erpressung, seinen Kompagnon hatte man kurz nach der Tat tot aus dem Rhein gefischt. Er war nicht etwa ertrunken, sondern wurde erwürgt. Vogel galt zunächst als Hauptverdächtiger, hatte aber für die Tatzeit ein Alibi.

»Der Täter wurde nicht ermittelt?«, frage ich.

Herbert verneint.

Eine merkwürdige Sache. Vogel in Hagen, die Krämers in Hagen. Irgendeine Verbindung gab es mit Sicherheit zwischen ihnen. Zwei Räuber, ein Erpresser – welch schönes Dreigespann.

8.

Umringt von einem Dutzend weiterer Kursteilnehmerinnen, rolle ich mit Schwung meine Yogamatte aus. Yvonne begrüßt uns milde lächelnd. Wir atmen uns frei und lockern die Glieder beim Sonnengruß. Wir dehnen uns im herabschauenden Hund, drücken das Kreuz durch und stemmen uns in die Kobra. Wir turnen uns durch die Tierkreiszeichen, üben uns im Lotussitz und bedanken uns bei unseren Körpern, dass sie das alles mitmachen. Namaste.

Schließlich bin ich so tiefenentspannt, dass sich mein Ärger über Ellens erneutes Ausbleiben ins Nirwana verflüchtigt – eine Haltung, die sich auszahlt, denn nach der Stunde nimmt Yvonne mich zur Seite. »Tut mir leid, dass du umsonst auf Ellen gewartet hast. Letzte Woche war sie noch da.« Sie reicht mir einen Schnellhefter. »Hier, die Teilnehmerliste. Ellen hat ihre Handynummer eingetragen. Wenn du mit ihr sprichst, richte ihr einen schönen Gruß von mir aus. Ich hoffe, dass sie bald wieder dabei ist.«

Freudig speichere ich die Nummer in mein Smartphone. Noch interessanter ist allerdings die Adresse, die Ellen ebenfalls angegeben hat – und die nicht identisch ist mit jener, unter der sie gemeldet ist. Ich atme auf. Wie's aussieht, habe ich Ellen gefunden. Sport zahlt sich eben aus.

Der Rest ist Routine. Am nächsten Morgen steuere ich die Adresse in Deutz an, eine sanierte Wohnblocksiedlung aus den 60ern. Ellen wohnt in Block 24 im ersten Stock, ihr Name steht deutlich lesbar auf einem Papierstreifen, den sie über das Klingelschild geklebt hat. Ich brauche mir nicht einmal eine Ausrede einfallen zu lassen, um bei ihr zu läuten: Kaum habe ich das Haus erreicht, tritt sie vor die Tür. Glück gehabt.

Krämer hat recht, Ellen hat sich kaum verändert, seit sie im weißen Glockenkleid unter strahlend blauem Himmel Ja sagte. Dass sie jetzt Nein gesagt hat, hat ihrem Teint nicht geschadet. Zart ist sie. Und blass. Ich bin mir nicht sicher, ob ich ihr einen Kerl wie Krämer aufhalsen kann. Warum diese Skrupel?, schelte ich mich. Immerhin hat sie es 13 Jahre mit ihm ausgehalten.

Aber dann nicht mehr.

Ich werde meinen Auftrag erfüllen und Krämer mitteilen, dass ich seine Frau ausfindig gemacht habe, doch »nach mir die Sintflut« sagen werde ich nicht. Ich werde die Sache im Auge behalten. Angenommen, ich gebe Krämer ihre Adresse und er dreht ihr den Hals um, wie stände ich dann da?

»Herr Krämer, ich habe Ihre Frau gefunden.« Er springt hinter seinem Schreibtisch auf. »Bleiben Sie sitzen. Reden wir in Ruhe darüber.«

»Wo ist sie?«

»Erst setzen Sie sich.«

Krämer klappt den Mund auf, besinnt sich aber und gehorcht. »Geht es ihr gut? Ist sie in Ordnung?«

»Es sah so aus.«

Er springt wieder auf und beginnt durchs Büro zu tigern. »Diese verdammte – piep –, der werde ich den Marsch blasen!«

Hatte ich es nicht befürchtet? Wenn ich ihm jetzt die Adresse nenne, geht er hin und dreht ihr den Hals um. »Ich werde Sie begleiten, Herr Krämer.«

Er bleibt abrupt stehen. »Kommt nicht infrage! Ich brauche nur die Adresse.«

»Ich komme mit.«

»Das werden Sie nicht tun!« Er tritt auf mich zu und baut sich vor mir auf. Ich reiche ihm exakt bis zur Hemdtasche, durch deren dünnen Stoff ich die Marke seiner Zigaretten erkennen kann. »Raus mit der Sprache, aber ein bisschen dalli!«

Jetzt nur nicht einschüchtern lassen. »Entweder ich begleite Sie, oder Sie bekommen die Adresse nicht.«

»Haben Sie wieder Angst, dass ich kurzen Prozess mit Ellen mache, oder was soll das Theater?« Krämer stößt mit seinem Zeigefinger gegen mein Brustbein.

»Nicht anfassen.«

Er lacht rau und tritt einen Schritt zurück. »Keine Sorge, Sie sind nicht mein Typ. Und von einer wie Ihnen lasse ich mich nicht erpressen.«

»Wir werden sehen.«

Schließlich einigen wir uns darauf, die Fahrt zu Ellen nicht unnötig hinauszuschieben, sondern sofort aufzubrechen. Gemeinsam.

Krämer verschwindet, um sich schnell frischzumachen. Als er wiederkommt, umhüllt ihn eine Rasierwasserwolke, sein Haar ist frisch gekämmt, und er steckt in einer Art Michael-Jackson-Gedächtnisjacke, in der er ziemlich abgefahren aussieht.

»Schickes Teil.«

Krämer grinst. »Die hab ich letztes Jahr zum Geburtstag bekommen, zum 47., von meiner Frau.«

»Erinnert mich an wen.« Ich pfeife eine paar Takte von »Beat it«.

»Ich bin sein größter Fan«, bekennt Krämer und betont das Wort »Fan«, als sei es eine Auszeichnung. Sorry, aber irgendwie erinnert Krämer mich in der Jacke weniger an Michael als an den Affen, den der mal hatte. Ich deute auf das Revers, das eine doppelte Reihe großer, silberner Knöpfe ziert. »Der unterste Knopf fehlt, wissen Sie das?«

»Ja, den muss ich schon vor längerer Zeit verloren haben. Keine Ahnung, wo der ist. Normalerweise kümmert sich Ellen um so was.«

»Wenn Sie Glück haben, tut sie's bald wieder«, schleime ich. Daran glaube ich zwar nicht, aber ich will Krämer milde stimmen.

»Kommen Sie, ich hab's eilig.« Er wedelt mit der Hand, als wäre ich diejenige gewesen, die sich unbedingt noch in Schale werfen musste. Wir verlassen das Haus, und Krämer wählt einen sonnengelben Porsche Carrera, den schnellsten Wagen, den er hat. Ich liebe schnelle Autos, bezweifle aber, dass ich die Fahrt genießen werde. Jetzt ist zügiges Handeln gefragt.

»Muss noch jemanden anrufen«, erkläre ich, als wir vom Hof rollen. Es interessiert Krämer nicht die Bohne.

»Denise, hier ist Johanna. Entschuldige, mir ist etwas dazwischengekommen. Könntest du bitte den Termin für mich wahrnehmen? Herbert hat die Adresse.«

Ein kurzes Zögern am anderen Ende der Leitung, dann fragt Denise zurück: »Kaffee und Kuchen?«

»Ja, Kaffee und Kuchen wäre nett. Und du solltest gleich aufbrechen, die Dame wartet nicht gern.«

»Kaffee und Kuchen« ist unser Code für »Gefahr im Verzug« und erfordert sofortiges Handeln. Falls Krämer auf seine Frau losgeht, möchte ich lieber jemanden mit Waffenschein bei mir haben.

Zunächst sage ich Krämer nur, dass wir nach Deutz müssen. Wir jagen über die Landstraßen, der Porsche folgt jedem Lenkmanöver geschmeidig wie eine vorschnellende Schlange. Als wir die Autobahn erreichen, tritt Krämer richtig aufs Gas. Kaum kommt der Michaelsberg in Sicht, sind wir auch schon an Siegburg vorbeigeflogen.

Wer weiß, wie der Tag ausgeht, sage ich mir. Vielleicht ist dies die letzte Gelegenheit, Krämer auf den Zahn zu fühlen, und eine Sache interessiert mich doch noch. »Kennen Sie eigentlich einen gewissen Carsten Vogel, Herr Krämer?«

Die Frage verblüfft ihn. Er starrt mich über den Rand seiner Brille hinweg an, die er beim Fahren beruhigenderweise trägt, bevor er lügt: »Nie gehört.«

»Herr Krämer«, sage ich im Ton einer mahnenden Grundschullehrerin. »Ich weiß, dass das nicht stimmt. Sie haben mit diesem Namen den Pferde-Kaufvertrag unterschrieben.«

»Hab ich mir ausgedacht.«

»Wie fantasievoll. Wo doch in Hagen ein Carsten Vogel einsaß.«

»Vielleicht habe ich mich von der Realität inspirieren lassen«, kontert er. Elegant formuliert.

»Also Sie kannten ihn. Was war das für einer?«

»Ein Arschloch.«

»Haben Sie ihn deshalb in die Pferdegeschichte reingezogen?«

»Kann schon sein.«

»Mit Vogels Geschäften hat Ihre Abneigung aber nicht zufällig zu tun?«

»Mit denen habe ich nichts zu schaffen.«

»Sein Kompagnon soll ja auf ungewöhnliche Art und Weise gestorben sein, wie ich hörte.«

Krämers Kopf schnellt herum. »Worauf wollen Sie hinaus? Ob ich ihn umgebracht habe, war das Ihre Frage?«

Ich weiß selbst nicht genau, ob es das war, worauf ich hinauswollte, aber mir ist alles andere als wohl zumute. Krämers Pranken umfassen das Lenkrad fester, und er wirft mir einen durchtriebenen Blick zu. »Was machen Sie, wenn ich jetzt Ja sage? ›Ja, ich habe ihn gekillt.‹ Und dann fahre ich rechts ran, auf einen einsamen Autobahnparkplatz, wo uns zwei Hübschen keiner sieht. Also, was würden Sie tun?«

»Ich würde Ihnen in die Eier treten.« Er lacht auf. »Herr Krämer, ich mag diese Art von Humor nicht.«

»Dann stellen Sie nicht solche Fragen«, blafft er und kommt mir ziemlich kurzatmig vor.

Ich seufze tief. »Sie haben noch immer nicht begriffen, dass ich auf Ihrer Seite stehe, Herr Krämer. In etwa so wie ein Anwalt.«

»Deshalb löchern Sie mich, ob ich irgendwelche Leute abgemurkst habe? Und klemmen sich dazwischen, wenn ich zu meiner Frau will?«

»Auch das tue ich zu Ihrem eigenen Schutz. – Bitte schauen Sie nach vorn beim Fahren.«

Krämer grunzt nur. Eine Weile herrscht Stille.

»Frank hat angerufen«, bricht er unvermittelt das Schweigen. »Frank Holmen, der Bruder meiner Frau. Hat gefragt, wo Ellen ist. Er hat gesagt, dass er mir das Genick bricht, wenn ich ihr auch nur ein Haar gekrümmt habe. Es muss ihm jemand gesteckt haben, dass sie weg ist.«

»Richtig, das war ich. Ich wollte herausfinden, ob Ellen bei ihm ist.«

»Ich wusste doch, dass Sie's draufhaben.« Er schaut schon wieder zu mir rüber und grinst, plötzlich bester Laune. »Ihr Geld liegt im Safe bereit. Wenn ich Ellen wirklich antreffe, können Sie es später gleich mitnehmen.« Eine Lücke im Verkehr tut sich auf, und der Porsche geht ab wie eine Rakete.

»Ich bevorzuge eine korrekte Rechnungstellung und Überweisung aufs Konto«, sage ich förmlich und kralle mich am Sitz fest.

»Mir ist's egal, wie Sie Ihren Zaster kriegen, ich kann Ihre Gage ohnehin nicht von der Steuer absetzen.«

Ich ziehe es vor, mich zu dem Thema nicht weiter zu äußern, und wir rasen schweigend dahin. Endlich müssen wir die Autobahn verlassen, und der Stadtverkehr zwingt Krämer, den Fuß vom Gaspedal zu nehmen. Ich nenne ihm die genaue Adresse, und wenige Minuten später sind wir da.

»Hier ist es.« Ich deute auf den Häuserblock zu unserer Linken. »Hausnummer 24.« Krämer fährt sofort rechts ran und parkt den Wagen. Im Halteverbot. Ich weise ihn diskret darauf hin.

»Na und, wen interessiert's?« Er steckt seine Brille weg, steigt aus und knallt die Tür zu.

»Die Polizei vielleicht?«, rufe ich ihm nach. Wieder lacht er sein typisches, explosives Brüllaffenlachen. »Glauben Sie, man kommt wegen Falschparkens in den Knast?« Er ist schon halb auf der anderen Straßenseite. Ich muss mich sputen, ihm zu folgen.

9.

»Hallo?« Ellen Krämer meldet sich durch die Gegensprechanlage.

»Frau Krämer, mein Name ist Johanna Schiller, dürfte ich Sie einen Moment sprechen?«

»Worum geht es?«

»Das würde ich Ihnen gern persönlich sagen.« Der Türöffner summt. »Sie bleiben hier, bis ich Sie rufe«, weise ich Krämer an und gehe voraus. Ellen erwartet mich bereits an der Wohnungstür. »Guten Tag, Frau Krämer. Ich habe jemanden mitgebracht, der gern mit Ihnen sprechen würde. Allerdings nur, wenn Sie damit einverstanden sind. Es ist Ihr …« Weiter komme ich nicht, denn Krämer stürmt die Treppe hinauf und schiebt sich an mir vorbei. »Hey!«, rufe ich und versuche ihn am Ärmel zu erwischen, aber er hat sich bereits auf seine Frau gestürzt.

»Ellen!« Er schlingt seine gewaltigen Arme um sie und presst sie an sich.

»Herr Krämer, ich glaube nicht …«

»Schon gut«, höre ich Ellens erstickte Stimme. »Es ist in Ordnung.« Die Umarmung will nicht enden, doch endlich gibt Krämer seine Frau frei. Sie schiebt ihn sanft zur Seite und sieht mich an. »Danke. Wenn Sie uns jetzt bitte allein lassen würden.«

Ich nicke, rühre mich aber nicht von der Stelle.

»Wir müssen reden«, sagt Ellen zu ihrem Mann.

»Ja, das müssen wir«, brummelt er, und die beiden verschwinden in der Wohnung. Die Tür fällt ins Schloss – und ich stehe noch immer auf dem Treppenabsatz.

Als ich vor die Haustür trete, entdecke ich in wenigen Metern Entfernung Denise, die mit gelangweiltem Gesichtsausdruck den Kinderwagen ihrer Tochter vor sich her schiebt – ohne Kind, was aber nicht ersichtlich ist. Nach meinem Notruf hatte ich ihr Ellens Adresse per SMS geschickt für den Fall, dass sie Herbert nicht erreicht, und sie muss sich sofort auf den Weg gemacht haben. Ich bin stolz auf meine Mitarbeiterin, auf sie ist wirklich Verlass.

Ich gebe ihr ein Handzeichen, und fünf Minuten später treffen wir uns am anderen Ende der Siedlung. In kurzen Worten kläre ich sie über das Vorgefallene auf. »Sieht nach Happy End aus«, schließe ich, »doch man kann nie wissen. Wir sollten ihn im Auge behalten, zumindest heute. Was die beiden in Zukunft machen, ist ihr Bier.«

Denise sieht die Sache ähnlich. »Irgendeine Möglichkeit, bei denen einzusteigen?«

Ich winke ab.

Eine halbe Stunde vergeht, eine Stunde. Der späte Nachmittag geht in den Abend über, es wird dämmrig. In Ellens Wohnung flammt Licht auf, und sie erscheint kurz am Fenster, um es zu kippen. Küche oder Wohnzimmer, tippe ich. Oder Schlafzimmer. Leider haben wir keine Chance, herauszubekommen, was drinnen vor sich geht. Ich denke an die Drohne, die ich bestellt habe, und plötzlich beginnt Krämer zu poltern. Er flucht lautstark, macht seinem Ärger Luft, schreit sie an. Nur einmal ist Ellens Stimme zu hören, eine leise Melodie, dann wieder er – und dann nichts mehr. Stille. Sekunden vergehen, Minuten. Kein Laut mehr zu hören.

»Ich gehe rein«, meint Denise entschlossen und deutet auf einen Mann, der soeben aus dem Bus gestiegen ist und augenscheinlich auf den Hauseingang Nummer 24 zustrebt. »Warte am Ende des Wohnblocks auf mich«, flüstert sie, um laut und deutlich hinzuzufügen: »Tschüss dann.« Ein bisschen spät zwar für einen Hausbesuch mit vermeintlichem Kleinkind, finde ich und bemühe mich, nicht über Soraja zu stolpern, die Promenadenmischung, die Denise zu Tarnzwecken mitgebracht hat. Meine Mitarbeiterin steuert auf den Hauseingang zu, und ich mache mich davon. Ich weiß, dass Denise abwarten wird, bis der Mann auf ihrer Höhe ist, dass sie ein wenig unbeholfen tun und er ihr die Tür aufhalten wird, damit sie mit dem Kinderwagen unbeschadet in den Flur gelangt.

Als ich wenige Minuten später von der Straße aus zum Hauseingang hinüberspähe, ist niemand mehr zu sehen. Sie ist drin. Denise schafft es immer, reinzukommen, wo sie will.

»Alles in Ordnung«, erklärt sie wenige Minuten später am anderen Ende des Häuserblocks, wo wir uns wie verabredet treffen.

»Hast du mit ihr gesprochen?«

»Ja.«

»Wie hast du das angestellt?«

»Hab geklingelt und gesagt, ich sei bei den Nachbarn zu Besuch, und sie gefragt, ob sie sich vorstellen könne, dass die nicht mal einen Flaschenöffner hätten für den Wein, den ich mitgebracht habe.«

»Und?«

»Sie gab mir einen Öffner und meinte, ich solle ihn auf die Fußmatte legen, wenn ich ihn nicht mehr brauche.«

»Also alles okay da drin?«

»Sie wirkte relativ entspannt, würde ich sagen.«

»Wir warten trotzdem.«

Der Abend geht in die Nacht über. Draußen regt sich nichts mehr, und in den Wohnungen erlischt nach und nach das Licht, nur im ersten Stock des Hauses Nummer 24 bleibt es hell. Denise und ich wechseln uns mit den Kontrollgängen ab. Wer Pause hat, klemmt sich auf die Rückbank ihres Wagens und macht die Augen zu. Soraja hat längst keine Lust mehr, Gassi zu gehen, und schlummert auf Merles Schmusedecke. Als ich mich zu ihr lege, kuschelt sie sich sofort an mich. »Du stinkst entsetzlich«, maule ich und bin ich auch schon eingeschlafen.

Das schrille Heulsignal eines Martinshorns bohrt sich in mein Bewusstsein, wird lauter und lauter, um plötzlich zu verstummen. Lichtblitze schneiden in rhythmischen Abständen durch die Dunkelheit. Ich setze mich auf und sehe, dass vor Haus Nummer 24 ein Rettungswagen hält, dicht gefolgt von einem Notarztwagen.

Ich springe aus dem Auto, und auf einmal ist Denise neben mir.

»Was war los?«, frage ich sie.

»Keine Ahnung. Ich habe nichts bemerkt.«

Schnellen Schrittes gehen wir auf die 24 zu. Mein Herz pocht heftig gegen meine Brust, mein Atem fliegt. In Ellens Wohnung brennt immer noch Licht, nun in allen Räumen. Mir wird übel. Jetzt hat er sie erwischt, er hat sie kaltgemacht. Du hast dem Kater gezeigt, wo sich die Maus versteckt hält, und er hat sie sich geschnappt. »Er hat sie umgebracht«, flüstere ich. »Und ich bin schuld.«

»Halt die Klappe!« Denise lauscht angespannt. Nichts zu hören. Falls sie dort oben um Ellens Leben ringen, tun sie es leise. Aber würden sie sich so lange in der Wohnung aufhalten, wenn Ellen tot wäre? Denise fasst mich am Arm und zieht mich mit sich, auf den Hauseingang zu. Der Rettungsdienst hat die automatische Türverriegelung entsperrt, wir gelangen ungehindert ins Haus und schleichen die Treppe hinauf. Die Tür zu Ellen Krämers Wohnung ist nur angelehnt, Stimmengewirr dringt aus dem Inneren. Leider bleibt uns keine Zeit zu horchen, denn von der Treppe her nahen Schritte. Zwei Polizisten kommen herauf. Wir schaffen es gerade noch, einen halben Stock höher auf den nächsten Treppenabsatz zu huschen, ehe sie die Wohnung betreten. Durch das Flurfenster haben wir einen guten Blick auf die Rettungsfahrzeuge, den Polizeiwagen – und den Leichenwagen, der gerade anrollt. Ich jaule leise auf und kralle mich in Denise' Schulter. Sie greift nach meiner Hand und drückt sie schweigend.

Zwei dunkel gekleidete Männer steigen aus, öffnen die Heckklappe und ziehen einen schlichten Sarg heraus, den sie auf einem rollenden Gestell zum Hauseingang schieben. Wir linsen durch das Treppengeländer nach unten, sehen, wie sich die Tür gegenüber von Ellen Krämers Wohnung einen Spalt weit öffnet – und sich sofort wieder schließt, als die Männer mit dem Sarg die erste Etage erreichen. Ein korpulenter Sanitäter lässt sie ein und tritt anschließend auf den Flur. Sofort ist Denise bei ihm. »Was ist denn los?«, höre ich sie fragen, Bestürzung mimend. »Das ist doch nicht etwa meine Nachbarin, die Frau Krämer? Oh mein Gott, nicht Ellen, bitte nicht!« Denise beginnt hysterisch zu wimmern. »Bitte, sagen Sie, dass es nicht Ellen ist …« Sie hängt sich an seinen Arm. Leicht angewidert versucht er sie abzuschütteln, doch sein Mitgefühl scheint zu überwiegen.

»Sie ist es nicht«, brummt er. »Es ist ihr Mann.«

»Ihr Mann? Tot?«, flüstert Denise.

»Toter geht's nicht.« Auch dieser Typ hat offenbar eine lange, harte Nacht hinter sich.

»Du kannst jetzt nach Hause fahren«, sage ich zu Denise. Wir stehen wieder auf der Straße neben ihrem Auto.

»Und du?«

»Ich bleibe noch.« Wenig später bin ich allein. Meine Kräfte lassen plötzlich merklich nach, und ich gehe zu Krämers Wagen. Diese alten Schätzchen sind leicht zu knacken: Ein Ruck, und die Fahrertür springt auf. Ich lasse mich in den Schalensitz gleiten, lehne mich zurück und schlafe augenblicklich ein.

10.

Ellen Krämer steht in der Tür und mustert mich misstrauisch.

»Sie sind doch ...« Sie stockt.

»Richtig, ich bin die, die Ihren Mann gestern begleitet hat. Es tut mir sehr leid, was passiert ist, Frau Krämer. Mein Name ist Johanna Schiller.« Ich reiche ihr meine Karte. Ellen wirft einen Blick darauf und lacht.

»Sie sind Detektivin? Manfred sagte, Sie seien so eine Art Seelsorgerin.«

Okay, so abwegig ist der Vergleich zwischen Arbeit und der eines Seelsorgers nicht, auch ich wollte verhindern, dass Krämer sich in Schwierigkeiten bringt. Oder vielmehr seine Frau.

»Er hatte meine Adresse also von Ihnen«, stellt Ellen Krämer nüchtern fest.

Ich nicke. »Darf ich einen Moment reinkommen?«

Sie öffnet die Tür und lässt mich eintreten.

In ihrer kleinen Küche duftet es nach Kaffee. Ellen deutet auf einen von zwei Stühlen, stellt zwei Tassen auf den Tisch und schenkt ein. Sie trägt eine zarte, geblümte Bluse und eine Pumphose, die ihr ausgezeichnet steht – ein Beweis dafür, dass sie zu den beneidenswerten Frauen gehört, die alles tragen können.

Ein ganz normaler Tag, könnte man meinen. Gleich trinkt sie ihren Kaffee, putzt sich die Zähne und geht zur Arbeit. Aber es ist kein normaler Tag. Sie macht keine Anstalten, irgendwohin zu gehen, und der Kaffee, den sie sich eingeschenkt hat, wird langsam kalt. Die Energie, die sie eben noch gehabt hat, scheint völlig verpufft. Sie sitzt einfach da und starrt auf die Kerze in der Mitte des Tisches, ein Windlicht aus geschliffenem Glas, dessen Rautenmuster das Licht bricht.

Ich trinke meinen Kaffee und warte.

»Im nächsten Monat hätten wir unseren 13. Hochzeitstag gefeiert, ist das nicht furchtbar?« Für einen Moment wendet sie mir ihr spitzes, blasses Fuchsgesicht zu, um gleich wieder den Blick zu senken.

»Ich dachte, Sie wollten sich scheiden lassen«, wage ich einzuwenden und fahre mit dem Zeigefinger das winzige Rosenmuster der Tischdecke nach. Draußen hupt jemand, ein LKW rollt an, ein Moped knattert, der morgendliche Berufsverkehr hat längst eingesetzt. Durch das halb geöffnete Fenster weht ein Luftzug herein und bauscht die lindgrünen Vorhänge. Er trägt mir einen Geruch nach Babycreme zu, der von Ellen ausgeht. Und den von etwas Likörartigem.

»Er war ein wunderbarer Mensch, ein ganz wunderbarer Mann«, sagt sie plötzlich in einem brüsken, beinahe trotzigen Ton, als müsse sie ihn verteidigen, und ich bin mir nicht sicher, ob sie meine letzte Bemerkung gehört hat.

»Aber mit ihm zusammenleben wollten Sie nicht mehr. Immerhin sind Sie zu Hause ausgezogen.« Eine Feststellung, ruhig und sachlich vorgetragen.

Ellen schaut auf, und jetzt bleibt ihr Blick an mir haften. »Warum sagen Sie das?«, fragt sie scharf. »Was wollen Sie überhaupt? Ich muss nicht mit Ihnen reden.«

Nein, das muss Sie nicht. Aber sie braucht auch nicht zu lügen. Über niemanden wird mehr gelogen als über frisch Verstorbene. In den Todesanzeigen wimmelt es von wunderbaren Menschen, da fragt man sich doch, was aus den ganzen Arschlöchern wird, die das Zeitliche segnen. Und wenn wir ehrlich sind, spricht vieles dafür, dass Ellen Krämers Gatte zu letzterer Kategorie gehörte.

Okay, ich geb's zu: Ich habe schlechte Laune; die letzte Nacht hat mir gehörig auf die Stimmung geschlagen. Ich stehe auf und hole mir den Rest Kaffee aus der Kanne, obwohl er übel nach Lakritz schmeckt, aber ich brauche das Koffein.

»Wir haben uns geliebt, trotz allem«, beharrt Ellen in fast kindlichem Tonfall. »Wir wollten es noch einmal miteinander versuchen. Weil wir zusammengehören. Weil wir doch gesagt haben: bis dass der Tod uns scheidet.«

Und der kam überraschend plötzlich, denke ich. Für eine Nacht sehen sie sich wieder, und prompt ist er hinüber.

Sie beginnt zu weinen. Ich wundere mich einmal mehr. Wenn das Schicksal einen von beiden ereilen sollte, dann sie, hätte ich gestern noch gewettet. Aber jetzt sitzt sie quicklebendig vor mir, und mein Auftraggeber ist tot.

Ich stehe noch einmal auf, reiche ihr eine angebrochene Packung Papiertaschentücher, die auf der Anrichte liegt, und warte, bis sie sich wieder einigermaßen gefasst hat.

»Hat der Notarzt gesagt, woran ihr Mann gestorben ist?«

Sie räuspert sich mehrfach, ehe sie mit belegter Stimme antwortet: »Sein Herz. Manfred brauchte Medikamente, seit Jahren. Aber vermutlich hat er seine Tabletten schon längere Zeit nicht mehr genommen, er war nicht allzu genau damit, und seit … seit ich …«

»Seit Sie weg sind«, ergänze ich.

Sie nickt. »Er hat wohl nicht mehr darauf geachtet.«

»Verstehe. Und letzte Nacht, was ist da passiert?«

»Das hat mich die Polizei schon gefragt. Was geht Sie das an?«

Gar nichts, wenn man es genau nimmt. Oder doch? »Wissen Sie, Ihr Mann hat mich beauftragt, Sie zu finden. Ich habe ihn hierher geführt und empfinde eine gewisse

Verantwortung für mein Handeln. Ich wüsste einfach gern, was passiert ist. Und vielleicht möchten Sie ja auch ein paar Dinge von mir erfahren. Über Ihren Mann.«

Ellen sieht mich an mit einem Blick, den ich nicht deuten kann.

»Wir haben lange geredet und sind spät zu Bett gegangen«, beginnt sie. »Wir waren beide total erledigt. Manfred hatte ein paar Gläser Wein getrunken, und ich wollte nicht, dass er noch Auto fährt. Also haben wir uns hingelegt, und irgendwann musste ich mal raus. Ich habe mich zu ihm gedreht und sein Gesicht berührt, und er war ganz kalt. Eiskalt war er, am ganzen Körper, und ...« Sie spricht nicht weiter.

»Das war sicher furchtbar für Sie«, sage ich, um nicht gefühllos zu wirken, und stelle dann die Frage, die mir schon länger im Kopf herumgeht: »Was ist mit Ihrer Tochter? Weiß Rachel schon Bescheid?

»Rachel?« Es klingt, als höre sie den Namen zum ersten Mal. »Sie ist nicht meine Tochter.«

»Wie?«

»Sie war schon vorher da, vor unserer Ehe. Als wir uns kennenlernten, war sie ein paar Monate alt.« Ellens Blick geht ins Leere. »Es ist nicht gut, wenn die Kinder vor den Müttern da sind. Vor denen, die ihre Mütter werden sollen, meine ich.«

Jetzt habe ich endlich eine Erklärung dafür, warum sie sich nicht sonderlich um das Mädchen geschert hat. »Weiß Rachel, was passiert ist?«, wiederhole ich meine Frage.

Ellen schüttelt den Kopf. »Nein. Sie übernachtet bei einer Freundin und wird erst heute Nachmittag zurück sein, sagte Manfred. Ich habe sie noch nicht angerufen.

Die Polizei wollte das tun, aber es ist mir lieber, wenn ich mich selbst darum kümmere. Später.«

Sie verfällt wieder in ihre Lethargie, doch ich finde, es ist jetzt spät genug, um Rachel reinen Wein einzuschenken, ehe sie die Schreckensnachricht aus anderer Quelle erfährt. Immerhin waren sie mal eine Familie, und das Geschehene ist eindeutig eine Familienangelegenheit, also sollte Ellen es ihr erzählen.

»Frau Krämer, machen Sie sich fertig, ich fahre Sie nach Hause«, sage ich. Sie gehorcht widerspruchslos, und während sie im Bad verschwindet, spüle ich die Tassen. So schnell wird sie vermutlich nicht zurückkommen.

Als wir die Wohnung verlassen, greift Ellen zu einer kleinen Reisetasche, die in der Ecke steht, die Sachen muss sie bereits vor meiner Ankunft gepackt haben. Täusche ich mich, oder hat sie es plötzlich eilig?

11.

Ich habe geschlafen, gegessen, meditiert, nochmals geschlafen – und fühle mich noch immer total zerschlagen. Krämer ist tot. Ich hatte schon einmal einen Fall, in dem eine Klientin gestorben ist, sogar ermordet wurde, und das fast in meinem Beisein. Es ist kein angenehmes Gefühl, so nah zugegen zu sein, wenn jemand sein Leben aushaucht.

Krämer, der Exknacki, der Macho, der Frauenschläger – und doch verspüre ich so etwas wie Mitleid mit ihm. Ich will nicht länger grübeln und überlege, was im Büro zu tun ist. Das einzig Dringliche ist die Dokumentation des gestrigen Vorfalls, obwohl mein Auftraggeber tot ist, oder vielmehr: weil er tot ist. Ich setze mich ans Notebook, öffne ein neues Dokument und lege die Finger auf die Tasten. Puh. Ich tippe das Wort »Protokoll« und das gestrige Datum. Ich denke nach und mir fällt ein, dass schon ewig niemand mehr den Meerschweinchen die Krallen geschnitten hat.

Draußen regnet es. Ich hole Dick aus dem Stall zu mir ins Büro und habe ihn gerade zwischen meinen Beinen festgeklemmt, als es klingelt. Der Fanfarenstoß, der neue, gut bezahlte Aufträge verheißt. Ich verstecke Dick in einer Schublade und gehe, um zu öffnen. Vor der Tür steht Rachel. Ihr Anblick überrascht mich derart, dass ich nicht weiß, was ich sagen soll.

»Darf ich reinkommen?«, fragt sie zaghaft. Sie sieht verweint und übernächtigt aus, was angesichts der Umstände nicht verwunderlich ist.

»Sicher.« Ich lasse sie ein und biete ihr meinen Besuchersessel an, doch sie will sich nicht setzen. Ich hole das Meerschwein aus der Schublade, was sie nicht zu bemerken scheint. Sie steht einfach nur da, aufgelöst und zittrig.

»Leg wenigstens die Jacke ab, du bist ja ganz nass«, sage ich, und sie beginnt zu weinen. Auf einmal weiß ich, woher mein Mitleid Krämer gegenüber rührt. Er war nicht nur Exknacki, Macho, Frauenschläger – er war einer, der sich für Jean-Paul Sartre begeisterte. Er war auch Vater, und er hat für seine Tochter ein Pferd geklaut, damit sie nicht so traurig ist.

»Wie wäre es mit einem Tee?«, schlage ich vor. Rachel will keinen, aber ich finde, Tee kann nie schaden. Also drücke ich ihr Dick in die Hände und verschwinde in meiner winzigen Küche. Als ich mit den Tassen und zwei Laugenbrezeln zurückkomme, hat sie sich noch immer nicht vom Fleck gerührt. Ich fasse sie bei den Schultern und schiebe sie sanft in den Sessel. Sie lässt es geschehen, setzt Dick auf ihren Schoß und streichelt ihn eine Weile. Normalerweise mag er es nicht sonderlich, angefasst zu werden, doch heute scheint er eine Ausnahme zu machen. Vielleicht sollte ich ihn zum Therapiemeerschwein ausbilden lassen. Ich warte ab und merke auf einmal, dass ich einen Riesenappetit habe. Dezent beiße ich in meine Laugenbrezel.

»Ellen ist schuld an Papas Tod«, sagt Rachel plötzlich leise, den Blick auf das Meerschwein geheftet. Ich habe den Mund voll und muss erst schlucken.

»Weil sie ihn verlassen hat?«, frage ich vorsichtig.

»Ich weiß nicht, wie sie es gemacht hat, aber sie hat ihn auf dem Gewissen.« Rachel klingt vollkommen überzeugt.

»Weißt du, Rachel, nur weil man jemanden verlässt, möchte man ihn nicht gleich umbringen«, versuche ich eine Erklärung. »Deine Mutter hat geglaubt, sie und dein Vater würden nicht mehr so gut zueinanderpassen, und es wäre besser, wenn sie ihre eigenen Wege ginge.«

»Sie ist nicht meine Mutter.«

»Ich weiß, aber Ellen hat dich großgezogen.«

»An meine richtige Mutter erinnere ich mich nicht einmal.«

»Das tut mir leid.«

Sie winkt ab. »Wenn man sich nicht erinnert, dann ist es doch nicht so schlimm, oder?«

Darüber müsste ich erst einmal nachdenken. »Dass Ellen gegangen ist, heißt nicht, dass sie deinem Vater den Tod gewünscht hat«, greife ich den Faden wieder auf. »Diese Dinge passieren, und nicht immer kann man sagen, jemand ist schuld daran.«

»Er hat seine Medikamente genommen.« Es scheint, als hätte sie mir überhaupt nicht zugehört.

»Das mag sein, Rachel, aber man kann sein Schicksal nicht immer selbst bestimmen. Dein Vater hatte ein krankes Herz, und da kommt es manchmal vor, dass …«

»Sie war's, das weiß ich genau! Ich weiß nur nicht, wie sie's gemacht hat. Aber das müssen Sie herausfinden, Sie sind doch Detektivin.« Jetzt schaut Rachel mich an, und in ihrem Blick liegt ein offener Vorwurf. »Wenn Sie Ellen nicht aufgespürt hätten, wäre das alles gar nicht passiert.«

»Möglich«, stimme ich der Ehrlichkeit halber zu. Wahrheit. Klarheit. Fairness. – Mein Credo. Aber weitere Zugeständnisse wird Rachel von mir nicht zu hören bekommen.

»Ich habe Ihnen etwas mitgebracht«, sagt sie und wirkt plötzlich sehr viel zuversichtlicher. »Es ist das Geld, das Vater Ihnen versprochen hat.« Sie setzt Dick auf dem Boden ab und beginnt in ihrer knallbunten Handtasche zu kramen. »Das Geld aus dem Safe, Ihre Gage«, erklärt sie auf meinen fragenden Blick hin. »Sie haben Ihre Aufgabe doch erfüllt, Ihr Teil des Geschäftes ist erledigt.« Für einen Moment blitzt es in ihren Augen auf, und ich erkenne jene durchtriebene Göre wieder, die mich im Stall eingesperrt hat.

»Woher weißt du eigentlich davon?«

»Von Ihrem Auftrag? Papa hat's mir gesagt. Ohne mich hätte er Sie ja gar nicht kennengelernt.« Ein verlegenes Lächeln huscht über ihr Gesicht. »Tut mir übrigens leid, die Sache mit Ragnar damals. Zumal ich ihn sowieso nicht behalten konnte, er war ja nicht zu reiten.«

»Schwamm drüber. Aber sag mir, wie kommst du an das Geld, wenn es im Safe lag.«

Sie zuckt die Achseln. »Ich kenne den Code, Papa hat ihn mir genannt.« Sie streckt mir das Kuvert hin. »Hier, nehmen Sie's, ehe Ellen davon erfährt, dann sehen Sie's garantiert nichts wieder.«

Umschläge mit Geld üben eine magische Anziehungskraft auf mich aus, aber ich weiß auch, dass sie mit einem bösen Zauber belegt sind. Sobald ich zugreife, gibt's Ärger. Meistens.

Manchmal aber auch nicht.

»Es ist mehr, als dein Vater und ich vereinbart haben«, sage ich mit Blick auf den ansehnlichen Packen Scheine. »Ich habe Ellen ja recht schnell gefunden, da kommt diese Summe nicht zusammen.«

»Dann sehen Sie's als Honorar für Ihre weiteren Ermittlungen.«

»Du zahlst mir ein Honorar?« Wider Willen muss ich lachen.

Rachel findet die Sache weniger lustig. »Papa meinte,

er hätte gutes Geld mit ein paar Autos gemacht, und ich sagte doch, ich habe Zugang zum Safe, im Gegensatz zu Ellen. Das Geld gehört jetzt also mir, und ich kann damit machen, was ich will. Ich kann's zum Beispiel Ihnen geben.«

»Mädchen, behalt dein Geld, du wirst es brauchen.« Ich nehme die Summe heraus, die Krämer mir noch schuldete, drücke ihr den Umschlag in die Hand und ignoriere ihre enttäuschte Miene. »Woran hast du eigentlich gemerkt, dass ich über die Sache mit Ragnar Bescheid wusste?«, frage ich, um das Thema zu wechseln.

»Pferdejahre! Das goldene Reitabzeichen!« Rachel schüttelt den Kopf. »Das gibt es ausschließlich für die Teilnahme an Turnieren, und von denen müssen Sie auch noch eine ganze Reihe gewonnen haben.«

»Da habe ich mich ja ganz schön vergaloppiert«, sage ich und füge hinzu: »Das haben wir wohl beide getan. Jetzt sind wir quitt, was meinst du?« Ich stehe auf. »Komm, ich fahre dich nach Hause.«

»Nach Hause?« Rachel starrt mich entgeistert an. »Auf gar keinen Fall!«

Ich frage sie, wo sie sonst unterkommen könnte, und sie nennt mir eine gewisse Marisa. Wer das sei, will ich wissen.

»Meine Patentante. Die Frau von Papas Bruder – also, die Witwe. Ich wollte zu ihr, aber ich erreiche sie nicht. Sie hat kein Handy wegen der Strahlen, die machen das Gehirn kaputt, sagt sie.« Ich nicke und frage mich, ob die Gehirnschädigung bei dieser Marisa bereits fortgeschritten ist.

»Hatte dein Vater mehrere Brüder?«

»Nein, nur Werner. Sie war Werners Frau, aber der

saß ja die ganze Zeit im Knast, bis er gestorben ist. Kurz zuvor hat er …«

»Wie, der ist auch tot?«

»Wussten Sie das nicht?«

Nein, das wusste ich nicht.

»Marisa hat einen neuen Freund, das heißt, ›neu‹ kann man eigentlich nicht mehr sagen. Er ist Sumoringer.«

Das wird ja immer besser, erst ein Räuber, jetzt ein Sumoringer. »Du solltest nach Hause gehen, Rachel«, wiederhole ich. »Wir dürfen keine Aufmerksamkeit erregen, *du* darfst das nicht tun, wenn wir beide etwas herausfinden wollen. Also ist es notwendig, dass du erst einmal heimgehst.« Das leuchtet Rachel ein, und ich schäme mich ein bisschen für meine Tricks. »Wenn was ist, rufst du mich einfach an.«

Sie nickt. »Aber Ellen darf nicht erfahren, dass ich hier war. Sie sagen ihr doch nichts davon, oder?«

»Natürlich nicht.« Ich lächle ihr aufmunternd zu und schiebe sie in Richtung Tür. Sie bleibt noch einmal stehen und wendet mir ihr blasses, leidgeprüftes Gesicht zu. Die Augen wirken übergroß darin. »Sie werden sich um die Sache kümmern, nicht wahr?«

»Ich werde sehen, was ich tun kann«, wiegele ich ab und merke selbst, dass es nicht sonderlich überzeugend klingt. »Schau einmal nach, ob du etwas findest«, füge ich hinzu. »Die Medikamente zum Beispiel, die dein Vater einnehmen musste.«

»Sie ist schuld an Papas Tod«, wiederholt Rachel, und ich frage mich, ob unser Gespräch zu irgendetwas gut war. »Es hängt alles mit diesem Brief zusammen.«

»Brief? Welcher Brief?«

»Der Brief, von dem ich Ihnen die ganze Zeit erzählen wollte, aber Sie wollen mich ja partout nach Hause schicken«, jammert Rachel.

Ich hole tief Luft. »Also gut, die Zeit nehmen wir uns noch. Setz dich wieder, es macht mich nervös, wenn du so herumstehst.« Rachel gehorcht und holt sich sogar das Meerschweinchen zurück auf den Schoß.

»Es war vor ungefähr zwei Monaten, an einem Mittwoch«, beginnt sie. »Ich kam aus der Schule und ging in Papas Büro. Er saß an seinem Schreibtisch und hielt diesen Brief in Händen. Er war kreidebleich im Gesicht. ›Kannst du nicht klopfen?‹, schnauzte er mich an, dabei klopfe ich nie, und das stört ihn sonst auch nicht – störte ihn nicht.« Sie schluckt. »Aber an dem Tag schmiss er mich raus, und ich wusste sofort, dass etwas nicht stimmt. Kurz darauf kam ein Kunde, und Papa musste sich draußen um ihn kümmern. Ich bin noch mal rein ins Büro und fand den Brief in der obersten Schreibtischschublade. Papa hatte wohl keine Zeit, ihn zu verstecken. Ich holte ihn raus und las ihn.«

»Liest du immer anderer Leute Post?«

»Wenn ich glaube, dass etwas Interessantes drin steht«, antwortet Rachel ungerührt. »Und als ich wusste, *was* drin stand, war mir natürlich klar, wie verdammt wichtig er war.« Sie kramt noch einmal in ihrer Tasche, zieht ein zusammengefaltetes Blatt Papier heraus und reicht es mir. Wieder blitzt es in ihren Augen auf, wie damals im Stall. »Hier, lesen Sie selbst, dann wissen Sie, was ich meine.«

Ich überfliege die Zeilen, lese dann nochmals langsamer.

Bevor Rachel mein Büro verlässt, nehme ich ihr das Versprechen ab, über den Inhalt des Briefes zu schweigen. Ein solches Schreiben kann nur Ärger bringen. Die Sorte Ärger, der ein 13-jähriges Mädchen nicht gewachsen ist.

12.

In der Nacht hat es gestürmt, Äste und Blattwerk liegen auf den Straßen, in Eitorf sind sogar Bäume auf die Fahrbahn gestürzt. Als ich in den Hof der Krämers einbiege, ist das Unwetter abgezogen. Der Wind hat sich gelegt, und aus der dichten Wolkendecke fällt ein leichter Nieselregen. Wie schnell alles den Bach runtergeht, denke ich mit Blick auf Krämers schicke Autos, die mit einer schmutzigen Schicht aus Staub, Pollen und Blattwerk überzogen sind, und schaue wehmütig zu dem Mercedes 500 SL Cabrio hinüber, der noch immer neben dem Pferdestall steht.

Ellen grüßt mich wie eine alte Bekannte, um die man nicht viel Aufhebens machen muss. Sie geht voraus in die Küche, ohne sich nach mir umzudrehen, und ich bin froh, dass ich nicht wieder in einem der kackbraunen Wohnzimmersessel Platz nehmen muss.

Die Küche ist groß und ungemütlich, was vor allem an der meterlangen Neonleuchte über der Arbeitsplatte liegt. Den Küchentisch ziert eine brennende Kerze, der einzige Schmuck im Raum. Brennt sie für ihren toten Gatten, oder wollte Ellen Krämer zumindest ein bisschen Wärme in dieses unterkühlte Ambiente zaubern?

Auf dem Herd dampft etwas, das nach Buchstabensuppe riecht. Ellen schaltet die Herdplatte ab.

»Wie geht es Ihnen?«, frage ich.

»Man glaubt nicht, wie viel zu tun ist, wenn ein Mensch stirbt«, antwortet sie, und ich bin mir nicht sicher, ob das eine Antwort auf meine Frage ist.

»Haben Sie schon einen Termin für die Beerdigung?«

»Nein, er ist noch nicht freigegeben, also …« Sie stockt.

»Ich verstehe schon.«

Sie deutet auf die Kaffeemaschine. »Möchten Sie einen?«

Nein, danke, mir liegt der von vorgestern noch im Magen, denke ich und lehne ab. Ellen schenkt sich eine Tasse ein. Sie trägt heute Jeans mit dicken weißen Nähten, einen breiten Nietengürtel und eine zarte, locker fallende Bluse, darüber eine lange graue Strickjacke aus Mohair. Sie hat Stilgefühl, und sie weiß, was gerade in ist. Merkwürdig, dass dieses Haus, das immerhin für einige Jahre ihr Lebensmittelpunkt war, so gar keinen Flair hat.

Als sie sich setzt, fällt mir die Kette ins Auge, die sie trägt. »Wunderschön.« Ich deute auf den Anhänger, eine stilisierte Blüte.

»Lucretia Pandolfi«, murmelt sie.

»Der Strass funkelt wie echt.«

»Strass? Das sind Diamanten! War nur ein Scherz«, beeilt sie sich hinzuzufügen, als sie meinen verdutzten Blick registriert.

War es das wirklich? Mir erscheint ein Themenwechsel angebracht. »Was machen Sie jetzt mit den Autos draußen?«

»Eine gute Frage. Der Carrera sollte bereits nach Kiel überführt werden, für einen der BMWs liegt schon ein unterzeichneter Kaufvertrag vor, dann stehen in den nächsten Tagen auch noch einige Besichtigungstermine in Manfreds Kalender. Aber wenn ich mir die Wagen im Hof so ansehe, nach diesem Sturm, überkommt mich das Grausen.«

»Haben Sie keine Hilfe?«

Sie schüttelt den Kopf. »Mein Mann hat alles allein geregelt. Hier, sehen Sie, das wollte ich gerade draußen ans Tor hängen.« Sie deutet auf ein Blatt Papier, das auf der Arbeitsplatte liegt. »Aushilfe gesucht«, steht in Druckschrift darauf. »Ich fürchte nur, es kommt zu selten jemand vorbei.« Der Anflug eines Lächelns huscht über ihr Gesicht. »Vielleicht sollte ich besser gleich eine Anzeige in der Zeitung schalten.«

»Wie wär's mit einem Aushang in einem Baumarkt?«, schlage ich vor. »Dort gibt es diese Suche-Biete-Pinnwände.«

»Gute Idee.«

»Ihre Tochter hat mich gestern besucht«, komme ich zur Sache, weil mir keine passende Überleitung einfallen will. »Hat sie davon erzählt?«

Ellen zieht die Augenbrauen hoch. »Nein, das wusste

ich nicht. Ich dachte, sie ist bei ihrer Freundin Kira. Was wollte sie von Ihnen?«

»Sie gibt Ihnen die Schuld am Tod Ihres Mannes.«

Die Augenbrauen wandern höher, gefolgt von einem scheinbar gleichgültigen Achselzucken. »Wen wundert's? Sie ist in der Pubertät, da werden Kinder nun einmal schwierig. Es ist ja auch gar nicht so abwegig, dass sie mich dafür verantwortlich macht. Schließlich war ich diejenige, die sich getrennt hat.«

»Es ist zumindest nachvollziehbar.« So ungefähr sehe ich die Sache auch, doch ehe ich einen Haken daran mache, will ich noch einen Punkt klären. »Rachel hat von einem Brief gesprochen, den Ihr Mann vor einigen Wochen von seinem Bruder Werner erhalten hat. Haben Sie davon gewusst?« Ich beobachte Ellen genau. Registriere ich da einen Anflug von Unsicherheit in ihrem Blick? Falls überhaupt, dauert er nur Sekunden.

»Ja, das habe ich«, gibt sie unumwunden zu.

»Ihre Tochter meint, ihr Vater – also Ihr Mann – sei wegen dieses Briefes gestorben.«

»Ach Gott!« Ellen lacht bitter. »Was denn nun? Ist der Brief schuld an Manfreds Tod oder bin ich es?« Die Frage soll scherzhaft klingen, aber ich sehe ihr an, dass sie Rachels Vorwurf nicht so leicht wegsteckt, wie sie glauben machen will.

»Rachel meinte, dass die Nachricht Ihren Mann sehr getroffen hat und dass er Ihre Unterstützung gebraucht hätte. So zumindest habe ich sie verstanden.«

Während ich spreche, steht Ellen auf und summt ein Lied vor sich hin. Ich erkenne Kenny Rogers »Lucille«. Unvermittelt fragt sie: »Hat sie ihn gelesen?«

»Den Brief? Nein«, lüge ich. »Und Sie?«

Ellen lässt sich Zeit mit der Antwort. Auf einmal hält sie eine Likörflasche und ein Glas in Händen, schenkt sich ein und trinkt. »Natürlich hat Manfred ihn mir gezeigt«, antwortet sie schließlich. Sie presst die Lippen zusammen und denkt einen Augenblick nach. »Er war tatsächlich sehr aufgewühlt, aber ich glaube, Rachel hat die Sache falsch interpretiert. Mit diesem Brief kamen Erinnerungen wieder hoch, die alten Geschichten. Das war für Manfred sehr unangenehm – und für mich übrigens auch.« Der Nachsatz klingt, als hätte man ihr ihr Leid nie zugestanden. »Wie haben wir beide gelitten wegen dieser Geschichte mit dem Geldtransporter. Wir wollten uns einfach nicht mehr damit belasten. Ich glaube auch nicht, dass an der Sache mit der Beute wirklich was dran ist.«

»Die Beute des damaligen Überfalls, oder wovon sprechen Sie?«

»Ja, die meine ich. Oder vielmehr Werner meinte sie. Eine ziemlich wilde Geschichte – alles Quatsch, wenn Sie meine Meinung hören wollen.«

»Und Ihr Mann, wie hat der darüber gedacht?«

»Das sagte ich doch gerade. Er wollte nichts mehr mit der Angelegenheit zu tun haben. ›Selbst wenn irgendwo noch Geld liegen sollte, würde ich's nicht haben wollen‹, hat er gemeint.«

»Diese Meinung teilten Sie?«

»Ja, voll und ganz.«

»Obwohl Sie ihn dann verlassen haben?«

»Das eine hatte mit dem anderen überhaupt nichts zu tun. Die zeitliche Nähe war ein Zufall, weiter nichts.«

Ich nicke. »Die beiden Brüder haben sich entzweit nach der Verurteilung?«

»Ist ja verständlich, wenn man so grandios scheitert, nicht wahr?« Sie lacht wieder und streicht sich das dünne Haar aus dem Gesicht. »Aber sie waren nun einmal Brüder, Halbbrüder zumindest. Und wenn man es dann plötzlich schwarz auf weiß hat, dass der andere sterben wird ...«

»Wer jetzt?«, frage ich irritiert.

Ellen Krämer hält inne. »Werner natürlich«, antwortet sie kühl.

»Was war mit ihm?«

Sie schluckt hart, ehe sie antwortet. »Er hatte Krebs, eine sehr seltene, bösartige Form. Das wussten wir zwar ohnehin, aber wissen und wissen sind zweierlei, nicht wahr? Ich meine, man glaubt doch bis zuletzt nicht daran, und wenn es dann ...«

Sie wendet sich ab und greift sich mit beiden Händen an den Kopf. Ich spüre, wie sehr sie darum kämpft, nicht die Fassung zu verlieren. Vielleicht habe ich sie falsch eingeschätzt. Vielleicht geht ihr das alles näher, als sie zeigen möchte.

»Der Tod ist eine Unverschämtheit«, meint sie unvermittelt, und der Zorn hebt ihre Stimme. »Nichts, gar nichts im Leben bereitet uns darauf vor, wir sind einfach nicht darauf gefasst!«

»Ihr Mann war herzkrank«, wende ich ein. »Ich nehme an, dass er sich bereits mit der eigenen Sterblichkeit auseinandersetzen musste.«

Ellen hebt den Kopf, und ihr Blick straft mich mit Verachtung. »Danke, dass Sie mich informiert haben wegen

Rachel. Ich werde selbstverständlich mit ihr reden und die Sache klarstellen. Und lassen Sie mir bitte Ihre Rechnung zukommen.«

»Welche Rechnung?«

»Sie werden nicht umsonst für meinen Mann gearbeitet haben. Ich möchte Ihnen nichts schuldig bleiben, auch in Manfreds Namen nicht.«

Es scheint, als hätte ich mich ganz unnötig um mein Geld gesorgt. Jetzt bietet mir bereits die Zweite an, mich zu bezahlen. Mir wird auch klar, dass Rachel offenbar ein falsches Bild von ihrer Stiefmutter hat, was deren Verhältnis zum Geld angeht. Da hast du es, sage ich mir. Sie ist eben noch ein Kind und sieht die Dinge so, wie sie sie sehen will.

»Ich will Sie nicht weiter mit unseren Angelegenheiten belasten, Ihr Auftrag ist ja abgeschlossen.« Ellen streckt mir die Hand entgegen.

Okay, es ist nicht der erste Rausschmiss in meinem Leben, und für heute habe ich ohnehin genug. In dem Moment, in dem ich gehen will, schellt es an der Haustür, vermutlich Kondolenzbesuch. Höchste Zeit, zu verschwinden, doch es ist zu spät. Unversehens rauscht eine Walküre in mittleren Jahren an mir vorbei, um sich mit ausgestreckten Armen auf Ellen Krämer zu stürzen, deren geweiteter Blick erkennen lässt, dass sie nicht mit diesem Überfall gerechnet hat und am liebsten flüchten würde.

Die Frau trägt von Kopf bis Fuß Schwarz: einen langen, tief ausgeschnittenen Pullover, einen weiten Flatterrock, Ballerinas; ihr langes, glattes Haar glänzt wie ein Rabenflügel. Eine beeindruckende Erscheinung, am beeindruckendsten aber ist die Parfumwolke, die sie umgibt, und die mir schier den Atem nimmt. »Orientalischer Puff«, hätte mein Großvater die Duftrichtung umschrieben. Eine Viertelstunde diesem olfaktorischen Bombardement ausgesetzt, und ich bekäme Migräne.

»Meine Liebe!« Die Frau umarmt Ellen Krämer und presst sie an ihren üppigen Busen.

Ellen hat Mühe, sich freizukämpfen, und ihre Begrüßung fällt beträchtlich nüchterner aus. »Tag, Marisa.«

Marisa. Das also ist sie: Werner Krämers Frau. Die schwarze Witwe.

»Mein Gott, ich hatte keine Ahnung!«, trällert sie mit dem Gestus einer Opernsängerin. »Rachel hat es mir eben erst am Telefon gesagt. Ich habe selbstverständlich alles stehen und liegen lassen und bin hierher gekommen.«

»Wir haben dich nicht früher erreicht«, ist alles, was Ellen dazu sagt.

»Das konntet ihr auch nicht, ihr Armen. Ich war unterwegs.« Marisa lässt sich auf den Stuhl plumpsen, auf dem ich gerade noch gesessen habe. »Erst Werner und jetzt Manfred, so schnell nacheinander, ich kann es kaum fassen.« Sie stößt einen tiefen Seufzer aus. »Aber ist es ein Wunder? Die Pluto-Uranus-Verbindung ist auf ihrem Höhepunkt, und dann kommen auch noch Mars und Jupiter dazu. Ein ›großes Quadrat‹, eine ganz seltene Kombination – und sehr gefährlich. Alle Probleme, die Uranus und Pluto in den letzten Jahren gemacht haben, haben sich jetzt noch verstärkt, für Manfred war das wohl einfach zu viel.«

»Bitte, Marisa, ich kann dieses Astrologengewäsch im Moment nicht ertragen.«

»Astrologengewäsch? Aber du siehst doch, was es auslösen kann!«

»Ich sehe nur, dass Manfred tot ist.«

»Sag ich doch! Ach je, du bist völlig durch den Wind, Liebchen, und ich sitze hier und halte Vorträge! Nun komm schon her!« Sie klopft auf den freien Stuhl neben sich. Erst in diesem Moment scheint sie zu bemerken, dass noch jemand im Raum ist.

»Eine Nachbarin«, stellt Ellen mich vor, und ich beeile mich zu sagen, dass ich gerade gehen wollte. Als ich mich abwende, entdecke ich Rachel, die im Türrahmen steht und mich anstarrt. Sie war es natürlich, die Marisa eingelassen hat, wird mir jetzt klar.

»Bleiben Sie noch!«, fordert sie mich auf und versperrt mir den Weg. »Sie sind ja gerade erst gekommen.« Ehe ich etwas erwidern kann, schießt sie an mir vorbei, schnappt sich ein Wasserglas, hält es unter den Hahn und drückt es mir in die Hand. »Bitte schön.«

Marisa beobachtet die Szenerie, verliert aber schnell das Interesse. Sie widmet sich wieder Ellen, die sich inzwischen neben sie gesetzt hat, und greift nach deren Hand. »Glaube mir, mein Schatz, Manfred geht es jetzt gut. Wir haben es gerade erst erlebt auf dem Engelseminar: Jeder von uns hat ein himmlisches Wesen bei sich. Unsere Engel begleiten uns überall hin, selbst in den Tod. Manfred ist nicht allein, sein Wächter ist bei ihm!« Sie lächelt zuversichtlich und beugt sich ganz nah zu Ellen herüber. »Und weißt du was? Sein Engel wird ihn zu Werner führen und die beiden wieder zusammenbringen. Jawohl.«

Ellen zieht die Nase hoch und schaut Marisa eigenartig an. Unmöglich zu sagen, was in ihr vorgeht.

Doch Marisa scheint nicht der Typ zu sein, der sich groß Gedanken darüber macht, was andere von ihr halten. Sie tätschelt Ellens Hand. »Es ist schön, dass du wieder da bist. Trotz der traurigen Umstände freue ich mich, dich wiederzusehen!«

Ellen lächelt schmal und sieht zu Rachel hinüber, die sich laut zu räuspern beginnt. Auch Marisa dreht sich um und schaut kurz zu dem Mädchen hinüber. »Alles in Ordnung, Liebes?« Rachel nickt. »Ellen, ist es dir recht, wenn ich Rachel mitnehme? Sie hat mich gefragt, ob sie eine Weile bei mir wohnen könnte. Selbstverständlich kann sie das, aber du müsstest …«

»Es geht schon in Ordnung«, fällt Ellen ihr ins Wort. »Rachel soll selbst entscheiden.« Sie scheint mit dem Thema fertig zu sein. »Was ist mit deiner Hand?«, erkundigt sie sich.

Marisa schaut kurz auf ihr verbundenes Handgelenk und winkt ab. »Eine Sehnenscheidenentzündung, nicht der Rede wert. Das passiert zupackenden Leuten wie mir hin und wieder.«

»Ich wusste gar nicht, dass du unter die Handwerker gegangen bist«, meint Ellen bissig.

Marisa lacht laut auf. »Ich meine ›zupackend‹ im übertragenen Sinne, immer zur Stelle, wenn Not am Mann ist, immer da, wenn man mich braucht – der Körper macht da keinen Unterschied.«

Ellen presst die Lippen aufeinander, ehe sie fragt: »Wie bist du hergekommen? Kannst du fahren mit der Hand?«

»Nein, Kai-Uwe hat mich gebracht.«

Ich habe genug gehört und verabschiede mich flüchtig. Dieses Mal versucht Rachel nicht, mich aufzuhalten, sondern begleitet mich zur Tür. »Denk dran, kein Wort zu jemandem über den Brief«, rufe ich ihr in Erinnerung. »Auch zu Marisa nicht.«

Rachel nickt und drückt mir schnell eine kleine Papiertüte in die Hand. »Die musste Papa nehmen«, flüstert sie. »Es gab auch noch andere, aber die kann ich nirgendwo finden. Ellen muss sie beiseitegeschafft haben.«

Ich stecke das Tütchen in meine Jackentasche und sage absichtlich laut: »Auf Wiedersehen.« Dann verlasse ich das Haus.

Ein Mann steht draußen und glotzt den mitternachtsblauen Benz an. Das muss Kai-Uwe sein. Weg da, das ist meiner, würde ich am liebsten rufen, aber mit einem wie Kai-Uwe legt man sich besser nicht an. Gegen ein solches Schwergewicht hätte selbst Manfred Krämer wie ein Hänfling gewirkt.

Kai-Uwe umrundet langsam den Wagen und beginnt, mit dem Ärmel den Dreck von der Motorhaube zu wischen. Ich tue, als bemerke ich ihn nicht, gehe zielstrebig an der schweren Mercedes-Limousine und dem Porsche Carrera vorbei, in dem ich Ellen Krämer gestern nach Hause gefahren habe, und steige in meinen eigenen Wagen.

13.

»Interesse an einem Ferienjob?«

»Ich habe keine Ferien.«

»Ich brauche jemanden, der einen Porsche Carrera von Hennef nach Kiel fährt.«

»Okay, ich bin dein Mann.« Nichts anderes habe ich von Pavel erwartet. Ich kenne ihn von einem früheren Fall, ein bildhübscher Jüngling mit langem dunklem Haar, androgynen Zügen, cleverem Köpfchen und alter Seele.

»Um genau zu sein, bin nicht ich es, die dich braucht«, erkläre ich. »Die Frau heißt Ellen Krämer und wohnt in Hennef. Und sie weiß noch nichts davon, dass du der Richtige für sie bist.«

»Wovon ich sie natürlich überzeugen soll.«

»Natürlich.« Ich schildere Pavel grob die Zusammenhänge. »Es wird noch mehr Arbeit auf dich warten. Versuche einfach, ihr Vertrauen zu gewinnen.«

»Verstehe. Wie viel Zeit muss ich einplanen? Ich kann mich nicht wochenlang verabschieden, im Juni sind Prüfungen.« Zu meinem Leidwesen hat Pavel vor einiger Zeit angefangen, BWL zu studieren. Ist dir nichts Originelleres eingefallen?, hatte ich bei unserer letzten Begegnung gefragt, doch Pavel hatte nur darauf verwiesen, dass ich selbst ihm geraten habe, etwas Anständiges zu lernen. Richtig, etwas Anständiges – er hätte zum Beispiel Detektiv werden können. Hatte ich ihm nicht das Recklinghäuser Lehrinstitut für private Ermittlungen empfohlen? Mit Betriebswirtschaft stünden ihm alle möglichen Berufe offen, hatte er geantwortet, zur Not auch der des Detektivs. Zur Not! Dafür, dass er die Ermittlungsarbeit als Notlösung betrachtet, lässt er sich ziemlich häufig von mir einspannen.

»Ich denke, du bist in maximal einer Woche durch«, erkläre ich optimistisch und will das Gespräch schon zum Abschluss bringen, als mir noch etwas Wichtiges einfällt. »Hast du eigentlich mittlerweile den Führerschein?«

»Ja, seit sechs Wochen. Aber ich habe keinen Wagen. Nur einen Carsharing-Vertrag.«

»Gut, das heißt weniger gut. Du brauchst ein Auto, diese Krämers wohnen ziemlich abgelegen. Du kannst meinen Renault haben, den Kastenwagen.« Ich nutze ihn zwar gern als alternatives Fahrzeug bei Observationen, benötige ihn momentan aber nicht. Pavel ist einverstanden. »Morgen früh um neun treffen wir uns zu einem Meeting, dann klären wir die Details.« Er verspricht zu kommen, und ich gebe ihm die Adresse durch.

Weil ich gerade nichts Besseres zu tun habe, mache ich mich anschließend im Internet über Lucretia Pandolfi schlau, die von Ellen geschätzte Schmuckdesignerin. Wie ich feststellen muss, sind ihre Kollektionen so erlesen, dass erst gar keine Preise genannt werden. Die Suche nach gebrauchtem Geschmeide bringt mehr Klarheit: Eine Pandolfi-Kette in simpler Ausführung ist nicht unter 8.000 Euro zu haben. Von wegen Strass. Ich halte fest: Die Gattin meines ehemaligen Auftraggebers hat einen kostspieligen Geschmack.

14.

28. Dezember 2013

Bruderherz,
nun ist es so weit: kein Aufschub mehr, kein Verdrängen, kein »Vielleicht.« Ich werde sterben, und das sehr bald. Der Tod steht bereits vor der Tür. Noch ein Schritt, noch zwei ... dann ist es vorbei. Der Gedanke fühlte sich anfangs befremdlich an, als beträfe er eine andere Person. Aber er rückte mit jedem Tag näher an mich heran wie ein unerwünschter Sitznachbar, der sich breitmacht, und ich habe schließlich gelernt, ihn zu akzeptieren, ja ich hoffe mittlerweile sogar, dass er mich ein bisschen wärmt und mein Freund wird.

Wir haben viel falsch gemacht, du und ich. Sehr viel. Aber nicht alles. Du warst mir ein guter Bruder, bereits als Kind. Weißt du noch, wie du mich immer beschützt hast vor Watschen-Kalle, dem größten Schläger der Schule? Alle hatten Angst vor ihm, nur du hast dich ihm in den Weg gestellt. Und mehr als einmal hast du Mamas Ohrfeigen kassiert, die eigentlich ich verdient hätte. Ich vermisse unsere Mutter und hoffe, sie bald wiederzusehen. Vielleicht sehen auch wir uns eines Tages wieder, in einem anderen, besseren Leben.

Manfred, ich will nicht mit einer Lüge gehen. Das Geld ist damals nicht verbrannt – beziehungsweise nur ein kleiner Teil davon. Ich hab's genommen. Und ich hatte nie vor, es an den geplanten Ort zu schaffen. Die Beute existiert noch und sie ruht sicher in unserer Mutter Schoß. Jetzt weißt du es.

Sorge für deine Frau, sei gut zu Ellen, sie ist ein wunderbarer Mensch. Und kümmere dich auch um Marisa, obwohl sie es nicht verdient hat.

Ich hoffe, du kannst mir verzeihen. Mach dir ein schönes Leben, nimm es als kleine Entschädigung für den Betrug und mein Schweigen, das mir nun nicht mehr hilft.

Ich umarme dich
Dein Bruder Werner

Wir sitzen um den gefliesten Couchtisch in Herberts Wohnzimmer herum, jeder eine Kopie von Werner Krämers Abschiedsbrief in Händen. Mein Platz ist wie immer unterm Abendrot am Tegernsee. Helga serviert Mineralwasser, Apfelschnitze und böse Blicke, wobei Letztere exklusiv für mich bestimmt sind.

»Oder doch lieber ein Schlückchen Ingwertee, für die Figur?«, fragt sie mich bissig. Denise grinst, Pavel runzelt die Stirn, und Herbert tut, als hätte er nichts gehört.

»Alles wunderbar«, sage ich und drücke ihr eine Kopie in die Hand, damit sie hinterher nicht murren kann, wir würden sie übergehen.

Da Herbert wieder einmal nicht gut zu Fuß ist, haben wir unser konspiratives Treffen zu ihm nach Hause verlegt, was nicht zum ersten Mal geschieht. Zum ersten Mal hingegen gehört Pavel der Runde an. Bisher hatte ich ihn nie eingebunden, da seine Aufgaben keine umfassende Fallkenntnis erforderten. Das ist heute anders. Um alle auf den gleichen Stand zu bringen, rekapituliere ich noch einmal sämtliche Vorkommnisse und Fakten: das verschwundene Pferd, meine Begegnung mit Manfred Krämer und dessen Tochter, wobei ich geflissentlich mein Intermezzo im Pferdestall überspringe, das Ausfindigmachen von Ellen Krämer, die Nacht, in der Denise und ich vor ihrer Wohnung ausgeharrt hatten und Krämer gestorben war; einen Tag später Rachels Besuch bei mir, den sie nutzte, um Anschuldigungen gegen ihre Stiefmutter vorzubringen und mir einen Brief zu zeigen, den ihr Vater erhalten hatte; meinen anschließenden Besuch bei Ellen Krämer, die nach eigener Aussage diesen Brief kannte beziehungsweise von dessen Existenz wusste.

»Was meint ihr dazu?«, frage ich in die Runde.

»Klingt nach Räuberpistole«, antwortet Herbert.

»Du meinst, dieser Werner hat das alles erfunden?«

Herbert meint, auch der Überfall des Geldtransporters klinge nach Räuberpistole, sei aber real gewesen. Er müsse die Geschehnisse von damals erst genauer recherchieren, um sich eine Meinung bilden zu können. Denise fragt, ob der Brief überhaupt echt ist.

»Warum sollte er gefälscht sein, und von wem?«

»Von dieser Rachel. Sie hat ihn dir schließlich untergejubelt.«

»Der Text klingt nicht gerade so, als sei er einer 13-Jährigen aus der Feder geflossen«, gebe ich zu bedenken, doch Denise lässt den Einwand nicht gelten. »Er könnte irgendwo abgeschrieben sein, aus einem Roman, einem Film oder einer Serie.«

»Der Brief ist datiert auf den 28.12. Sechs Wochen später war Werner Krämer tot, zeitlich würde es also passen.«

»Was nicht gegen meine Theorie spricht.«

»Ich wüsste nicht, was Rachel davon haben könnte, einen gefälschten Brief unters Volk zu bringen«, sage ich.

»Sie will der verhassten Schwiegermutter etwas in die Schuhe schieben.«

»Aber Ellen Krämer wird in dem Brief gar nicht erwähnt. Oder nur am Rande, und das sehr positiv.«

»Sie könnte auf die Beute scharf gewesen sein«, spekuliert Helga. »Sie schafft ihren Mann aus dem Weg, um nicht teilen zu müssen.« Keine Frage, Helga hat die blutrünstigste Fantasie von uns allen. Sie würde sich prima mit Rachel verstehen.

»Langsam, Leute. Dafür gibt es keine Beweise. Aber gehen wir einmal davon aus, dass diese Annahme stimmt: Dann wäre der Brief nicht gefälscht, sondern echt.«

»Ob echt oder nicht, das sagt doch gar nichts«, meint Herbert. »Wir wissen nicht, ob er überhaupt irgendwelche Handlungen nach sich zog.«

»Du meinst, er wurde einfach zur Kenntnis genommen, und basta?«

»Warum nicht? Krämer scheint jedenfalls nichts unternommen zu haben.«

»Das weißt du doch gar nicht.«

»Immerhin sagt das diese Ellen. Er hat sein bisheriges Leben nicht über Bord geworfen, und er hat auch keine Anstalten gemacht, etwas zu verbergen, im Gegenteil: Er hat eine Detektivin beauftragt, in seinen Familienangelegenheiten herumzuschnüffeln.«

»Johanna sollte seine Frau suchen!«

»Ja, aber ihr wisst selbst, was alles zum Vorschein kommt, wenn man den Teppich ein bisschen hochhebt.

Das muss auch Krämer klar gewesen sein, der hatte ja einschlägige Erfahrungen. Doch ihm war es egal, dass man unter seinen Teppich guckt, er wird also nicht gerade eine Menge Geld drunter versteckt haben.«

»Apropos Versteck: Was soll das überhaupt heißen, ›in unserer Mutter Schoß‹?«, mischt sich Pavel ein.

»Das liegt doch auf der Hand: Die Beute ist bei der Mutter«, meint Denise schnippisch.

»Die Mutter ist tot«, widerspreche ich. Das habe ich bereits überprüft. »Sie starb im Jahr 2000 und liegt auf dem Niederpleiser Friedhof begraben.«

»Dann ist das Geld im Grab versteckt!«, triumphiert Helga.

»Du guckst zu viele Horrorfilme«, konstatiert ihr Mann trocken.

»Niederpleis? Der Friedhof, unter dem sie den ICE-Tunnel gegraben haben?« Denise kratzt sich am Kinn. »Da ist doch damals diese Panne passiert.«

»Welche Panne?«, fragt Pavel, doch sie geht nicht auf ihn ein.

»Welche Panne?«, wiederhole ich genervt, obwohl ich die Antwort kenne, und ernte einen kritischen Blick.

»Während des Tunnelbaus schoss plötzlich Bohrflüssigkeit aus einer Gruft und richtete eine Riesensauerei an«, erklärt Denise in überheblichem Tonfall. »Es war ausgerechnet das Grab eines Ehrenbürgers der Stadt, der sich zu seinen Lebzeiten massiv gegen den Bau des Tunnels ausgesprochen hatte. Er fürchtete, die Totenruhe könne gestört werden.«

»Ist das wahr?« Pavel schaut mich ungläubig an.

»Ja, es ging damals groß durch die Presse.«

»Wieso baut man eine Bahnlinie unter einen Friedhof?«

»Weil der zufällig im Weg lag«, sage ich. »Ein ICE muss geradeaus rollen, der kann nicht um jede Milchkanne einen Schlenker machen.« Ich hatte damals Verständnis für das Projekt, und ich habe es noch heute. Siegburg profitiert vom ICE-Bahnhof – und wenn die Stadt profitiert, profitiert auch die Kompetenzagentur Schiller.

»Auf diesem Friedhof würde ich nicht mal einen Sack Murmeln verstecken«, meint Denise. »Wer weiß, wann das nächste Mal ein Sargdeckel hochklappt.«

»Quatsch!« Das Thema behagt mir nicht. »Außerdem war das 1999, soweit ich mich erinnere, und Ingeborg Krämer ist erst ein Jahr darauf gestorben.«

»Vielleicht ist die Formulierung im übertragenen Sinne gemeint«, schlägt Denise vor. »Das Beuteversteck findet sich nicht bei der Mutter selbst, steht aber in Zusammenhang mit ihr. Möglicherweise hat sie irgendetwas vererbt, ein Haus, eine Ferienwohnung, eine Gartenlaube oder ein Grundstück.«

»Guter Gedanke. Dem sollten wir nachgehen – und trotzdem auch der Grabstelle einen Besuch abstatten. Wer kümmert sich drum?« Niemand reagiert. »Okay, dann werde ich die Sache selbst in die Hand nehmen.«

»Vielleicht gibt es gar keine Geheimnisse«, meint Pavel. »Selbst wenn der Brief echt ist, heißt das noch nicht, dass die Sache mit der Beute stimmt. Wir wissen nicht, wie dieser Werner drauf war, vielleicht wollte er seinem Bruder nur die Nase langmachen, weil der draußen war und er selbst immer noch einsaß und auf den Tod wartete. Vielleicht war er auch nicht mehr ganz richtig im Kopf und hat sich das mit der Beute nur eingebildet.«

»Tja, wir wissen einfach nicht genug, um schlau aus der Geschichte zu werden. Also müssen wir ein wenig nachbohren. Oder graben.« Ich blicke in die Runde. »Noch Wortbeiträge?«

»Wer bezahlt uns das Schlaumachen?« Pragmatisch wie immer, die liebe Denise.

»Krämer hat im Voraus gezahlt, da ist noch Spielraum, und ihr kriegt euer Geld ohnehin«, erkläre ich kurz angebunden, weil ich nicht zugeben will, dass das hier vor allem ein Gefühlsding ist. Ich möchte den Schlussstrich an der richtigen Stelle ziehen, das bin ich Krämer schuldig. Ich will sichergehen, dass sich eine 13-Jährige geirrt hat.

»Lasst uns das weitere Vorgehen klären. Herbert, du recherchierst den Bankraub genauer. Denise, du leistest mir Gesellschaft, wenn ich rausmuss. Und du, Pavel, nimmst Kontakt zu Ellen Krämer auf und versuchst diesen Aushilfsjob zu bekommen.« Er nickt zuversichtlich. »Wenn du ihn hast, sehen wir weiter.«

Denise wendet sich an Pavel: »Warst du das neulich beim ESC in Kopenhagen? Ich wusste gar nicht, dass du so gut singen kannst.«

Pavel legt argwöhnisch die Stirn in Falten. »Wovon redest du?«

»Vom Eurovision Song Contest und diesem bärtigen Stimmwunder im Abendkleid. Der sah aus wie du mit Perücke, das heißt, du bräuchtest ja gar keine Perücke. Nur den Bart.«

»Willst du mich auf den Arm nehmen?«

»Nein, ich dachte nur.«

»Du solltest das Denken vielleicht anderen überlassen.«

Was ist das jetzt – Mobbing?, überlege ich. Aber wer

mobbt hier wen? »Wenn ihr euch streiten wollt, boxt euch die Nasen blutig, diese Schattenkämpfe sind mir zu anstrengend. Wer Stress macht, fliegt, klaro?«

»Komm mal mit vor die Tür«, fordert mich Denise ungerührt auf. Seufzend folge ich ihr in den Flur.

»Was willst du mit diesem Bürschchen?«, zischt sie. »Brad Pitt in brünett, nur 30 Jahre jünger?«

Ich schäme mich ein wenig, so leicht durchschaut worden zu sein. Denise will noch etwas hinzufügen, hält aber inne. Ich folge ihrem Blick und drehe mich um. In der Tür steht Pavel.

»Sie wollen mich wegen Galina auf die Alte ansetzen«, sagt er kühl. »Das finde ich nicht besonders lustig.« Pavel hatte eine innige, wenn auch nicht ganz durchschaubare Beziehung zu der mehr als doppelt so alten Galina Waskovic, die später von ihrem eigenen Ehemann ermordet worden war. Über sie hatte ich Pavel damals kennengelernt.

»So war es nicht gemeint.«

»Nein?«

»Doch, eigentlich schon«, bekenne ich kleinlaut. »Du sollst ja nicht mit ihr in die Kiste steigen, sondern dich nur ein bisschen einschmeicheln, ihr unter die Arme greifen. Dich unentbehrlich machen. Ihr Vertrauen erschleichen. Sie aushorchen.«

»Klingt schon besser.«

»Na also. Alles ganz sauber. Nichts Ehrenrühriges.«

Sein kajalumflorter Blick ruht eine Weile auf mir, dann wendet Pavel sich ab und gesellt sich wieder zu Herbert und Helga. Denise schaut ihm mit verächtlicher Miene hinterher.

»Ich wundere mich über dich«, sage ich zu ihr. »Dieses Kompetenzgerangel hast du nicht nötig.«

»Und seit wann hast du es nötig, halbe Kinder anzuheuern?«, fragt sie bissig.

»Pavel ist kein halbes Kind, und er hat mir mal den Hals gerettet, wie du weißt. Wen ich anheuere, ist außerdem immer noch mein Bier.« Denise will etwas erwidern, doch ich lasse sie stehen.

Herbert sitzt auf der Couch und tut, als hätte er von alldem nichts mitbekommen. »Habe ich dir eigentlich das Foto von diesem Carsten Vogel rübergeschickt?«, fragt er mich, ohne die Augen von seinem Laptop zu nehmen, den er auf dem Schoß hat.

»Ein Foto? Davon weiß ich nichts.«

»Hier ist er.« Herbert deutet auf seinen Bildschirm, macht aber keine Anstalten, das Gerät zu mir herumzudrehen. Leicht unwillig quetsche ich mich zwischen den beiden Sesseln zu ihm durch und erstarre. Den Kerl, der mich anglotzt, kenne ich doch: Es ist Krämers ungebetener Besucher, der ihn »Money-Manni« nannte. Kein Wunder, dass mein Auftraggeber verwundert war, als ich ihn auf den Typen ansprach.

15.

Am frühen Nachmittag treffe ich in Blankenberg ein. Ich stelle meinen Wagen auf dem Parkplatz außerhalb der Stadtmauern ab, rufe Rachel auf dem Handy an und sage, ich käme in zehn Minuten, um sie zu einem Spaziergang abzuholen. Ein paar Schritte würden ihr guttun, zumal bei diesem traumhaften Wetter.

Ich wandere durch das Katharinentor und die engen Gassen Blankenbergs, passiere den Marktplatz, gehe bergab die Straße hinunter, die in Richtung Burg führt. Marisa wohnt in einem jener pittoresken, großzügig geschnittenen Fachwerkhäuser, die den Ort auszeichnen.

Ich sehe Rachel aus dem Haus treten, die Stufen hinabgehen, sich nach links wenden. Jetzt hat sie mich entdeckt und hebt die Hand zum Gruß. Ich winke sie zu mir, weil ich mich nicht direkt vor Marisas Haus zeigen möchte. Ellen hat mich als ihre Nachbarin eingeführt, und diese Rolle ist mir vorerst ganz recht.

»Hallo, Rachel. Alles einigermaßen in Ordnung bei dir?« Sie nickt und lächelt verhalten. »Lass uns ein Stück gehen, ich möchte nicht, dass deine Patentante mich sieht.« Rachel winkt ab, Marisa sei ohnehin nicht da und käme vor dem Abend nicht zurück. Wenn das so ist, können wir auch am Haus vorbei in Richtung Burg laufen.

»Kommst du klar mit ihr?«, erkundige ich mich.

»Mit Marisa? Warum sollte ich nicht mit ihr klarkommen?«

»War nur eine Frage.«

»Ja, sie ist in Ordnung.«

»Weshalb hat Ellen ihr eigentlich nicht mitgeteilt, dass dein Vater gestorben ist? Immerhin war sie die Frau seines Bruders.«

»Die beiden verstehen sich nicht sonderlich gut«, erklärt sie leise und kickt ein Steinchen beiseite. »Außerdem hat Marisa kein Handy, und sie war doch in diesem spiri… spiriti… spirituellen Zentrum. Mein Gott, was für ein Wort! Sie wollte dort die Trauer um Onkel Werner verarbeiten.«

»Waren die beiden nicht getrennt, und sie hat einen neuen Freund, diesen Sumoringer?«, frage ich irritiert.

Rachel nickt. »Aber man kann doch trotzdem trauern, oder nicht?« Wieder so eine Frage, über die ich erst einmal nachdenken muss. »Kai-Uwe ist übrigens auch mitgefahren«, ergänzt sie und gibt mir einen weiteren Grund zum Nachdenken. Wir verlassen das Örtchen und gehen auf das Burggelände zu.

»Haben Sie was rausgefunden wegen der Tabletten?«

Rachel sieht mich fragend an, und ich erkläre ihr, dass ich sie eingeschickte hätte, eine Analyse jedoch Zeit brauche und ich wenig Hoffnung hätte, dass dabei etwas herauskommt. Eine unangebrochene Packung Medikamente bietet wenig Spielraum für kriminelle Manipulationen. Sie erscheint mir eher ein Beleg für Ellens These, dass Krämer gestorben ist, weil er seine Tabletten *nicht* geschluckt hat.

»Aber er hat seine Medizin genommen, das habe ich selbst gesehen«, beharrt Rachel. »Merkwürdig ist nur, dass ich sie nicht gefunden habe, ich meine die offene

Packung. Er hatte einen festen Platz dafür, rechts im Badschrank. Die rechte Seite war seine Seite. Aber da lagen nur die beiden Schachteln, die ich Ihnen gegeben habe.«

»Was heißt hier ›nur‹? Es waren doch seine Medikamente.«

»Ich habe da vor Kurzem einen angebrochenen Tablettenstreifen gesehen, das ist nicht länger als eine Woche her«, fährt Rachel fort. »Er hätte noch mindestens zehn Tage gereicht.«

»Was glaubst du, was mit ihnen passiert ist?« Ich bleibe stehen und schaue ihr in die Augen.

»Keine Ahnung.« Sie verzieht beleidigt den Mund.

»Gut, dann lassen wir das. Ein für alle Mal.«

»Bestimmt hat sie ihn vergiftet!«, platzt Rachel heraus. »Wenn nicht mit den Tabletten, dann mit irgendetwas anderem. Ich habe das mal im Fernsehen gesehen. Es gibt Zeugs, das keiner nachweisen kann. Die Leute fallen tot um, und niemand weiß warum.«

»Wir werden sehen«, wiegele ich ab und bitte sie noch einmal zu erzählen, was geschah, nachdem ihr Vater den Brief seines Halbbruders Werner erhalten hatte.

»Am nächsten Tag gab es Streit zwischen Papa und Ellen«, beginnt sie zögerlich. »Ich konnte hören, dass es um den Brief ging.«

»Hast du gelauscht?«

»Klar. Nachdem ich den Brief gelesen hatte, konnte ich doch gar nicht anders.« Das wäre mir auch so gegangen. »Papa und Ellen stritten im Büro. Ellen meinte: ›Er kann doch nur das Grab eurer Mutter meinen. Wir müssen hingehen und nachsehen, Manfred.‹ Darauf er: › Wir haben genug durchgemacht wegen dieser Geschichte! Selbst wenn irgendwo noch Geld liegen sollte, ich will die verdammte Kohle nicht. Ich bin fertig damit, ich drehe keine krummen Dinger mehr.‹ Sie meinte darauf so etwas wie: ›Soll denn alles umsonst gewesen sein? Das wäre doch Irrsinn.‹« Rachel bleibt stehen und sieht mich triumphierend an. »Eins ist mal klar: Ellen kannte den Brief sehr wohl.«

»Sie hat auch nichts anderes behauptet.«

»Was?« Rachels Enttäuschung ist nicht zu übersehen.

»Ellen hat mir gesagt, dass sie von dem Brief wusste.« Ich verschweige, dass sie behauptet hat, nicht auf das Geld scharf gewesen zu sein. Warum hätte sie das freiwillig zugeben und sich in die Bredouille bringen sollen? Wäre ich an ihrer Stelle gewesen, hätte ich die Geschichte auch für mich behalten.

Rachel rauft sich das Haar, sodass sich ihr Pferdeschwanz löst. »Sie hat gesagt: ›Ich will das Geld, ich will das verdammte Geld!‹ Und Papa darauf: ›Wenn ich einen erwische, der sich an Mutters Grab zu schaffen macht, bring ich ihn um, egal, wer's ist, hast du verstanden? Ich bring ihn um! Das Spiel ist vorbei, Ellen, aus und vorbei. Und mit Werner ist es auch vorbei.‹« Rachel hält inne und sieht plötzlich unglaublich jung und hilflos aus, ein aus dem Nest gefallenes Vögelchen. Ich weiß nicht, ob die exaltierte Marisa die Richtige für Rachel ist, aber mir ist auch klar, dass sie bei Ellen nicht bleiben kann. Wie soll ein Mädchen bei einer Person aufwachsen, von der es annimmt, sie habe seinen Vater getötet? Ich lege Rachel den Arm um die Schulter, und wir laufen gemeinsam über den Burgvorplatz bis hin zu der halbhohen Mauer, von der sich der Blick weit übers

Land öffnet: Tief unten schlängelt sich die Sieg, an ihren Ufern leuchtet das satte Grün des Frühlings, und in der Ferne grüßt im bläulichen Dunst der Michaelsberg. Ich schaue Rachel an, die versucht, ihre Tränen wegzublinzeln, was ihr nicht gelingt.

»Komm, lass uns gehen.«

Sie rührt sich nicht. »Warum haben Sie Ellen nicht in Ruhe gelassen?«, fragt sie bitter. »Warum konnte sie nicht bleiben, wo der Pfeffer wächst?«

»Weil dein Vater es sich anders gewünscht hat, Rachel. Es war sein großer Wunsch, Ellen wiederzusehen. Hätte ich allerdings gewusst, wie es endet, hätte ich gern darauf verzichtet, ihm diesen Wunsch zu erfüllen.«

Auf dem Rückweg biege ich falsch ab, verfranse mich, folge einem schmalen Serpentinsträßchen durch den Wald in Richtung Adscheid. Tief unter mir Fischteiche, wie eine Kette aneinandergereiht und kaum auszumachen im frischen Grün der Bäume, oben die mächtigen Mauern der Burg Blankenberg, nackt, pur, unangreifbar. In einer Gegend wie dieser gibt es tausend Orte, an denen man seine Beute verstecken könnte, denke ich. Wie sollte man sie jemals finden?

16.

»Die Sache passierte zum Jahreswechsel 2001/2002, zur Zeit der Währungsumstellung«, erklärt Herbert. Ich bin zu ihm nach Sankt Augustin gefahren, weil er meinte, die Geschichte mit dem Überfall des Geldtransporters inzwischen hinreichend aufgearbeitet zu haben, um einen Bericht abliefern zu können. Wir sitzen wie immer in Herberts Wohnzimmer unterm Abendrot am Tegernsee. »Damals mussten über 136 Milliarden Euro an Banken und Unternehmen transportiert werden, eine enorme logistische Herausforderung, wie man sich denken kann. In dieser Zeit waren über 100.000 Geldtransporter unterwegs, und unsere Brüder haben sich offenbar gedacht: Wenn nicht jetzt, wann dann? Sie baldowerten Routen von Transportern aus, die teilweise durch unbesiedeltes Gebiet führten. Sie beschafften sich Schusswaffen und Handgranaten. Der Transporter, den sie überfielen, fuhr von Köln nach Siegburg, was er bereits eine Woche zuvor schon einmal getan hatte. Die Fahrer wechselten allerdings die Route, an diesem Tag ging es von Köln-Porz auf der Alten Kölner Straße durch die Wahner Heide. Die Strecke führt nah am Flughafen vorbei, teilweise durch bewaldetes Gebiet, teils durch offene Heide. Woher die Brüder wussten, welche Route an diesem Tag gefahren wurde, bleibt unklar, vielleicht hatten sie den Transporter bereits seit Tagen im Visier. Fest steht allerdings, dass die Sicherheitsleute nicht mit ihnen unter einer Decke steckten. Da sich die Route so nah am Flughafen befindet, gibt es dort eine hohe Polizeipräsenz, das Vorhaben war also äußerst gewagt. Normalerweise wurden diese Transporte von der Polizei begleitet, aber unmittelbar nach der Abfahrt gab es zwei Anrufe, die auf einen gerade stattfindenden Bankraub ganz in der Nähe hinwiesen. Die Streife drehte um, raste nach Porz zurück, und unsere Brüder schlugen zu. Den Ort des Überfalls hatten sie sorgfältig ausgewählt, einen Parkstreifen unweit des früheren Camp Altenrath.«

»Camp Altenrath?«

»Das war eine belgische Kaserne, die zu Beginn der 90er-Jahre dichtgemacht wurde. Der Gebäudekomplex verfiel sehr schnell, und man beschloss, das Gelände zu renaturieren. Heute steht keines der Häuser mehr, soweit ich weiß.«

»Hohe Polizeipräsenz wegen des Flughafens, sagtest du? Warum haben sie sich ausgerechnet diese Stelle ausgesucht?«

»Darüber kann man nur Vermutungen anstellen. Die ganze Region ist dicht besiedelt, es dürfte also nicht viele Routen geben, die durch eine unbewohnte Gegend führen. Die Heide ist ein solches Gebiet. Die Polizei ist zwar präsent dort, aber nicht 24 Stunden am Tag, ansonsten ist es recht einsam.«

»Klingt plausibel. Und wie ging es weiter?«

»Der Plan der Brüder war relativ ausgefeilt: Sie bauten einen Wagen optisch zum Polizeifahrzeug um, staffierten sich mit aufgemotzten Karnevalsuniformen aus und simulierten eine Verkehrskontrolle. Sie winkten den Geldtransporter raus, zogen sich Skimützen übers Gesicht und zwangen das Sicherheitsteam mit Schusswaffen, auszusteigen. Sie drohten, die beiden Männer mitsamt dem Transporter in die Luft zu jagen, und erzwangen sich auf diese Weise Zugang zum Geld. Sie luden die Geldkisten ins Fluchtfahrzeug, sperrten die geknebelten Wachleute in den Transportraum ihres eigenen Fahrzeugs und hauten ab. Danach wird die Sache komplizierter: Manfred Krämer, der den Fluchtwagen fuhr, hat kurz darauf noch einmal angehalten, und die beiden haben die Beute in ein anderes Fahrzeug umgeladen. Ein Autofahrer sagte aus, einen Polizeiwagen um die Tatzeit herum auf einem Parkstreifen unweit des Flughafengeländes gesehen zu haben. Das ist an sich nichts Ungewöhnliches, denn, wie gesagt, die Polizei schaut dort öfter vorbei. In diesem Fall wird es aber der falsche Streifenwagen gewesen sein. Werner Krämer stieg in den anderen Wagen, und die Brüder trennten sich.«

»Weshalb?«

»Tja, das ist die Frage. Um Verwirrung zu stiften und die Fahndung zu erschweren, wie sie sagten. Manfred Krämer raste mit dem Polizeiwagen, der ja auffällig war und bereits von den Wachleuten gesehen worden war, in Richtung Köln weiter, während Werner mit dem unauffälligen zweiten Wagen und der Beute in die entgegengesetzte Richtung fuhr. Wohin er sie bringen wollte, ist nicht bekannt. Fakt ist, dass die beiden von Anfang an keine Chance hatten. Während des Überfalls war bereits ein automatisches Warnsignal abgesetzt worden, das die Sicherheitsfirma alarmierte. Von diesem gerade erst eingeführten Sicherheitssystem hatten die Brüder offenbar keine Ahnung. Jedenfalls war die Polizei sofort informiert worden und bereits unterwegs, der Bankraub in Porz hatte sich inzwischen als Finte herausgestellt.«

»Die auf das Konto der beiden Brüder geht.«

»Anzunehmen. Manfred Krämer schaffte es nur bis nach Rath-Heumar, wo er auf einem schlecht einsehbaren Gelände den Polizeiwagen in Brand steckte und in ein weiteres bereitgestelltes Fahrzeug umsteigen wollte – gestohlen übrigens, wie die anderen auch. Er kam dort nicht mehr weg, denn die Polizei hatte die Zufahrt zum Gelände bereits blockiert. Werner Krämer gelang es noch, in entgegengesetzter Richtung die A 3 zu erreichen. Die Polizei war ihm allerdings auch schon auf den Fersen, weil er eine Streife, die ihn rauswinken wollte, ignoriert hatte. Als er im Rückspiegel von Weitem die Blaulichter sah, bog er auf die Raststätte Siegburg ab in der Hoffnung, die Einsatzfahrzeuge würden einfach vorbeifahren. Diesen Gefallen taten sie ihm aber nicht. In dem Moment, in dem Krämer merkte, dass die Sache gelaufen war, brannte eine Sicherung bei ihm durch, hat er später ausgesagt, und er hat ganze Arbeit geleistet: Er ließ seinen Wagen mit einer Handgranate hochgehen, die eine enorme Sprengkraft hatte. Es heißt, die Detonation war bis runter zum Siegblick zu hören.«

Richtig, jetzt, wo Herbert davon erzählt, kommt mir die Geschichte wieder in den Sinn, die damals für große Aufregung sorgte. Allerdings hatte ich bis eben keinen blassen Schimmer, dass die Gebrüder Krämer die Attentäter waren.

»Wieso haben die beiden ihre Autos angezündet beziehungsweise in die Luft gejagt?«, erkundigt sich Helga, die ins Zimmer getreten ist und es sich mit einem Stückchen Apfelkuchen im Sessel gemütlich macht.

»Eigentlich wollten sie Spuren verwischen, was nach solchen Taten nicht unüblich ist«, erklärt Herbert. »Allerdings war bei Werner sehr viel mehr Wums dahinter als bei seinem Bruder, der sich mit einem Kanister Benzin und einem Feuerzeug begnügte. Werner hat Glück gehabt, dass er nicht selbst mit in die Luft geflogen ist. Leider konnte das der LKW-Fahrer nicht von sich behaupten.«

Helga runzelt die Stirn. »Welcher LKW-Fahrer?«

»Einer, der zufällig zur falschen Zeit am falschen Ort war. Wenn er ihn rechtzeitig gesehen hätte, hätte er ihn gewarnt, hat Krämer sich später rauszureden versucht, aber auf diese Art Aussagen kannst du nichts geben, es war ja klar, dass er seinen Kopf aus der Schlinge ziehen wollte. Der Trucker war jedenfalls tot – von einer herumfliegenden Autotür erschlagen. Und Werner Krämer ist über die Autobahn getürmt. Zu Fuß. Sie haben ihn erst drei Tage später erwischt, in einer Hütte im Nutscheid. Ein Wanderer hat ihn erkannt. Alles in allem hat die Angelegenheit Krämer zwölfeinhalb Jahre Knast eingebracht. Nicht zuletzt auch, weil er der Drahtzieher war. Tja, wie dem auch sei, in diesem Frühjahr wäre er rausgekommen.«

»Wenn er noch leben würde«, ergänze ich.

»Wenn er noch leben würde«, bestätigt Herbert.

»Um wie viel Geld ging es eigentlich?«

»Sagte ich das nicht? Der Coup hätte sich durchaus gelohnt, wenn er geglückt wäre. Es ging um 18 Millionen. Euro, nicht D-Mark.«

Ich pfeife durch die Zähne. »Ein stolzes Sümmchen. Und alles weg?«

»Bumm!«, macht Herbert mit ausladender Geste und stemmt sich im Sessel hoch.

»Danke, Herbert, ausgezeichnete Arbeit wie immer.« Ich erhebe mich und will schon gehen, als mir noch etwas einfällt. »Nachdem Manfred Krämer rausgekommen war, aus dem Knast, meine ich, gab es da noch irgendetwas, abgesehen von der Pferdegeschichte?«

Herbert muss nicht lange überlegen. »Nein, er ist sauber geblieben – offiziell zumindest.«

»Was meinst du mit ›offiziell‹?«

»Damit meine ich, dass nichts rausgekommen ist. Was nicht zwangsläufig heißen muss, dass er etwas zu verbergen hatte. Wenn sie dich erst einmal auf dem Kieker haben, klopfen sie bei dir ja immer zuerst an.«

»Und weshalb haben sie bei ihm angeklopft?«

»Ein Banküberfall in Altenkirchen. Es ging um ziemlich viel Geld, an die 100.000 Euro. Krämer galt als verdächtig, hatte aber ein hieb- und stichfestes Alibi. Er wurde zur Tatzeit zu Hause in Hennef geblitzt.«

»Oha!«, meint Helga, während sie mit dem Zeigefinger die letzten Teigkrümel von ihrem Teller stippt. »Da wird er wohl der erste Mensch gewesen sein, der sich über ein Knöllchen gefreut hat.«

17.

Ingeborg Krämer starb am 16.03.2000, wie auf der Granitplatte zu lesen ist, die die Grabstelle vollständig bedeckt. Keine Blumen, kein Grabschmuck – nichts, was darauf schließen ließe, wann zum letzten Mal jemand hier war. Das Grab liegt nicht unmittelbar in der Nähe der Niederpleiser Kirche, wie ich angenommen habe, sondern im nordwestlichen Teil des Friedhofs. Quer zum Hauptweg gepflanzte Thujahecken parzellieren das Gelände, dazwischen befinden sich jeweils zwei einander gegenüberliegende Grabreihen mit breitem Mittelgang. Einen Steinwurf entfernt, hinter dem baumbepflanzten Wall, verläuft die Autobahn.

Bescheiden gelebt, bescheiden gestorben. Ob Ingeborg Krämer auch eine kriminelle Ader hatte? Es deutet nichts darauf hin, soweit ich weiß. Sie hat ihre beiden Söhne allein großgezogen. Bei Werners Geburt war sie gerade einmal 19 Jahre alt, Werners Vater ließ sie bereits während der Schwangerschaft sitzen. Ihr zweiter Mann Erich, Manfreds Vater, kam bei einem Motorradunfall ums Leben. Ingeborg arbeitete mehr als 30 Jahre lang bei den Siegwerken. Das Einkommen genügte, um die Familie durchzubringen, Reichtümer konnte sie damit nicht anhäufen. Bis zu ihrem Tod wohnte sie in einem kleinen Haus in Niederpleis, das ihre Eltern ihr vermacht hatten. Das baufällige Häuschen erbten die beiden Söhne, die es aber bereits vor dem Raubüberfall verkauften. Als mögliches Versteck für die Beute bot es sich also nicht mehr an.

Ich starre lange auf das Grab. Ob Werner Krämer hier …?

Vielleicht gibt es eine geeignete Stelle in unmittelbarer Nähe, überlege ich. Zwar tun sich einige größere Lücken in diesem Teil des Friedhofs auf, aber die Grabreihe, in der Ingeborg Krämer beerdigt ist, ist komplett belegt, und auch auf der gegenüberliegenden Seite gibt es nur eine einzige freie Stelle, bei der man nicht davon ausgehen kann, dass sie auf Jahre frei bleiben wird. Unschlüssig gehe ich auf eine große Eiche am Rande des Walls zu, kehre jedoch gleich wieder um: Unter dem weit verzweigten Wurzelwerk lässt sich garantiert kein Schatz vergraben. Nein, sofern das Geld hier versteckt sein sollte, kommt nur Mutter Krämers Grab selbst infrage.

Als ich gerade gehen will, macht sich mein Schlauphone bemerkbar. Es ist noch einmal Herbert.

»Die Todesursache war Sekundentod«, kommt er wie immer ohne große Ansprache zur Sache.

Für einen Augenblick bin ich irritiert. »Von wem jetzt?«

Herbert schnaubt genervt. »Glaubst du, ich spreche über deine Meerschweinchen?«

»Sorry, aber ich stehe gerade vor Ingeborg Krämers Grab, deshalb …«

»Nicht Mutter Krämer, ich rede von Manni, ihrem Sohn. Also Sekundentod, in diesem Fall vermutlich ausgelöst durch eine bestehende – herrje, das muss man erst mal über die Lippen kriegen – durch eine hypertrophe Kardiomyopathie, abgekürzt HCM. Vereinfacht ausgedrückt handelt es sich um eine Verdickung des Herzmuskels, was zu Herzrhythmusstörungen führt. Es gibt weitere Formen von Kardiomyopathien, diese hier ist meist erblich bedingt.

»Er ist also einfach tot umgekippt, wegen dieser Kardio-Dingsbums?«

»Tja, wahrscheinlich. Bei HCM ist eine medikamentöse Herzfrequenzkontrolle zwingend erforderlich. Kann sein, dass Krämer bei der Einnahme geschlampt hat, wie seine Frau sagte.«

Ich denke kurz nach. »Kann's auch sein, dass sie nachgeholfen hat?«

Herbert grunzt. »Sicher, indem sie ihm eine Menge Stress gemacht hat, aber das ist leider nicht strafbar.«

»Ich meine die strafrechtlich interessanten Varianten.«

»Was hätte sie tun sollen? Ihn zu Tode erschrecken? Der Logik nach hätte es in diesem Fall eher umgekehrt sein müssen: Er war doch derjenige, der sie überrascht hat. Oder meinst du den guten alten Giftcocktail? Wie hätte sie das anstellen sollen, ihm etwas in die Cola kippen, als er bei ihr war? Darauf deutet nichts hin. Er war nicht lange tot, als sie Alarm schlug. Eine Überdosis K.-o.-Tropfen oder dergleichen hätte man nachweisen können. Und vor dem Wiedersehen hatte Ellen Krämer wochenlang keinen Kontakt zu ihrem Mann, sie hatte also keine Gelegenheit, ihm etwas in seinen Schlummertrunk zu mischen.«

Ich bin einerseits erleichtert, andererseits seltsamerweise enttäuscht. »Es ist also nichts dran an dem, was Rachel sagt.«

»Sie ist ein Kind, vergiss das nicht.«

Nein, das vergesse ich nicht. Genau das ist mein Problem. Ein Kind, das nun allein dasteht. »Und der Brief? Meinst du, an dem ist auch nichts dran?«

»Das sollten wir rausfinden«, antwortet Herbert emotionslos.

Insgeheim atme ich auf. Ich hatte schon befürchtet, dass er die ganze Sache als Spinnerei abtun und aussteigen würde. Solange ich meine Leute an meiner Seite weiß, kommt mir mein Handeln weniger unvernünftig vor.

Im Büro wartet ein Fax auf mich, das meine Stimmung nicht gerade hebt. Es kommt aus dem Kölner Labor und bestätigt Herberts Thesen. Die Analyse der Tabletten, die in Krämers Wohnung gefunden wurden, belegt zweifelsfrei, dass drin war, was draufstand: Myopidrin und Sotalycin forte, zwei Medikamente gegen Herzrhythmusstörungen und zur Unterstützung eines geschädigten Herzens. Genau jene, die Manfred Krämer verordnet wurden. Und die er offenbar nicht mehr eingenommen hat.

18.

Ich bin bereits da, als Pavel mit meinem Kastenwagen vorfährt. Wir haben uns vor einem Siegburger Baumarkt verabredet. Eine Stunde zuvor hat er angerufen und gesagt, er müsse mich dringend sprechen. Also ist Bewegung in die Sache geraten – das hoffe ich zumindest. Bis auf eine magere SMS, in der er mir mitteilte, er habe den Job bekommen, habe ich nichts von ihm gehört.

Pavel sieht sehr verändert aus: Er hat auf Make-up und Rasur verzichtet und sich das Haar im Nacken zu einem lässigen Zopf zusammengebunden. Statt der üblichen schmalen Shirts und hautengen schwarzen Hosen trägt er ein kariertes Holzfällerhemd, dreckige Jeans und derbe Schuhe. Der Junge ist wandelbar wie ein Chamäleon.

Ich klopfe an die Seitenscheibe, er lässt mich einsteigen, und wir rollen zum hinteren Teil des Parkplatzes. Als der Wagen zum Stehen kommt, sehe ich Pavel erwartungsvoll an.

»Sie hat angebissen«, verkündet er, einen gewissen Stolz kaum verhehlend.

»Lass hören!«

Die Geschichte ist schnell erzählt: Pavel klingelte bei Ellen, stellte sich als Pavel Kortschak vor und verwies auf das Jobangebot, das sie im Baumarkt ausgehängt habe. Ob sie noch immer eine Aushilfe suche, fragte er. Sie bat ihn herein, erklärte, sie brauche jemanden, der die Autos und den Hof in Schuss halte, und stellte wenige Fragen.

Schnell kamen sie überein, dass Pavel es ein paar Tage auf Probe versuchen sollte, dann würden sie weitersehen. Er fing noch am gleichen Tag an. Um 15 Uhr brachte sie ihm einen Kaffee raus, was sie auch am nächsten Tag tat. Am dritten Tag bat sie ihn ins Haus, weil es regnete. Sie erzählte ihm vom Tod ihres Mannes und auch, dass er im Knast gesessen habe. Pavel druckste ein wenig herum und sagte dann, er müsse ihr etwas gestehen. Ganz aus freien Stücken sei er nicht bei ihr, er habe ebenfalls eine Haftstrafe abgesessen. Nachdem er entlassen worden war, habe er sich eine Weile als Totengräber durchgeschlagen, doch für den Tod sei er entschieden zu jung, weshalb er sich nach etwas anderem umgeschaut habe. Aber wer gäbe einem Exknacki schon eine Chance? Dabei sei er sauber, er habe mit allem abgeschlossen. Ellen fragte nicht weiter, doch sein Bekenntnis machte sie sichtlich nervös. Sie meinte, er solle ihr seinen Führerschein und den Personalausweis zeigen, worauf er erklärte, er würde sofort gehen und sich nicht wieder blicken lassen, wenn sie dies wünsche. Sie antwortete nicht, sondern schenkte ihm noch einen Kaffee ein und ging, um die Papiere zu kopieren. Als sie zurückkam, drückte sie ihm den Schlüssel für den gelben Porsche in die Hand und nannte ihm den Bestimmungsort des Wagens. »Fahr vorsichtig und komm heil an«, war alles, was sie sonst noch sagte. Und Pavel brachte den Wagen heil nach Kiel.

»Braver Junge«, lobe ich. »Gibt's noch mehr zu berichten?«

Pavel nickt. »Am nächsten Tag fing sie mit der Friedhofsgeschichte an.«

»Friedhofsgeschichte?«

»Sie sagte, der Halbbruder ihres Mannes, mit dem dieser damals den Überfall begangen habe, habe die Beute vermutlich im Grab der Mutter der beiden versteckt. Nicht im Sarg, sondern direkt unter der Grabplatte, betonte sie, als könnte ich annehmen, er habe die Leiche seiner Mum aus dem Sarg gehievt und stattdessen das Geld reingetan. Sie druckste noch eine Weile rum, wurde dann aber sehr direkt: Diese Platten seien unheimlich schwer, weshalb sie als Frau allein nicht viel ausrichten könne. Da ich doch Erfahrung mit Gräbern hätte … ob ich ihr helfen würde, gegen einen Anteil der Beute.«

»Und?«

»Ich habe gesagt, ich habe kein Interesse an Geld, überlege es mir aber trotzdem, und bin Autos putzen gegangen.«

»Cool.«

»Ich *bin* cool.« Pavel grinst. »Das hat sie jedenfalls unheimlich aufgeputscht, ich merkte, wie sie mich vom Fenster aus beobachtete. Nach einer halben Stunde bin ich wieder zu ihr und habe gesagt, ich mach's. Ich helfe ihr. Weil sie mir sympathisch ist. Weil ich dachte, sie hätte die Kohle verdient nach dem ganzen Ärger – sofern wir sie finden würden.«

»Pavel, du bist genial!« Ich strecke meine Hand aus und will ihm über die Schulter streichen, ziehe sie jedoch schnell wieder zurück. »Aber du wirst den Teufel tun und tatsächlich anfangen zu buddeln«, füge ich im Chefinnenton hinzu. Pavel macht ein enttäuschtes Gesicht. »Hey, das ist Grabschändung, Störung der Totenruhe, Leichenfledderei! Dafür kannst du drei Jahre in den Knast wandern, mein Freund! Du bist raus aus der Nummer, sobald sie mit dir losziehen will, okay? Wenn's so weit ist, sagst du, du hättest es dir anders überlegt, und machst dich vom Acker.«

»Und wie erfahren wir dann, ob das Geld tatsächlich dort ist?«

»Vielleicht gar nicht, Pavel.«

»Und was soll das dann?«

»Sie will das Geld, sie will es auf jeden Fall, das wissen wir jetzt. Krämer selbst wollte es offenbar nicht. Also musste sie warten, bis er tot ist. Da kam es ihr natürlich sehr zupass, dass er so schnell ins Gras gebissen hat.«

»Dich anzulügen ist nicht strafbar«, meint Pavel trotzig, und mir kommt in den Sinn, dass ich vor Kurzem noch ganz ähnlich gedacht habe. »Du magst sie, diese Ellen, oder?«

»Das tut nichts zur Sache.« Er wendet demonstrativ den Blick ab. Stimmt. Es tut nichts zur Sache und kann mir egal sein, solange er vernünftig arbeitet.

Zu Hause angekommen, wartet eine kleine Überraschung auf mich: Die Drohne ist da. Yannick will sie sofort abheben sehen, aber für heute ist es zu spät, und so verspreche ich, morgen nach der Schule mit ihm auszutesten, ob sie etwas taugt.

Ein erster Versuch im Hinterhof bleibt ohne klares Ergebnis. Das Ding steigt auf wie eine Hummel, schmiert aber ebenso schnell wieder ab. Die Fernsteuerung erfolgt über das Smartphone und erfordert viel Fingerspitzengefühl. Es dauert seine Zeit, bis ich den Bogen raushabe, und erst als Yannick aus der Schule kommt, fühle ich mich fit genug, den Stresstest in der Öffentlichkeit zu wagen. Das ist zwar verboten, aber erstens bin ich kein gelangweilter Teenager, der sich eine Hobbydrohne im Internet bestellt hat, sondern sozusagen beruflich unterwegs, zweitens ist mein Quadrocopter keine fette Taube wie besagte Hobbygeräte, sondern eine zarte Libelle mit dem Gewicht einer solchen. Die Gefahr, dass sie jemanden erschlägt, wenn sie versehentlich vom Himmel stürzt, ist also nicht gegeben.

Wir wandern in die Innenstadt, direkt auf den Marktplatz. Es ist bereits sommerlich warm, die Sonne lacht, der Himmel strahlt weiß und blau. Bei einem solchen Wetter liebt jeder die City, entsprechend viel Volk ist unterwegs. Die Blicke der Passanten wandern unwillkürlich zum Stadtmuseum, aus dessen Fenstern zahlreiche grellbunt aufgepeppte Persönlichkeiten grüßen, die der Künstler HA Schult anlässlich des 750-jährigen Stadtjubiläums dort in Szene gesetzt hat.

»33«, zählt Yannick und zeigt auf einzelne Bilder.

»John Lennon, Musiker und Kopf einer Band, die sich Beatles nannte«, erkläre ich. »Papst Benedikt, der letzte Papst vor dem jetzigen, ein Deutscher. Engelbert Humperdinck, unser berühmter Komponist. Er hat hier in Siegburg gelebt und ist sogar in dem Haus dort geboren.«

»Im Museum?«

»In dem Gebäude, das damals natürlich noch kein Museum war.«

»Ich weiß, er hat Hänsel und Gretel erfunden, das haben wir in der Kita gelernt.«

»Das Märchen hat er nicht erfunden, aber er hat sozusagen die Musik dazu geschrieben. Eine Oper.«

»Da oben, siehst du den Raumfahrer?«

»Das ist Ulf Merbold, er kommt ebenfalls hier aus Siegburg. Das dort ist Simone de Beauvoir, eine bedeutende Schriftstellerin, und das Mädchen da oben ist Anne Frank, die im Krieg von den Nazis umgebracht wurde.«

»Und der da?«

»Keine Ahnung. Wir können reingehen und nachschauen. Drinnen gibt's sicher eine Art Plan.«

»Nein, wir lassen das Ding fliegen.«

Wir postieren uns an der Siegessäule und starten die Drohne. Ich lasse sie hoch in den Himmel aufsteigen und mache mich dann im Sinkflug an eine Lady mittleren Alters heran, die in etwa 15 Metern Entfernung vorübergeht.

»Aber er sollte doch schon da sein«, schimpft sie in ihr Handy. »Ich habe ihm extra gesagt, dass er nach Hause kommen soll. ›Wenn du fertig bist, kommst du heim‹, habe ich klar und deutlich …« Der Ton ist sehr gut. Ich lasse die Drohne ein Stück weiter zu einem Pärchen fliegen und folge den beiden dicht hinter ihren Köpfen. Auch die Bildqualität der kleinen Kamera lässt nicht zu wünschen übrig.

»… doch, das habe ich. Wenn du zuhören würdest, wüsstest du es«, sagt die Frau.

Und der Mann erwidert: »Ich habe dir zugehört.«

»Hast du nicht. Sonst müsstest du jetzt nicht fragen.«

Geschenkt. Ich nehme zwei Jugendliche ins Visier, die betont gelangweilt über den Platz schlurfen und sich dann doch dazu herablassen, die bunten Fenster zu begutachten.

»Den Typen mit dem Bart kenn ich, das ist Karl Marx.«

»Stammt der auch aus Siegburg?«, erkundigt sich der andere.

»Glaub schon.«

Okay, es reicht. Ich wage einen rasanten Schwenk, um in einem eleganten Bogen über den Markt zurück in unsere Richtung zu steuern. »Kollege, wir können feststellen: Das Ding funktioniert«, wende mich an Yannick, der es mir sofort abschwatzen will. »Keine Chance, Süßer. Die Drohne gehört mir, und sie bleibt unser kleines Geheimnis.«

»Heißt das, ich darf nicht mal davon erzählen?«, murrt er.

»Wenn's unbedingt sein muss«, gebe ich mich großzügig, da ihm ohnehin niemand glauben wird. »Ihr Sohn hat eine lebhafte Fantasie – was der sich alles ausdenkt!«, meinte die Lehrerin einmal, nachdem er ihr von meinen üblen Erfahrungen mit winzigen Schmetterlingspeilsendern berichtet hatte.

»Wissen Sie eigentlich, wie Osama bin Laden aufgespürt wurde?«, gab ich zurück. Selbstverständlich wusste sie es nicht. Ich beugte mich vor und flüsterte: »Mit Motten! Motten, die kleine Sender und Kameras trugen. Osama bin Laden las gern abends, und Nachtfalter lieben bekanntlich das Licht. Ein Blick durch die winzigen Mottenkameras, und zack! Sie hatten ihn erwischt.«

Die Lehrerin machte große Augen und wusste nicht recht, was sie darauf sagen sollte. »Waren Sie daran beteiligt?«, fragte sie vorsichtig.

Wenn man Detektivin ist, trauen die Leute einem alles Mögliche zu. »Nur in beratender Funktion«, log ich bescheiden.

Wir verstauen die Drohne in ihrem Köfferchen und wandern über den Marktplatz, die Kaiserstraße rauf. Ich habe Yannick ein Eis im San Remo versprochen, und wir sind fast da, als Pavel sich meldet.

»Was gibt's?«

»Es geht los. Sie will noch heute Abend starten.«

»E-Punkt-K-Punkt?«

»Ellen Krämer, exakt.«

»Heute?«, frage ich ungläubig. »Morgen Vormittag wird ihr Mann beerdigt!«

»Tja, es ist anscheinend was dazwischengekommen.«

»Mama!« Yannick zupft mich am Ärmel, sein Arm reicht nicht herauf bis an die Theke. Ich kaufe ihm das versprochene Eis und sage Pavel, ich würde ihn in einer halben Stunde zurückrufen. Auf jeden Fall. Mit Yannick an der Hand geht es im Stechschritt nach Hause, in mein Büro, zurück ans Telefon.

»Was ist passiert, Pavel?«

»Ich weiß nicht genau. Die Tochter war hier, diese Rachel. Ellen wusste nicht, dass sie kommen wollte. Auf einmal stand sie in der Tür, keine Ahnung, wie lange sie uns schon beobachtet hat.«

»Beobachtet, wobei?«

»Beim Kaffeetrinken!« Pavel klingt genervt. »Wir saßen in der Küche, und dann kam Rachel. Die beiden begannen zu streiten, und Rachel sagte, sie werde sofort wieder abhauen, aber Ellen wollte sie nicht gehen lassen. Ich habe mich dann diskret zurückgezogen, weil ich fertig war mit der Arbeit und mit Ellen alles besprochen hatte. Es hätte merkwürdig ausgesehen, wenn ich den beiden weiter zugehört hätte. Was danach passiert ist, weiß ich nicht. Aber ich war kaum eine halbe Stunde weg, da rief Ellen an und meinte, es müsste sofort sein. Heute Nacht. Sie könne nicht länger warten, das Risiko sei zu groß.«

»Welches Risiko?«

»Das hat sie nicht gesagt. Ich kann mir allerdings kaum vorstellen, dass es mit ihrer Tochter zu tun hat. Die ist doch noch ein Kind.«

Das stimmt. Aber Rachel ist umgeben von Leuten, die keine Kinder mehr sind. Wer weiß, welche Vögel noch über Mutters Schoß spekulieren. Apropos Vögel: Mir fällt dieser Carsten ein, der Manfred Krämer Money-Manni nannte. Zwischen den beiden bestand ebenfalls eine Verbindung, wenn mir auch nicht klar ist, welche. In einem Punkt besteht für mich allerdings Gewissheit: »Du bist draußen, Pavel. Du setzt keinen Schritt mehr in dieses Haus. Und erst recht nicht auf den Friedhof.«

»Aber ...«

»Kein Aber. Du weißt nicht, was vorgefallen ist und vor wem Ellen plötzlich Angst hat. Ich will nicht, dass du ein Risiko eingehst, und über die Folgen von Grabräuberei haben wir bereits gesprochen.«

Pavel seufzt. »Was soll ich also tun?«

»Du rufst sie an und sagst, dir sei die Sache zu heiß, du hättest es dir anders überlegt. Aber erst morgen.«

»Wieso erst morgen?«

»Ich will sehen, ob sie tatsächlich hinfährt. Ob sie das bringt.«

»Ich würde es ihr gern selbst sagen«, beharrt Pavel.

»Pavel! Du lässt die Finger von dieser Frau, klar? Wo würdet ihr euch treffen?«

»Direkt am Friedhof.«

»Und wann?«

»Um zwölf.«

»Zur Geisterstunde! Machst du Witze?«

»Es wird spät dunkel um diese Jahreszeit.«

»Also gut. Melde dich morgen bei ihr und rede dich raus. Wie, ist mir egal, solange du mich aus dem Spiel lässt. Nimm ihr nur die Sorge, du könntest sie verpfeifen.«

Pavel schweigt.

»Haben wir uns verstanden, Pavel?«

»Ich habe verstanden. Ciao.« Er legt auf.

Viel Zeit bleibt nicht mehr bis zum Abend, also rufe ich Denise an und bestelle Kaffee und Kuchen. Das volle Programm.

19.

»Scheiße, da steht mein Wagen!« Ich deute auf den Renault, den ich Pavel geliehen habe und der jetzt am Rand eines Wendehammers neben dem Friedhof parkt. »Sie sind schon da, alle beide, wie's aussieht. Verdammt, ich hatte ihm doch gesagt, er soll gefälligst mit dem Arsch zu Hause bleiben!«

»Das kommt davon, wenn man keine qualifizierten Mitarbeiter einstellt«, ätzt Denise, aber ich könnte wetten, dass sie innerlich jubiliert. Ich werfe einen Blick auf die Uhr.

»Zwölf, hat er gesagt, aber es ist erst elf.«

»Da wird er dir wohl einen Bären aufgebunden haben.« Denise grinst unverhohlen. Die Nacht ist hell, ich kann sie sehr gut sehen. »Und jetzt?« Sie strahlt geradezu.

»Jetzt stehen wir Schmiere. Nicht auszudenken, was passiert, wenn einer kommt, während die beiden gerade Leichen ausbuddeln. Fahr den Wagen ein Stück weg, damit man ihn nicht gleich bemerkt. Sondiere anschließend die Lage rund um die Kirche, ich gehe runter zu Mutter Krämers Grab und schaue nach, was los ist.«

Denise hält nahe des Wendehammers bei der Friedhofsmauer. Der offizielle Parkplatz befindet sich weiter oberhalb, doch auch von hier aus gibt es einen Zugang zum Friedhof. Ein kurzer Check unserer Funkgeräte, dann steige ich aus, gehe die Treppen hinauf, passiere den Durchlass in der Mauer. Kaum mehr als einen Steinwurf entfernt ragt St. Martinus vor mir auf, sein weißer Kirchturm strahlt selbst in der Nacht. Ich wende mich nach rechts, passiere einige große Gruften, gelange über ein Sträßchen auf die andere Seite des Friedhofs. Vorsichtig nähere ich mich Ingeborg Krämers Grab, und dann entdecke ich sie: Ellen und Pavel. Sie sind bereits am Ziel. Ich will nicht, dass sie mich bemerken, und suche in einiger Entfernung hinter einer Thujahecke Deckung. Sie haben allerlei Gerätschaften dabei und sind sehr beschäftigt. Leider kann ich von hier aus nicht hören, was sie sagen. Und sehen kann ich auch nicht viel. Zeit für die

Drohne. Ich lasse sie aufsteigen und fledermausgleich zu ihnen hinübergleiten, schalte um auf Kolibri-Funktion, ein geräuschloses Stehen in der Luft.

Ich sehe einen grobkörnigen, unscharfen Pavel, der sich an der Grabplatte zu schaffen macht. Er greift nach etwas Klotzartigem und bringt es in Position, setzt eine lange Stange an und schiebt die Platte mit wenigen Hebelbewegungen zur Seite. Ich hätte nie gedacht, dass man 400 Kilogramm so einfach bewegen kann. Pavel hebelt weiter und hat bald so viel Platz geschaffen, dass ein Teil der Grabfläche freiliegt. Ich verfolge alles über meinen kleinen Monitor. Die Bildqualität ist zufriedenstellend, aber leider nicht so gut, dass ich erkennen könnte, was sich in dem schwarzen Loch befindet. Oder nicht befindet.

Pavel greift nach einem Spaten und beginnt zu graben, den Aushub schaufelt er auf die Granitplatte. Ellen steht steif daneben. »Und?«, erkundigt sie sich mit gepresster Stimme. Sie bückt sich nach vorn und wiederholt ihre Frage.

»Bis jetzt nichts«, antwortet Pavel endlich. »Ich gehe noch etwas tiefer, aber hier scheint nichts zu sein.«

Verdammt! Will er etwa buddeln, bis er auf Mutter Krämers Sarg stößt? Ich überlege, ob ich einschreiten soll.

»Da kommt wer«, gibt Denise in diesem Moment durch, und der Schreck fährt mir in alle Glieder. Ich will mir gar nicht ausmalen, was passiert, wenn die beiden bei ihrem Treiben erwischt werden.

»Aus welcher Richtung?«, flüstere ich.

»Nordwesten. Genau auf euch zu.«

Ich verlasse meine Deckung und nähere mich den beiden, während ich krampfhaft nach einer Lösung suche, wie ich sie am besten warnen soll, ohne sie zu Tode zu erschrecken. Wenn Ellen aufschreit, ist es aus. Wer, zum Kuckuck, schleicht nachts über Friedhöfe? Vielleicht Jugendliche, die auf Nervenkitzel aus sind. Oder hartgesottene Nachtwanderer. Oder jene Sorte Zeitgenossen, die von Schätzen unter Grabplatten träumen, und mein Instinkt sagt mir, dass wir es mit genau diesen zu tun haben.

»Wie viele?« flüstere ich.

»Zwei.«

»Ein Pärchen?«

»Ja.«

»Sie groß, korpulent, mit langem dunklem Haar, er der Typ Wandschrank?«

»Kommt hin.«

Ich ziehe mich wieder in den Schutz der Bäume zurück und hole tief Luft. »Lass laufen«, entscheide ich. Marisa und ihr Kampfhund werden kaum hier auftauchen, um einen Rosenkranz zu beten.

»Kein Eingriff?«

»Nein, lass sie kommen.«

»Halt mich bloß raus aus dem Scheiß«, wispert Denise. »Wenn einer von denen die Bullen ruft, bin ich weg.«

Meinetwegen. Meinen Segen hat sie, aber vorerst brauche ich sie noch. Nach wie vor ist Denise diejenige von uns, die einen Waffenschein hat. Zwar behaupte ich immer, meine Waffe sei mein Verstand, aber manchmal ist eine Knarre einfach das stärkere Argument. »Komm rüber«, flüstere ich. Die beiden Eindringlinge sind jetzt ganz nah. Ehe ich sie erkenne, steigt mir ein markantes Parfum in die Nase, das mich kürzlich fast ausgeknockt hätte. Ohne Zweifel: Marisa und der Sumoringer. Auch meine zwei Hobbygärtner müssten sie nun bemerken. Eingreifen oder nicht? Die Entscheidung wird mir abgenommen, denn in diesem Moment richtet sich Ellen auf und starrt in die Richtung, aus der die beiden kommen. »Gut, dass ihr da seid«, sagt sie laut und deutlich, und ich bewundere ihre Coolness. Pavel, der vor lauter Buddelei offenbar nichts mitbekommen hat, schnellt hoch.

»Mein Gott, Ellen!«, ruft Marisa mit ihrer melodiösen Stimme. »Was ist nur in dich gefahren? Rachel hat uns erzählt, was du vorhast, also sind Kai-Uwe und ich sofort los, um dich wieder zu Verstand zu bringen. Wir …«

»Halt die Klappe«, unterbricht Ellen sie und spuckt auf den Boden.

»Ganz ehrlich, Ellen, wir möchten nicht, dass du noch mehr Schwierigkeiten bekommst. In einer Viertelstunde steht der Jupiter …«

»Schluss mit dem Gewäsch! Komm lieber her und sieh selbst, dass hier nichts zu holen ist. Das erspart uns die Spielchen.«

Ich schleiche näher. Marisa und der Sumoringer rühren sich nicht vom Fleck.

»Nun los, kommt schon, alle beide. Kommt her und schaut euch das an!«

Marisa gibt ihrem Freund ein Zeichen, und sie treten auf die offene Grabstelle zu. Pavel hat sich ein paar Schritte zurückgezogen, da er offensichtlich wenig Wert darauf legt, sich den beiden aus der Nähe zu präsentieren. In diesem Moment bemerkt er mich.

»Genug gesehen?«, fragt Ellen sarkastisch. Der Sumoringer springt in die offene Grube, greift nach dem Spaten und prüft die Lage mit zahlreichen Hieben in alle

Richtungen. Anschließend steigt er wieder aus dem Loch und leuchtet mit seiner Taschenlampe die Umgebung ab, um zu prüfen, ob nicht bereits etwas entfernt wurde. Er schaut zu Marisa und schüttelt den Kopf.

»Du solltest sehen, dass du ein bisschen Schlaf bekommst, meine Liebe«, wendet diese sich an Ellen. »Oder hast du vergessen, dass du in ein paar Stunden deinen Mann beerdigen musst?«

»Danke für den Tipp einer erfahrenen Witwe«, giftet die Angesprochene, doch Marisa und der Sumoringer haben sich bereits abgewandt und verschwinden in die Richtung, aus der sie gekommen sind. Ich warne Denise über Funk und signalisiere Pavel gestenreich, dass er das Grab gefälligst wieder ordentlich zuschaufeln soll, wobei mir beinahe meine Drohne abschmiert. Ich schaffe es gerade noch, sie vor einem Absturz zu bewahren, und dirigiere sie zu mir. Gerade will ich mich zurückziehen, als ich aus dem Augenwinkel eine Bewegung registriere. Hinter einer der halbhohen Thujahecken auf der gegenüberliegenden Seite des Wegs, nur wenige Meter von Mutter Krämers Grab entfernt, stand jemand. Und jetzt ist er verschwunden. Oder habe ich mir das nur eingebildet? Ich gebe Denise durch, dass sie die Augen nach einer weiteren Person aufhalten soll, doch sie entdeckt nur das Pärchen.

»Soll ich ihnen folgen?«

»Nein, Mission beendet. Over.«

»Was war das denn eben?«, erkundigt sie sich kopfschüttelnd, als wir uns am Eingang des Friedhofes treffen.

»Zickenkrieg«, antworte ich und lege die Drohne vorsichtig in ihr Köfferchen. Ich bin hundemüde, aber ehe ich mein Haupt aufs wohlverdiente Ruhekissen bette, werde ich mir meine Aufnahmen noch einmal auf einem größeren Bildschirm anschauen. Vielleicht hat die Kamera mehr gesehen, als ich auf die Schnelle erkennen konnte.

Um es kurz zu machen: sie hat. Aus der Vogelperspektive beobachte ich nochmals, wie Ellen und Pavel sich an dem Grab zu schaffen machen, und ich registriere noch mehr: Die Person hinter der Thujahecke habe ich mir nicht eingebildet. Sie steht tatsächlich da und verfolgt das Geschehen unbemerkt. Ich zoome näher heran und erkenne eine männliche Gestalt mit hellem Haar, die mir irgendwie bekannt vorkommt. Ich zoome noch näher und identifiziere sie als jenen ungebetenen Besucher, der Krämer einst in Hennef aufsuchte. Carsten Vogel. Fast noch größer ist die Überraschung, die ich direkt im Anschluss erlebe: Als ich zurück zu meinen Probeaufnahmen auf dem Siegburger Marktplatz klicke, um sie zu löschen, sehe und höre ich nochmals die beiden Jugendlichen.

»Den Typen mit dem Bart kenn ich, das ist Karl Marx«, sagt der eine, der andere darauf: »Stammt der auch aus Siegburg?«

»Glaub schon.«

Der Dialog ist einfach zu gut, um ihn zu löschen, denke ich, folge dem rasanten Schwenk der Kamera über den Platz und glaube meinen Augen nicht zu trauen: Die Person, die dort durchs Bild läuft und nach wenigen Sekunden in Richtung Orestiadastraße verschwindet, ist Carsten Vogel. Ein Zufall?

Wer's glaubt.

20.

Ich habe mir gerade zum dritten Mal die Aufnahme auf meinem Laptop angesehen, als jemand ans Küchenfenster klopft und mir einen Riesenschreck einjagt. Es ist Pavel.

»Was ist los? Bist du in Plauderstimmung?« Ich lasse ihn ein, gehe voran in die Küche und deute mit dem Kinn auf die Eckbank, habe aber keine Lust, ihm ein Bier anzubieten. Zu gemütlich will ich es ihm nicht machen.

»Weißt du, Pavel, ich habe dich meinen Mitarbeitern als eine Art Superhirn verkauft, weil sie nicht mit dir zusammenarbeiten wollten. ›Auf den können wir keinesfalls verzichten‹, habe ich gesagt, und dann baust du diesen Mist. Ich bin hier der Chef, klar? Und ich hatte mich deutlich genug ausgedrückt, was deinen Einsatz betraf – oder sagen wir besser: das Ende deines Einsatzes. Was sollte die Aktion also?«

Pavel streift sich das lange Haar aus dem Gesicht und hebt das Kinn. »Jetzt wissen wir zumindest, dass das Geld nicht da ist. An dieser Stelle zumindest nicht.«

»Na und? Das bedeutet noch lange nicht, dass Ellen Krämer ihren Mann auf dem Gewissen hat. Und genau das war die Frage, die wir beantworten wollten, wie du dich vielleicht entsinnst. Was du getan hast, ist strafbar. Du hättest uns allen großen Schaden zufügen können.«

»Es war eine einmalige Chance«, beharrt Pavel.

»Ja, eine einmalige Chance, die Kompetenzagentur Schiller in die Scheiße zu reiten. Und dich gleich mit.«

»Hey, es ist doch gar nichts passiert!«

»Es ist nichts passiert? Du hast Nerven! Was war denn, als diese Marisa und ihr Knochenknacker plötzlich auftauchten?«

»Es hat niemand Schaden genommen. Und es war keine große Sache. Nicht so groß, wie du jetzt tust.«

»Stopp! Das zu beurteilen, überlässt du bitte schön mir.«

»Aber es wäre dumm gewesen, nicht nachzusehen. Es musste Klarheit geschaffen werden. Stell dir vor, wir hätten das Geld gefunden.«

»Also gut, ich stelle es mir vor. Was dann? Hättest du es bei der Polizei abgegeben?«

Pavel sieht an mir vorbei zum nachtschwarzen Fenster hinaus. »Wer weiß, vielleicht hätte ich das.«

Ich lache betont sarkastisch, aber bei ihm kann man sich nie sicher sein. Vielleicht hätte er es wirklich abgegeben. »So läuft der Hase nicht«, beende ich das Thema. »Und jetzt Butter bei die Fische: Womit hat Ellen dich geködert, mit Sex?«

Pavel macht große Augen, dann bricht er in schallendes Gelächter aus. »Mit Sex? Also wirklich!« Er schüttelt den Kopf, als sei meine Vermutung vollkommen absurd. »Glaubst du, ich hab's nötig, mir von älteren Frauen zweideutige Angebote machen zu lassen?«

Von älteren Frauen? Habe ich da gerade richtig gehört? »Ellen ist höchstens 35!«, werfe ich unvernünftigerweise ein, weil er einen wunden Punkt getroffen hat. Hoppla, jetzt nur die Ruhe bewahren. Soll Pavel denken, was er will. Aber er darf nicht tun, was er will. Zumindest nicht, solange er für mich arbeitet.

»Gut, kein Sex. Was hat sie dir also versprochen?«

»Das blaue Mercedes-Cabrio«, antwortet Pavel mit größter Selbstverständlichkeit und sieht mir dabei in die Augen.

»Den SL!« Ich pfeife durch die Zähne. »Dagegen sind die paar Mücken, die ich dir zahlen kann, natürlich nichts. Aber weißt du was? Du hast einen Vertrag mit mir, Schätzchen. Und ich hätte nie gedacht, dass du dich so leicht kaufen lässt.«

»Ich lasse mich nicht kaufen. Von niemandem.«

»Ach nein? Wie nennst du denn einen Deal à la: ›Buddel mir die Oma aus, und ich geb dir einen Mercedes dafür‹? Das ist so was von gekauft, käuflicher geht's gar nicht! Es war das erste und letzte Mal, dass ich dich ins Vertrauen gezogen habe, mein Freund. Ich bin enttäuscht von dir, tief enttäuscht.«

Pavel steht auf und legt mir den Autoschlüssel auf den Tisch. »Ehe ich es vergesse.« Er greift in seinen Rucksack, holt eine kleine graue Kulturtasche heraus und reicht sie mir. »Sie lag im Handschuhfach des Porsche. Der Wagen, den Krämer eigentlich nach Kiel überführen wollte. Oder sollte. Dazu kam er nicht mehr, aber er hatte offenbar schon gepackt.«

Ich starre die Tasche an und versuche krampfhaft nachzudenken. Kiel. Die Überführung des Wagens. Der Tag, an dem ich Krämer mitteilte, dass ich seine Frau ausfindig gemacht habe, und er alles stehen und liegen ließ, um in seiner Michael-Jackson-Gedächtnisjacke zu ihr zu rasen. Es kann hinkommen.

Pavel wendet sich zur Tür, kommt aber nicht weit. Im Türrahmen steht Markus, mein Mann. Er schaut erst mich an, dann Pavel, dann wieder mich.

»Dürfte ich vielleicht erfahren, was hier abgeht?« Sein ruhiger Tonfall kann mich nicht täuschen: He is really not amused. Markus mag es nicht, wenn ich nachts mit jungen Männern herumziehe. Und sie anschließend mit nach Hause nehme. Besonders mag er Pavel nicht.

»Pavel, du kannst gehen«, sage ich. »Und du, Markus, wartest bitte einen Moment, ich muss erst etwas nachsehen.«

Ohne weiter auf die beiden zu achten, beginne ich in der Kulturtasche zu kramen. Sie enthält eine Zahnbürste, einen Kamm, Rasierzeug – und Tabletten. Ein Blisterstreifen Myopidrin, das Medikament gegen Herzrhythmusstörungen, das Krämer verordnet worden war. Drei Tabletten fehlen. Dazu ein Döschen Sotalycin forte zur Unterstützung des geschädigten Herzens, jede Kapsel dick wie ein Zäpfchen. Genau jene Medikamente, die wir im Haus lediglich unangetastet gefunden haben. Krämers Medikamente. Und es sieht ganz so aus, als hätte er sie gewissenhaft eingenommen.

Vielleicht eine Spur. Die erste richtige Spur, die wir haben.

Ich reiße mich von diesem Gedanken los und schaue meinen Mann an. »So, ich bin fertig, vorerst zumindest. Was kann ich für dich tun?«

21.

Markus hatte einigen Klärungsbedarf und war partout nicht bereit, die Angelegenheit aufzuschieben. Wenn seine Frau sich freiwillig die Nacht um die Ohren schlüge, könne sie auch noch ein paar Minuten für ihren Mann erübrigen, fand er, und mir blieb nichts anderes übrig, als klein beizugeben. Zwischen Ehedisput und Kind-für-die-Schule-fertig-Machen passte kaum ein Fingerhut voll Schlaf, und in entsprechender Stimmung stürze ich mich nach einem schnellen Morgenkaffee auf mein heutiges Tagesprogramm, das es in sich hat. Zuerst rufe ich Rachel an.

»Ich weiß, der Zeitpunkt ist denkbar schlecht gewählt, und du hast gleich einen schweren Gang vor dir, aber ich muss wissen, was gestern vorgefallen ist zwischen dir und Ellen.«

»Sie wissen davon?«

»Nicht genug.«

Rachel sieht offenbar keinen Grund, ein Geheimnis aus der Sache zu machen. Sie kehrte noch einmal ins Elternhaus zurück, um etwas zum Anziehen für die heutige Trauerfeier zu holen, erzählt sie. Als sie ankam, sah sie Pavel im Hof stehen und einen Wagen ihres Vaters polieren. Sie versteckte sich hinter dem Tor und beobachtete ihn eine Weile. Plötzlich trat ihre Stiefmutter aus dem Haus und ging zu ihm. Rachel sah, wie sie sich mit ihm unterhielt, wie sie sich das Haar aus dem Gesicht streifte, den Kopf schief legte, lächelte, und sie zog ihre Schlüsse. Wut packte sie, so große Wut, dass sie Ellen am liebsten ins Gesicht geschlagen hätte. Ihr Vater war kaum tot und nicht einmal unter der Erde, da flirtete seine Frau mit einem Typen, der halb so alt ist wie sie. Und dann gingen die beiden auch noch zusammen ins Haus! Rachel schlich leise hinterher. »Ich wollte wissen, was Sache ist.« Sie holt tief Luft. »Sie waren in der Küche, Ellen gab dem Typen ein Glas Wasser, und sie trat ganz nah an ihn ran. So nah, wie man jemandem kommt, wenn man ihm eine Wimper aus dem Auge holen will. Oder ihn küssen. Jedenfalls viel zu nah. Ich habe gedacht, jetzt treiben sie es gleich auf dem Küchentisch, und musste fast kotzen. Da haben sie mich bemerkt. Ellen hat getan, als sei es eine freudige Überraschung, mich zu sehen, und ich habe ›Hure‹ zu ihr gesagt. Wir fingen an zu streiten, und irgendwann ist der Typ abgehauen. Ellen wollte unbedingt, dass ich dableibe, aber ich bin trotzdem weg.«

»Wohin?«

»Zu meiner Freundin Kira«, sagt Rachel nach kurzem Zögern.

»Und das war alles?«

Ob das nicht reichen würde, meint sie patzig, und angesichts der Tatsache, dass in drei Stunden die Beerdigung ihres Vaters stattfindet, sollte ich es eigentlich dabei bewenden lassen.

»Du hast nicht zufällig mitbekommen, worüber die beiden geredet haben?«

Rachel schweigt eine Spur zu lang, ehe sie die Frage verneint.

»Rachel«, sage ich. »Du hast mir 6.000 Euro gegeben, Geld, das deinem Vater gehörte.«

»Und das jetzt meins ist.«

»Ja, aber du hast einen bestimmten Zweck damit verfolgt.«

»Sie sagten, ich krieg's wieder, wenn Sie nichts rausfinden.«

Das stimmt. Ich glaube, ich habe vergessen, es zu erwähnen: Ich habe Rachels Geld, das eigentlich das Geld meines Auftraggebers Manfred Krämer ist, doch noch genommen, schließlich habe ich laufende Kosten, die gedeckt werden müssen. Wenn ich nichts herausfände, würde ich es zurückgeben, war der Deal gewesen, den ich mit Rachel geschlossen hatte, ganz nach meinem Motto: »Wahrheit. Klarheit. Fairness.«

»Rachel, ich kann nur etwas bewirken, wenn du mir die Wahrheit sagst, wenn ich die Fakten kenne«, erläutere ich ihr noch einmal. Sie ist ein Kind, da kann man die Dinge nicht oft genug wiederholen. »Hast du Marisa erzählt, worüber die beiden gesprochen haben?«

Schade, Rachel ist offenbar nicht mehr Kind genug, um auf den Trick reinzufallen. Also gut. Vielleicht hat sie tatsächlich nichts gehört, vielleicht gibt es eine andere Erklärung dafür, warum Marisa ausgerechnet in der letzten Nacht auf dem Friedhof aufkreuzte. Möglich, dass sie Ellen einfach nur gefolgt ist. Weil sie sie beobachtet. Oder beobachten lässt.

22.

»Manfred Krämer mochte die Sonne, die Wärme, das Licht. Ein Urbedürfnis, das gewachsen ist und nahezu unerträglich wurde in jener Zeit, in der er im Gefängnis saß. Wir haben uns hier, an diesem Ort eingefunden, weil Manfred Krämer den Gedanken nicht ertragen konnte, noch einmal eingesperrt zu sein, weder im Leben noch im Tode.« Die Trauerrednerin breitet die Arme aus, deutet auf die Bäume, hinauf in den Himmel, zur Sonne, die durch das frische Blattgrün bricht und bewegte Muster von Licht und Schatten auf den Waldboden malt. »Inmitten von Bäumen und Natur, dem Gezwitscher der Vögel und dem Gang der Jahreszeiten ist Manfred Krämers Seele frei.« Sie macht eine bedeutungsvolle Pause. »Doch dieser Mann musste nicht erst auf den Tod warten, um Freiheit zu erlangen. Er hat es bereits zu Lebzeiten geschafft, die dunklen Zeiten zu überwinden und hinter sich zu lassen, eine Leistung, die wir gar nicht hoch genug achten können, denn die meisten von uns kommen nie in die Lage, nach dem Fall aus solch einer Höhe wieder aufstehen zu müssen. Manfred Krämer hat es geschafft, und diese Leistung, die vielleicht seine größte Lebensleistung war, verdient unser aller Respekt. Er war ein starker Mensch. Er gründete ein Unternehmen, eine Familie, er war ein treusorgender Vater und Ehemann. Einer, dem es gelungen ist, Licht in sein Leben zu bringen. Und so dürfen wir es vielleicht als Zeichen und als Trost sehen, dass zu dieser Stunde die Sonne hervorbricht und uns einen wunderschönen Tag schenkt.« Die Rednerin wiederholt ihre Geste zum Licht hin, und einige folgen ihr mit den Augen.

Ich beobachte die Trauernden, die sich im überschaubaren Halbkreis um eine junge Buche versammelt haben, inmitten des Geistinger Waldes, den laubbedeckten Boden zu Füßen; vielleicht zehn, zwölf Leute, von denen man meinen könnte, sie lauschten einem naturkundlichen Vortrag, läge nicht eine gewisse feierliche Schwere über der Szenerie. Ellen, Rachel, diese Marisa und ihr Freund Kai-Uwe, der Sumoringer, zwei Männer, die ich nicht kenne, einer von ihnen hält ein Saxofon in Händen; eine Frau in Begleitung eines jungen Mädchens, das ihr wie aus dem Gesicht geschnitten ist – offenbar Rachels Freundin, denn sie steht ganz nah bei ihr und hält ihre Hand; eine alte Frau im dicken schwarzen Mantel, vielleicht eine Tante. Und dann er. Der Typ vom Friedhof gestern Nacht. Vom anderen Friedhof. Carsten Vogel. Er kam kurz nach mir an, in einem älteren Opel Corsa mit Kölner Nummernschild. Im Vorbeigehen habe ich ihn heimlich fotografiert und das Bild Denise geschickt.

Ich halte mich ein wenig abseits und beobachte das Geschehen. Obwohl es noch früh im Jahr ist, wird es schnell heiß, selbst hier im Wald. Alle schwitzen, auch die Rednerin.

»Als Manfred aus der Haft entlassen wurde, sind wir nach Holland ans Meer gefahren«, höre ich Ellen mit brüchiger Stimme sagen. Sie deutet auf ihre Hand. »Dort hat er diese Muschel gefunden, eine von Tausenden, die dort lagen, aber für ihn war sie etwas ganz Besonderes. ›Ist sie nicht schön?‹, hat er zu mir gesagt. ›Ist das Leben nicht schön?‹ Ich denke, es würde Manfred freuen, wenn wir diese Muschel von Hand zu Hand wandern lassen und sie ihm mitgeben als Zeichen, dass wir an ihn denken.« Ellen wendet sich Rachel zu, die neben ihr steht, und will ihr die Muschel reichen, doch das Mädchen macht keine Anstalten, die Hand auszustrecken. Für einen Augenblick droht Ellen die Fassung zu verlieren, fängt sich aber und drückt die Muschel der Alten im Wintermantel in die Hand, die sie einen Moment bei sich behält und dann weiterreicht. Als die Muschel eine Runde gedreht hat und Marisa sich mit ihr Rachel zuwendet – die Linke benutzend, weil ihre Rechte noch immer bandagiert ist –, zögert diese keinen Moment, sie entgegenzunehmen. Sie umklammert sie fest und schließt die Augen, während die Rednerin die Urne in das Loch im Waldboden hinablässt. Sehr schnell, mit einer einzigen, schwingenden Bewegung, legt das Mädchen die Muschel dazu. Ellen platziert eine Rosenblüte auf dem braunen Laub vom Vorjahr, andere tun es ihr nach. Blumenbouquets und Kränze sind im Wald nicht erwünscht, die Natur gibt sich ungeschminkt.

Der Mann mit dem Saxofon tritt vor und stimmt »Heal the World« von Michael Jackson an. Das hätte Krämer gefallen. »Ich bin sein größter Fan«, höre ich ihn in der Erinnerung sagen und blicke auf Ellen. Sie hat ihn anständig unter die Erde gebracht.

Es folgt eine stille Gedenkminute, dann ist die Trauerfeierlichkeit beendet. Die kleine Gruppe wendet sich zum Gehen, zurück zu den Stelen mit den Namen der Verstorbenen, in Richtung Parkplatz am Waldrand. Rachel hat beinahe den großen Findling erreicht, der den Eingang zum Ruhewald markiert, als sie plötzlich umdreht, durch das Unterholz zurückläuft und den jungen Baum mit den Armen umschlingt. Ein Kind, das seinen Vater verloren hat. Mir steigen die Tränen in die Augen, doch Ellens glaskalter Blick lenkt mich ab. »Was tun Sie hier?«, fragt sie in einem Ton, der jede Form der Höflichkeit vermissen lässt.

»Herr Krämer war mein letzter Klient. Es ist ein Ausdruck von Respekt, dass ich hier bin.«

Ellen nickt, ohne verständnisvoll zu wirken. Eher so, als sei meine Antwort nichts, was Befürchtungen auslösen würde, und daher zufriedenstellend. Die Alte im Wintermantel verfolgt die Szene und beäugt mich kritisch, doch sie scheint ihre eigenen Anliegen zu haben. »Ich verstehe das nicht«, murrt sie leise, als Ellen mich freigegeben hat. »Ich verstehe nicht, wie du das zulassen konntest.« Ellen fasst sie am Arm und sorgt dafür, Abstand zwischen uns zu bringen. Unauffällig klemme ich meinen Hörverstärker hinters Ohr.

»Dass ich was zulassen konnte, Anni?«, fragt sie die Alte.

»Dass Manfred kein anständiges Grab hat, keinen Grabstein, keinen Kranz, nichts. Wenn's am Geld liegt, hättest du …«

»Er wollte es so«, fällt Ellen ihr ins Wort und wirft dem vorbeigehenden Carsten Vogel einen Blick zu, der noch eisiger ist als der, mit dem sie mich bedacht hat.

»Er war katholisch!«, zischt die Alte zurück.

»Er wollte es«, beharrt die Jüngere. »Hast du nicht gehört, was die Rednerin sagte?«

Anni bleibt stehen und schaut zu Ellen hoch. »Und wer hat's der erzählt, unser Manfred etwa?« Sie schüttelt missbilligend den Kopf. »Bloß von dieser Sache gesprochen hat sie, anstatt ordentlich zu beten, als ob der Bub im Leben nichts anderes getan hätt.« Erneutes Kopfschütteln. »Keine Andacht in der Kirche, kein Pfarrer, nur diese Katzenmusik ... Herr im Himmel, wenn man bedenkt, wie oft Ingeborg mit den Kindern die Wallfahrt gemacht hat!«

»Welche Wallfahrt?«, hakt Ellen nach. Ihre Aufmerksamkeit wird kurz von Marisa abgelenkt, die herangetreten ist und sich ebenfalls bei Anni einhakt.

»Nach Bödingen! Hat Manfred nie erzählt, wie Ingeborg mit den beiden Buben immer zur schmerzhaften Mutter Gottes gepilgert ist? Einmal war ich auch dabei, das war ...«

»Sie sind nach Bödingen gepilgert?«, erkundigt sich Marisa mit ihrer sanften, dunklen Stimme.

»Ja, zur Wallfahrtskirche! Aber so etwas kümmert euch ja nicht, ihr mit eurem Engelsglauben, den Waldgeistern und dem ganzen Hokuspokus.« Die Alte macht eine fahrige Handbewegung in Richtung der Bäume. »Meine Schwester würde sich im Grabe umdrehen, wenn sie das wüsste.«

Ellen antwortet etwas, das ich nicht verstehe, doch das runzlige Gesicht der Alten bekommt einen milderen Ausdruck.

»Ein, zwei Mal war ich mit«, erzählt sie. »Das Wetter war so herrlich wie heute, und die Buben waren so brav! Wir sind dann noch rüber auf den Friedhof, zum Gedenkstein vom kleinen Lieschen Müller. Die Buben haben gestaunt, dass es sie wirklich gegeben hat, und haben ein kurzes Gebet für das Mädchen gesprochen.« Sie seufzt.

»Ach, schön war das damals in Bödingen. Wie gern würde ich noch einmal dorthin, wenn nur meine Beine mitmachen wollten.«

Bödingen. Ich sehe Ellens erstaunte, fast erschrockene Miene, die dieser Anni allerdings vollkommen entgeht, ich sehe die schnellen Blicke, die die beiden jungen Witwen austauschen, prüfende, missgünstige Blicke, aus denen die Befürchtung spricht, die andere könne die gleichen Schlüsse ziehen wie man selbst. Beide Frauen sind so aufeinander fixiert, dass sie ganz vergessen, mich in ihre Überlegungen einzubeziehen. Ein Fehler, denn ich bin mir sicher, in diesem Moment Gedanken lesen zu können.

Jetzt bemerkt Ellen Carsten Vogel, der ein paar Schritte entfernt Halt gemacht hat und scheinbar gedankenverloren das offene Feld betrachtet. Mit grimmigem Gesichtsausdruck öffnet sie der Tante die Wagentür, steigt selbst ein und fährt davon.

Ich rufe Denise an, die in Geistingen auf mich wartet, und gebe ihr die Adresse des Cafés durch, in dem die geladenen Trauergäste einkehren werden. »Prüfe bitte auch die Bremslichter. Ich glaube, da stimmt etwas nicht.«

»Bei der Witwe?«

»Bei beiden.« Denise hat verstanden. Sie wird die Fahrzeuge von Ellen und Marisa mit Peilsendern ausstatten, denn ich bin mir sicher, dass die Damen bald eine Spritztour unternehmen werden, jede für sich.

Als ich mich umdrehe, steht Vogel hinter mir. Er sieht ein bisschen aus wie sein Namensvetter, der Schauspieler. Dasselbe feine blonde Haar, die Statur, das Grinsen. Mit dem Unterschied, dass diesem Vogel hier jeglicher sympathische Zug fehlt. Ich entscheide mich für einen Frontalangriff. »Wir kennen uns doch.«

»Möglich. Waren Sie nicht Manfreds neue Freundin?«

»Nein, war ich nicht.«

»Dann haben Sie sich wohl nur für seine Autos interessiert?« Er grinst anzüglich. »Und, haben Sie einen Wagen gekauft?«

»Möglich. Und was uns beide betrifft, dachte ich eher an gestern Nacht.«

»Gestern Nacht?« Er lacht auf. »Sorry, aber ich würde mich bestimmt daran erinnern, wenn wir beide …«

»Ich spreche vom Niederpleiser Friedhof.« Er reißt die Augen auf und macht eine hilflose Geste. »Vielleicht erinnern Sie sich besser an Ihren Stadtbummel in Siegburg.«

»Kann schon sein, dass Sie mich dort mal gesehen haben, ich bin oft in der Stadt.«

»Lassen wir die Spielchen.«

»Sie haben damit angefangen.« Erneut dieses Grinsen, dann wird er plötzlich ernst. »Schon traurig, nicht wahr: Erst gibt der eine den Löffel ab und kurz darauf der andere. Das kommt einem schon spanisch vor …«

»Und zwar was genau?«

Er beugt sich vor und wippt auf den Zehen. »Da will ich neulich meinen alten Kumpel Manfred besuchen, mal hören, was er so macht, nachdem sein Bruder jämmerlich im Knast verreckt ist, und was sehe ich? Einen Hof voll teurer Autos und eine schicke neue Freundin. Hoppla, wie hat er das denn angestellt?, frage ich mich. Wie kommt der an so viele noble Schlitten, und ich fahre nur einen Opel Corsa aus Vorkriegszeiten? Sie müssen wissen, Exknackis rennt man nicht gerade die Bude ein, weder die Chefs noch die Weiber, wie ich aus eigener Erfahrung weiß, aber unser Money-Manni schien alles im Überfluss zu haben – und das, nachdem Werner das Zeitliche gesegnet hat. Merkwürdig, finden Sie nicht? Also dachte ich, schau ihm mal ein bisschen auf die Finger, vielleicht kannst du dir was abgucken. Das war zumindest der Plan, aber dann war er plötzlich tot, der Gute. Von einem Tag auf den andern. Und die alte Frau ist auf einmal auch wieder da. Also die erste Frau, alt ist die ja nicht, und obwohl sie nicht mein Fall ist, gibt's offenbar eine Menge Typen, die auf sie stehen. Jedenfalls ist sie plötzlich wieder da, und dann kommt auch noch dieser blutjunge Romeo daher. Hochinteressant das alles, für einen, der viel Freizeit hat und die Zeit totschlagen muss ... Für Sie doch auch, geben Sie's ruhig zu.«

»Ich muss keine Zeit totschlagen«, widerspreche ich vorschnell.

»Dann verfolgen Sie wohl konkretere Ziele.« Die Schlussfolgerung ist gar nicht mal dumm. »Vielleicht sollten wir uns zusammentun.«

»Danke, ich habe kein Interesse an einer Zusammenarbeit, wie auch immer die aussehen könnte.«

»Warum haben Sie mich angequatscht, wenn Sie jetzt Körbe verteilen? Lassen Sie mal Ihre Arroganz beiseite, wir sollten uns zusammentun und gemeinsam nachsehen, ob nicht ein paar Scheinchen den Brand überlebt haben damals.«

Sein Grinsen wird mir unerträglich. »Ziehen Sie Leine«, sage ich.

»Ich bleibe, wo ich will.« Er hebt die Arme, dreht sich halb auf dem Absatz, deutet auf den Wald, das Feld, die Sonne. »Ich bin ein freier Mensch, genau wie Sie.« Dann wendet er sich ab, schaut aber noch einmal kurz über die Schulter zurück und meint im Weggehen: »Vielleicht hat die Kleine ja mehr Lust, mit mir nach der Kohle ihres Vaters zu suchen.«

»Kommen Sie bloß nicht auf die Idee, sich an das Mädchen ranzumachen«, rufe ich ihm nach. »Sonst mache ich Ihnen die Hölle heiß.«

Er dreht sich nochmals um und fixiert mich mit kaltem Blick. »Ich mag es nicht, wenn man versucht, mir zu drohen«, zischt er. »Also lassen Sie das lieber.«

Da habe ich den Mund ziemlich voll genommen.

23.

Die Wallfahrtskirche Zur Schmerzhaften Mutter Gottes ist weithin sichtbar. Am Westrand des Höhenzuges Nutscheid gelegen, ragt sie hoch über die Landschaft auf. Das ehemalige Klostergelände befindet sich im Herzen Bödingens, umgeben von schmucken Fachwerkhäusern. Ein Dorf wie aus dem Bilderbuch, von dessen Ortsrand man eine fantastische Aussicht auf das Umland und das Siebengebirge genießt.

Ich parke vor den Mauern der ehemaligen Klosteranlage und betrete durch einen hohen Torbogen den Kirchhof. Nachdenklich betrachte ich die uralten Gräber, die teilweise in die mächtige Mauer eingelassen sind. Ob Werner Krämer etwa hier …? Wohl kaum. Diese uralten Grabplatten zu öffnen dürfte ein Kunststück sein. Auch das gut einsehbare Wiesengelände gegenüber der Kirche halte ich für keine Option. Unschlüssig wandere ich ein wenig umher, bevor ich die Kirche betrete, einen gotischen Bau von eleganter Schlichtheit. Eine über und über mit schmiedeeisernen Blumen bedeckte blutrote Holztür gewährt mir Einlass. Ich bleibe kurz stehen, betrachte die reich geschnitzten Kirchenbänke. Auf der rechten Seite des Querhauses befindet sich der Altar mit dem Gnadenbild der Mater Dolorosa aus dem 13. Jahrhundert. Die Figur ist schlicht, aber ausdrucksstark und von großer Klarheit. Mein Blick schweift hinauf zu den beiden in einen goldenen Strahlenkranz eingebetteten Herzen, die von Schwertern durchbohrt sind. Still ist es hier, so still, als sei die Welt geräuschlos. Ich verlasse die Kirche, umrunde sie von außen und erblicke den ehemaligen Klostergarten. Auch hier sind Gräber in die umgebende Mauer eingelassen, ein Totenkopf mit gekreuzten Knochen fällt mir ins Auge. Yannick würde fragen, ob hier ein Pirat begraben liegt. Ich kehre um. »In Mutters Schoß« meint nicht die Schmerzhafte Mutter Gottes von Bödingen, bin ich mir jetzt sicher. Auf einmal kommt mir diese Vorstellung völlig abstrus vor.

Ein Durchbruch in der Mauer führt mich auf den dahintergelegenen kleinen Friedhof, auf dem augenscheinlich keine Bestattungen mehr vorgenommen werden. Ein Monsignore ruht hier, einige Ordensschwestern, längst verstorbene Ehepaare, die ihren verschollenen Söhnen einen Platz in ihrem Grab eingeräumt haben. Von vielen Gräbern sind nur noch die Einfassungen erhalten, dazwischen Bäume, Büsche und viel Gras. Ich muss meine Einschätzung revidieren – an einem Ort wie diesem kann man alles Mögliche begraben. Wo anfangen? Bei den Ordensschwestern? Bei den Grabstellen, die kaum noch als solche auszumachen sind? Unter den Bäumen am Rand des kleinen Friedhofes oder in der Mitte? Mein Detektor dürfte keine großen Schwierigkeiten haben, eventuell verborgene Aluminiumkisten zu orten, aber Grabschalen, Messinglaternen und vielleicht sogar Sarggriffe könnten bei der Suche möglicherweise zu Irritationen führen. Sicher bin ich mir nicht, denn ich habe noch nie auf einem Friedhof gesondelt, und genau da liegt das Problem: Ich kann nicht einfach den Detektor aus meinem Rucksack holen und anfangen, Löcher zu buddeln, wie Ellen und Pavel es getan haben. Unschlüssig schaue ich mich um, wandere hierhin und dorthin über den feuchten Wiesenboden, und bald heften sich dicke Erdklumpen an meine Schuhe. Ich gehe weiter, auf den seitlichen Ausgang des Friedhofs zu, registriere einen frisch gepflanzten Busch zu meiner Linken. Und dann entdecke ich ihn, den kleinen Gedenkstein vor der Mauer, der an ein verstorbenes Mädchen namens Lieschen Müller erinnert. Mein Herz schlägt schneller. Wie hatte die Alte gesagt? »Sie haben ein kurzes Gebet für das arme Mädchen gesprochen«, oder so ähnlich. Die Mauer schützt vor möglichen Blicken der Dorfbewohner, ein guter Platz, um bei Nacht und Nebel etwas zu vergraben. Am liebsten würde ich sofort meinen Detektor einsetzen, doch hier zu suchen ist Sache der Polizei, nicht meine – und auch nicht die von Marisa, die gerade den Friedhof betritt. Ihr Anblick überrascht mich nicht, da Denise mir vor zehn Minuten mitgeteilt hat, dass Werners Witwe unterwegs ist, und soeben erhalte ich die Nachricht, dass auch Ellen sich auf den Weg gemacht hat.

»Das muss doch ärgerlich sein«, rufe ich Marisa entgegen, die erschrocken stehen geblieben ist, als sie mich entdeckt hat. »Da wohnen Sie ganz in der Nähe und hatten keine Ahnung.«

»Dafür wissen Sie offenbar umso mehr«, gibt Marisa zurück und setzt sich wieder in Bewegung. Sie kommt auf mich zu, steht jetzt direkt vor mir. »Aber wer Sie auch sind, Sie haben keine Anrechte. Auf gar nichts.«

»Sie etwa?«

»Ich war die Ehefrau. Mir steht etwas zu.«

»Die Beute eines Raubüberfalls?«

»Was spielt das für eine Rolle? Das Unrecht war geschehen und gesühnt. Warum soll das Geld in der Erde verfaulen? Es in positive Energie umzuwandeln ist allemal besser.«

»Positive Energie?« Ich muss lachen. »Sie meinen, Sie wollen damit das Wirtschaftswachstum ankurbeln?«

Marisa lacht nicht. »Die Verteufelung des Geldes ist eine Erfindung des Christentums«, klärt sie mich auf. »Wer wenig hat, ist steuerbar. Wer reich ist, kann tun und lassen, was er will, den kann man nicht gängeln. Reiche

Menschen sind frei, sie können geben, und wer gibt, der bekommt, so ist das nun mal im Leben. Geld muss fließen, man muss es verschwenden, wenn es zurückkommen soll. Wer auf seinem Geld sitzen bleibt, kriegt höchstens Hämorriden.«

»Interessant, jetzt weiß ich auch, warum so vielen Leuten der Hintern wehtut.« Vielleicht ist etwas dran an dem, was Marisa sagt, vielleicht gibt es keinen Zusammenhang zwischen Geldgier und der Bereitschaft zu morden. »Wie ich hörte, klebt Blut an dem Geld«, sage ich. »Das Blut eines Truckers, der zur falschen Zeit am falschen Ort war.«

»Kommen Sie mir nicht mit Moral. Ich habe mir dieses Geld verdient, basta. Werner und ich, wir sind zusammen durch ein tiefes Tal gewandert, wir haben beide unseren Preis bezahlt: Er die Haftstrafe und ich eine Ehe ohne Ehemann.«

»Trotzdem wollte er die Beute seinem Bruder vermachen und nicht Ihnen.«

Marisa sieht mich an, als hätte ich etwas sehr Dummes gesagt. »Werner hat nicht verstanden, dass ich ihn aus Liebe freigegeben habe«, erklärt sie mir. »Wie sollte er die Haft überstehen in dem Wissen, dass da draußen jemand ist, der sich nach seiner Liebe verzehrt, der nicht leben kann ohne ihn?«

»Sie haben sich scheiden lassen?«

»Nein, ich habe mich nicht scheiden lassen. Eine Scheidung ist reine Formalität. Papierkram, mehr nicht. Ich habe Werner losgesprochen, nach einem sehr heilsamen, jahrtausendalten Ritual. Damit er die Chance hat, mit sich und seinem Gewissen ins Reine zu kommen.«

»Wie selbstlos.«

Sie überhört meine Ironie. »In der Tat. Und es hat ihm geholfen, auch wenn er es nicht realisiert hat. Er war frei.«

Diese Frau ist wie eine Teflonpfanne, denke ich. An ihr bleibt nichts kleben. »Ihre Schwägerin würde ganz ähnlich argumentieren«, behaupte ich.

»Ellen?« Marisa lacht verächtlich. »Sie meinen, weil sie Manfreds Frau war?« Ich nicke. »Manfred war ein Trottel. Er hat noch nie etwas kapiert.«

»Mag sein, aber Ellen war auch eine Frau ohne Ehemann.«

»Ha! Sie haben doch keine Ahnung.«

»Dann klären Sie mich auf.«

»Warum sollte ich? Ich weiß ja nicht mal, wer Sie sind.« Sie will sich an mir vorbeischieben, hält aber plötzlich inne, denn in diesem Moment betritt Ellen durch den zweiten Eingang den Friedhof. Bei unserem Anblick zögert Sie eine Sekunde, als spiele sie mit dem Gedanken, sofort wieder zu gehen, entscheidet sich aber für die Flucht nach vorn. Entschlossen stapft sie auf uns zu. »Da bist du ja schon!«, wendet sie sich in sarkastischem Ton an Marisa. »Wie konnte es anders sein! Und die Frau Detektivin ist auch bereits zur Stelle. Habt ihr euch zusammengetan, damit ihr noch schneller seid?«

»Detektivin? Davon höre ich zum ersten Mal«, meint Marisa und wendet sich an mich. »Was wollen Sie?«

»Ich arbeite für die Versicherung des Sicherheitstransportdienstes«, erkläre ich und ernte einen verstörten Blick von Ellen. Marisa gibt sich weniger betroffen.

»Sie haben kein Anrecht auf irgendetwas«, wiederholt

sie schroff. »Du übrigens auch nicht, Ellen. Das Geld war für Manfred bestimmt – und der ist jetzt tot.«

»Ich war seine Frau.«

»Du hast ihn verlassen. Und du hast mir doch selbst erzählt, dass du ihn nicht geliebt hast.«

»Na und? Wie steht's denn mit dir? Du hast deinen Mann doch auch verlassen – der im Übrigen genauso mausetot ist wie meiner.«

Marisa wirft ihr langes Haar zurück und legt den Kopf schräg. »Wenn du glaubst, du hättest irgendwelche Ansprüche, weil Werner und du …« Sie hält inne, denn in diesem Moment betritt eine alte Frau das Gelände, ausgestattet mit einer Gießkanne und einem Eimer, aus dem ein Büschel strahlend blauer Vergissmeinnichtblüten lugt. Sie tut, als bemerke sie uns nicht, und schlurft an uns vorbei, ans andere Ende des Friedhofs.

»War es Rachel?«, fragt Ellen plötzlich. »Hat sie euch den Brief gezeigt?«

Marisa schnaubt durch die Nase. »Und wenn schon, was sollte sie machen, das arme Ding! Außer mir hat sie ja niemanden, dem sie ihr Herz ausschütten kann.«

Ellen öffnet den Mund und streckt die Zunge heraus, als müsse sie gleich brechen.

Diese kleine Hexe, denke ich. Rachel hat mich also belogen. Sie hat Marisa von dem Brief erzählt. Vermutlich hat sie auch gewusst, was Pavel und Ellen auf dem Niederpleiser Friedhof vorhatten, und hat es sofort an Marisa weitergetratscht.

Ellen will etwas sagen, doch der Schlagabtausch wird jäh durch einen vorfahrenden Pritschenwagen unterbrochen. Zwei Männer steigen aus, laden einen Rasenmäher und allerlei Gerätschafen herunter und betreten den Friedhof. Für heute können die Damen ihre Schatzsuche wohl abschreiben.

»Macht, was ihr wollt«, meint Ellen, als hätten wir eine Wahl. »Ich gehe jetzt in die Kirche und zünde eine Kerze für Manfred an.«

Klar, denke ich, heute gibt's ja sonst nicht mehr viel zu tun für dich. Marisa mustert mich unschlüssig.

»Haben Sie schon einmal daran gedacht, dass die Beute gar nicht mehr existieren könnte, dass Ihr Mann Ihnen allen einen Bären aufgebunden hat, warum auch immer?«, frage ich sie. »Vielleicht wollte er sich rächen, dafür blieben ihm nicht mehr viele Möglichkeiten. Also hat er Ihnen allen den Floh vom Geld ins Ohr gesetzt und Ihnen schlaflose Nächte beschert. Er hat Sie alle bei Ihrer Geldgier gepackt.«

»Eine Detektivin, jetzt wird mir einiges klar«, meint Marisa missgelaunt. »Welches Tierkreiszeichen sind Sie?«

»Jungfrau«, antworte ich, obwohl das nicht stimmt.

»Und der Aszendent?«

»Schwan.«

»Den gibt's nicht. Kommen Sie mal vorbei, und ich erstelle Ihnen ein anständiges Horoskop, nach dem Sie Ihr Leben ausrichten können. Ist auch nicht teuer, wenn man bedenkt, wie viel Nutzen Sie daraus ziehen werden.«

»Bin bis jetzt auch so ganz gut zurechtgekommen«, sage ich und greife nach meinem Rucksack. Mit Schrecken bemerke ich, dass mein Metalldetektor ein Stück herausragt. Schnell mache ich mich auf den Weg zum Auto.

Marisa ruft mir etwas hinterher, was ich nicht verstehe,

denn in diesem Moment werfen die Friedhofsgärtner ihren Rasenmäher an.

Als ich meinen Rucksack im Kofferraum verstaut habe, entdecke ich ein Stück weiter die Straße hinauf Vogels geparkten Opel Corsa. Von ihm selbst keine Spur. Ich hole einen kleinen Peilsender aus meinem Handschuhfach, gehe hin und klemme ihn in den hinteren Radlauf. Anschließend wende ich mich noch einmal der Wallfahrtskirche zu.

24.

Ellen steht im Kirchhof und raucht eine Zigarette.

»Ich dachte, Sie hätten Manfred geliebt, trotz allem, wie Sie sagten.«

Sie verzieht den Mund und bläst Rauch durch die Nase. »Nein, ich habe ihn nicht geliebt. Nicht mehr. Deshalb habe ich ihn verlassen.«

»In jener Nacht haben Sie also nicht beschlossen, es noch einmal miteinander zu probieren?«

»Nein. Ich habe versucht, ihn davon zu überzeugen, dass wir getrennte Wege gehen.« Ihre Unterlippe beginnt zu zittern, und sie schaut weg. »Wenn ich gewusst hätte, dass es … dass es seine letzten Stunden waren, ich wäre freundlicher zu ihm gewesen, verstehen Sie?«

Ja, das tue ich, in einer solchen Situation kann man auch mal zurückstecken. »Warum haben Sie dann erzählt, dass Sie einen Neuanfang wagen wollten?«

»Das fragen Sie als Detektivin?« Sie lacht ihr bitteres Lachen und tritt ihre Zigarette aus. »Der Mann herzkrank, die Ehe kaputt, er schnüffelt ihr nach und spürt sie auf – und prompt ist er tot. Wie hätte das ausgesehen? Ich wollte nicht, dass die Polizei falsche Schlüsse zieht. Und Sie auch nicht. Außerdem spricht man nicht schlecht über Tote.«

Nein, man spricht nicht schlecht über Tote. Warum eigentlich nicht?, frage ich mich. Sie hören es ja nicht einmal mehr.

»Was ist passiert in jener Nacht?«

Ellen zündet sich eine weitere Zigarette an und inhaliert den Rauch. »Wir haben lange geredet und sind spät zu Bett gegangen. Wir waren beide total erledigt. Weil wir ein paar Gläser Wein getrunken hatten, wollte ich nicht, dass Manfred noch fährt. Also haben wir uns hingelegt, und irgendwann musste ich mal raus. Ich habe mich zu ihm gedreht und sein Gesicht berührt, und er war ganz kalt. Eiskalt war er, am ganzen Körper, ich …« Sie spricht nicht weiter.

»Schon gut«, sage ich. »Fahren Sie nach Hause, hier ist für Sie sowieso nichts mehr zu holen.«

Sie schaut sinnend ihre glühende Zigarette an, wirft mir einen Blick zu, nimmt noch einen Zug, atmet lang und hörbar den Rauch aus. Dann geht sie.

Keine zwei Sekunden später biegt Vogel um die Ecke. Ich winke ihm freundlich zu und gehe ebenfalls.

25.

Kriminalhauptkommissar Hunkemöller, Leiter des Kommissariats 3, hat Zeit für mich. Wir kennen uns, er schätzt mich – oder ist zumindest froh, dass ich der Polizei hin und wieder Arbeit abnehme. Er begrüßt mich förmlich, deutet auf einen Stuhl gegenüber seines Schreibtischs und wartet, bis ich Platz genommen habe. »Was kann ich für Sie tun, Frau Schiller?«

»Erinnern Sie sich an den Überfall auf den Geldtransporter 2002?« Kein guter Einstieg. Selbstverständlich erinnert er sich, er hat die Ermittlungen geleitet.

»Die Brüder Krämer«, antwortet Hunkemöller ungerührt. »Hätten sie ihr Ding einen Steinwurf weiter durchgezogen, wären die Kölner zuständig gewesen. Pech für uns.«

»Ist Ihnen der genaue Tathergang noch präsent?«

Er macht ein Gesicht, als hätte ich ihn gefragt, ob er sich an seine letzte Mahlzeit erinnert. »Selbstverständlich ist er mir präsent. War ein Riesending damals. Und mehr als ärgerlich, dass die Aufsichtsbehörde den Fall bei uns gelassen hat, der kleinen Kreispolizeibehörde Siegburg, wo die Kölner doch viel personalstärker und damit leistungsfähiger sind. Aber sich hinterher überall einmischen und alles hinterfragen, dafür fühlt sich das LKA wieder zuständig! Sorry, ich schweife ab. Wir waren bei Krämers, die beiden haben damals einen Geldtransporter überfallen, der mit ganz frischen Euroscheinen unterwegs nach Siegburg war. Der Überfall ereignete sich kurz hinter Altenrath in der Wahner Heide, unweit des Flughafengeländes. Die Krämers hatten sich als Polizisten verkleidet und ihr Auto optisch zum Streifenwagen umgebaut. Sie fingierten eine Verkehrskontrolle, überwältigten die beiden Geldboten und flohen mit der Beute. Unmittelbar nach dem Überfall luden sie das Geld in einen anderen Wagen um und trennten sich. Der eine – wie hieß er noch gleich? Martin?«

»Manfred.«

»Richtig, Manfred. Er wurde in Köln gestellt, im Stadtteil Rath-Heumar, wenn ich mich recht entsinne. Sein Bruder kam bis zur A 3, wo er das Fluchtfahrzeug mitsamt der Beute in die Luft jagte. Dabei wurde ein unbeteiligter LKW-Fahrer tödlich verletzt. Krämer flüchtete zu Fuß über die Autobahn, wurde aber ein paar Tage später gefasst. Alles für die Katz, sozusagen. Oder: schade um das schöne Geld.« Hunkemöller lächelt schwach.

»›Schade um das schöne Geld‹ ist ein gutes Stichwort«, sage ich. »Ich habe Hinweise darauf, dass Krämer bereits damals in diese Richtung gedacht hat.«

Hunkemöller zieht eine Augenbraue hoch und faltet

die Hände über seinem schlanken Bauch. »Klingt interessant, lassen Sie hören.«

»Werner Krämer ist kürzlich in Haft verstorben«, beginne ich.

»So? Der war doch noch gar nicht alt.«

»Nein, aber er war unheilbar krank, und er wusste, dass es bald vorbei sein würde. Kurz vor seinem Tod hat er einen Brief an seinen Bruder Manfred geschrieben, das war Ende Dezember.« Ich greife in meine Jacke, hole eine Kopie heraus und reiche sie Hunkemöller.

Er nimmt das Blatt entgegen, schaut aber nicht darauf, sondern fragt: »Was haben Sie mit der Geschichte zu tun?«

Ich hole tief Luft. »Wie viel Zeit habe ich?«

Er macht eine unbestimmte Geste. Also gut. Ich überspringe die Pferdegeschichte und fange mit dem Teil an, in dem Manfred Krämer mich bittet, nach seiner verschwundenen Frau zu suchen, berichte von meinem recht zügigen Erfolg, von Krämers plötzlichem Ableben, von der Tochter, die mir den Brief zukommen lässt, den sie ihrem Vater mehr oder weniger entwendet hat.

»Ihr Job war doch erledigt, als sie diese Ellen Krämer gefunden haben«, meint Hunkemöller. »Warum haben Sie weitergemacht?«

Eine berechtigte Frage. »Weil mich die Tochter gebeten hat«, antworte ich wahrheitsgemäß. »Sie hatte den Verdacht, ihre Stiefmutter könnte hinter dem plötzlichen Tod ihres Vaters stecken.«

Hunkemöller sieht zum Fenster hinaus, das eine nette Aussicht über die Dächer bis zum Stadthaus bietet, in dessen Scheiben sich die Sonne silbrig spiegelt. »Lassen Sie sich von Kindern bezahlen?«, fragt er, noch immer aus dem Fenster schauend. Der Typ hat wirklich ein Talent, den Finger in die Wunde zu legen.

»Nein, Krämer hatte mich im Voraus bezahlt, und es war mehr, als ich in Rechnung hätte stellen können, er hatte also sozusagen noch was gut bei mir.« Eine recht großzügige Interpretation der Wahrheit, aber mehr braucht Hunkemöller nicht zu wissen. »Ich dachte, es läge sicher auch in seinem Interesse, wenn jemand genauer drauf guckt, wieso er gestorben ist.«

Hunkemöllers Blick wandert langsam vom Fenster zu mir zurück. »Hat denn sonst niemand drauf geguckt?«

»Doch, es gab ein recht eindeutiges Obduktionsergebnis. Er starb an Herzversagen, vermutlich ausgelöst durch eine bestehende hypertrophe Kardiomyopathie, abgekürzt HCM.« Ich habe mir Herberts Worte gut gemerkt und bin stolz, sie jetzt fusselfrei rüberzubringen. »Dabei handelt es sich um eine meist erblich bedingte Verdickung der Herzmuskeln«, doziere ich. »Die Folge sind unter anderem Herzrhythmusstörungen. Bei HCM ist eine Medikamenteneinnahme unumgänglich, und es wird vermutet, dass Krämer in dieser Hinsicht zu nachlässig war.«

»Klingt nicht nach einer unnatürlichen Todesursache.«

»Nein, anscheinend nicht. Aber ich hatte den Eindruck, dass hier ein paar Zufälle zu viel im Spiel waren. Werner Krämer tot, dazu dieser Brief, und wenig später ist Manfred Krämer ebenfalls tot.«

»Mit ein paar Wochen oder gar Monaten Zeitverschiebung dazwischen, wenn ich Sie richtig verstanden habe. In dieser Zeit hat sich Krämers Frau aus dem Staub gemacht, und das hat ihn wohl so getroffen, dass er eine Detektei beauftragte, nach ihr zu suchen. Er findet sie dank Ihrer Hilfe, er trifft sich mit ihr, und der ganze Stress ist plötzlich zu viel für ihn. Exitus. Ende der Geschichte.«

»Nein, das ist eben nicht das Ende.«

»Frau Schiller, wenn Sie vermuten, dass Krämer ermordet wurde, müssen Sie sich ans KK1 wenden, das Kommissariat für Todesermittlungen. Ich bin für Raub zuständig.«

»Lesen Sie«, fordere ich ihn auf, und er schaut auf das Blatt Papier in seinen Händen, als bemerke er es erst jetzt. Am Rande seines Schreibtisches steht ein großer Strauß später Tulpen und Narzissen, die Blüten in jener heiklen Phase, in der nicht mehr eindeutig zu bestimmen ist, ob sie das Ambiente verschönern oder ob man besser daran täte, sie wegzuwerfen. Ich glaube allerdings nicht, dass Hunkemöller sich Gedanken über die Ästhetik von Blühphasen macht. Hatte er Geburtstag, Hochzeitstag, ein Dienstjubiläum? Ich tippe auf Letzteres.

Was hat Denise neulich behauptet? Die ganze Geschichte würde sehr nach »Die drei Fragezeichen« klingen, genau genommen »Die vier Fragezeichen«: Justus, Peter, Bob und Johanna.

Von den Blumen geht ein süßlicher, betäubender Geruch aus, den ich erst jetzt bemerke. Mich überkommt plötzlich eine bleierne Müdigkeit.

»Tja, was soll man davon halten.« Hunkemöller legt das Blatt auf den Tisch und lehnt sich zurück. »Vielleicht war Krämer nicht mehr klar bei Verstand, vielleicht wollte er noch einmal Salz in die Wunden seiner Sippschaft streuen.« Er schaut wieder aus dem Fenster, als sei die tausendfach genossene Aussicht spannender als das, was ich zum Besten gegeben habe. Ich merke, wie ich immer mehr in meinem Stuhl zusammensinke und zwinge mich, die Schultern zu straffen und mich aufzurichten.

»Ein paar Dinge kamen mir damals allerdings spanisch vor«, ergänzt Hunkemöller unerwartet. »Warum trennten sich die Brüder? Das hielt sie doch nur auf. Und warum jagte Werner den Wagen mitsamt der Beute derart in die Luft, dass es ihn um ein Haar selbst erwischt hätte? Es grenzte fast an ein Wunder, dass nicht noch mehr Leute zu Schaden kamen. Ein Versehen, sagte er. Aber er kannte sich gut aus mit Sprengstoff, aus seiner Zeit beim Militär. Es hätte nicht passieren müssen, verstehen Sie?« Ich nicke, weiß aber nicht, worauf er hinauswill. »Hinzu kommt die Sache mit den P-Behältern. Das sind Kisten aus Aluminium, von der Deutschen Bundesbank zugelassen zum Transport von Papiergeld.«

Ich weiß, was P-Behälter sind, behalte das aber für mich. »Was war mit diesen Kisten?«, frage ich.

»Werner Krämer hatte sie gekauft, ein halbes Dutzend. Zum Üben, wie er später aussagte, aber wir haben die Dinger nirgendwo gefunden, nur die Rechnung. Krämer erklärte, er habe sie über eine Kleinanzeige verscheuert, weil er sie nicht mehr benötigt habe. Das fand ich schon immer … befremdlich. Außerdem kam der zeitliche Ablauf nach dem Überfall nicht ganz hin. Krämer hat eine Streife ignoriert, die ihn anhalten wollte. Dadurch fiel er auf. Dabei hätte er diese Stelle eigentlich passiert haben müssen, bevor die Streife überhaupt dort eintraf. Man braucht nicht lange von Altenrath bis Lohmar.«

»Wie erklärte er das?«

»Er sei eben langsam gefahren, um kein Aufsehen zu erregen.«

»Und Sie, wie erklären Sie sich, was in der Zwischenzeit geschah?«

»Tja, wenn ich das wüsste.«

»Kommen Sie, eine Idee werden Sie doch haben.«

Hunkemöller sieht mich nachdenklich an. »Vielleicht hat dieser Werner das Geld zur Seite geschafft, hat es jemandem übergeben, der es für ihn versteckte, es selbst irgendwo aus dem Auto geworfen und ein Kumpel hat's geholt, was weiß ich. Vielleicht kam er auch später selbst noch einmal zurück, um es mitzunehmen. Man hat ihn ja nicht gleich gefasst.«

»Ich dachte, das Geld wurde bei der Explosion vernichtet.«

»Ja, wir haben Spuren gefunden, von den Scheinen, von den Kisten. Aber wer sagt, dass es alle gewesen sind? Das ließ sich nicht mehr feststellen.«

»Okay. Sie glauben also, das Geld, oder zumindest ein Teil davon, war gar nicht mehr in dem Wagen. Gehen wir einmal davon aus, dass es so gewesen ist. Werner befand sich noch für kurze Zeit auf freiem Fuß. Warum hätte er das Geld irgendwo einbuddeln sollen, anstatt damit zu türmen?«

»Weil er nicht abhauen konnte. Der Coup war gescheitert, wir waren hinter ihm her, er wurde steckbrieflich gesucht. Er hatte keine Chance, weit zu kommen, geschweige denn das Land zu verlassen.«

»Klingt plausibel. Warum haben Sie Ihre Theorie damals nicht weiter verfolgt?«

»Weil ich keine Beweise hatte und der Fall als abgeschlossen galt.«

»Aber Sie halten es für möglich, dass die Beute noch existiert?«

Hunkemöller wiegt den Kopf hin und her.

»Vielleicht hat Werner tatsächlich ohne Wissen seines Bruders gehandelt, Manfred muss das Versteck nicht zwangsläufig gekannt haben. Vielleicht stimmt also doch, was in dem Brief stand: Das Geld ist noch irgendwo – und liegt dort so sicher wie in Mutters Schoß.«

»Ja, vielleicht, vielleicht auch nicht.« Hunkemöller setzt sich auf. »Ich denke, wir sollten das überprüfen. Und zwar, bevor andere anfangen zu buddeln.«

»Sie lassen Bödingen prüfen?«, frage ich grinsend.

Hunkemöller antwortet trocken: »Das war es doch, was Sie wollten, oder?«

Wir gehen nochmals haarklein die Einzelheiten durch, die familiäre Situation der Brüder, die Aussage der Tante über die Wallfahrten, die Sache mit Lieschen Müller. Dann schreitet Hunkemöller zur Tat.

»Ich muss eine Technische Einheit anfordern, wir hier vor Ort in Siegburg werden das allein nicht stemmen können.« Er greift zum Hörer. »Mal sehen, ob die Kölner gerade Langeweile haben.« Ein paar Minuten später reckt er mir den Daumen entgegen. Morgen oder übermorgen geht es los. Bis dahin wird eine Streife aufpassen, dass niemand vorher anfängt zu graben. Pfeifend verlasse ich das Gebäude. Don't worry, be happy …

Am folgenden Nachmittag kann ich meine Neugier nicht länger im Zaum halten und rufe Hunkemöller an.

In Sachen Bödingen wurde noch nichts unternommen, erfahre ich. So schnell gehe das alles nicht. Man müsse sich auch mit der Hennefer Friedhofsverwaltung abstimmen, die natürlich Vorbehalte hätte aus Furcht, bei der geplanten Aktion könnten Grabstellen beschädigt werden. »Aber wir sind dran«, erklärt er zuversichtlich, »und ich habe bereits Informationen über das Grab von Mutter Krämer eingeholt«, erklärt er.

»Ach ja?«

»Wenn die Mutter tot ist, kommt man schnell drauf, dass mit ›Mutters Schoß‹ ihr Grab gemeint sein könnte. Aber das trifft offenbar nicht zu. Die Krämer liegt auf dem Niederpleiser Friedhof, und den können wir als Versteck wohl ausschließen.«

»Warum?«, frage ich beklommen. Selbstverständlich habe ich ihm nicht erzählt, dass die Kompetenzagentur Schiller Mutter Krämers Grab durch investigative Vor-Ort-Recherche bereits ausgeschlossen hat. Warum also ist Hunkemöller so sicher, hat er seine Leute bereits hingeschickt? Die werden bestimmt gemerkt haben, dass sich jemand vor Kurzem an dem Grab zu schaffen gemacht hat. Es dürfte keine ermittlerische Schwerstarbeit sein, auf Pavel zu kommen – und von Pavel in elegantem Bogen zu mir.

»Ich habe mit der Sankt Augustiner Friedhofsverwaltung gesprochen, die meinte, dass es 2003 nach einem Starkregen einige Grababsenkungen gegeben habe, betroffen war auch das Grab von Mutter Krämer.«

»Wegen der ICE-Trasse?«

»Eher nicht. Jedenfalls beschlossen die Brüder, die damals bereits inhaftiert waren, daraufhin, das Grab komplett umgestalten und mit einer Granitplatte abdecken zu lassen. Hätte Werner Krämer das Geld dort versteckt, hätte er diesen Auftrag wohl kaum erteilt – es sei denn, er hätte im Nachhinein auffliegen wollen. Wäre die Beute dort gewesen, hätte er mit Sicherheit seine Frau oder sonst wen damit betraut, die Sache mit ein paar Stiefmütterchen in Ordnung zu bringen. Er hätte gewiss nicht freiwillig ein Unternehmen beauftragt, dort zu buddeln. Aber genau das ist geschehen. An dem Grab ist damals noch einmal richtig Hand angelegt worden.«

Mein Gott, denke ich, dann hätte Pavel sich die Nummer sparen können. Ganz zu schweigen von Ellen. War es möglich, dass sie von der Umgestaltung nichts wusste?

26.

Zwei Tage später steht Rachel vor der Tür. Diesmal zögert sie nicht lange und lässt sich ohne Aufforderung in den Besuchersessel sinken. Sie wolle nur mal vorbeischauen.
»Wo ist das Meerschweinchen?«, erkundigt sie sich.
»Im Urlaub. Quatsch. Es ist draußen im Stall.«
»Ach bitte, könnten Sie's holen?«
Nach kurzem Zögern tue ich ihr den Gefallen. Rachel

nimmt Dick auf den Schoß, der heute allerdings keine Lust auf Streicheleinheiten zu haben scheint und wild zu zappeln beginnt. Es wird wohl doch nichts mit seiner Therapeutenkarriere.

»Dieser Typ war wieder da, der Freund meiner Stiefmutter«, meint Rachel, nachdem sie das Meerschwein auf den Boden gesetzt hat.

»Der, von dem du neulich erzählt hast?« Ich bemühe mich um einen beiläufigen Tonfall, obwohl bei mir die Alarmglocken schrillen.

Rachel nickt. »Ich glaube, er ist ganz okay.«

»Oha! Woher der Sinneswandel?«

»Ich bin noch mal nach Hause gefahren, weil ich ein paar Sachen vergessen hatte. Ellen war nicht da, nur er. Saß im Büro und hat irgendwelchen Papierkram erledigt.«

Papierkram erledigt? In Krämers Büro? Herr im Himmel, wie hat er das wieder hinbekommen?

»Ich dachte eigentlich, ich spreche kein Wort mit ihm, aber er hat mich so nett begrüßt und gemeint, ihm täte das alles sehr leid mit Papa und so.« Rachel zieht die Nase hoch. »Pavel heißt er. Er arbeitet für Ellen, weil sie das alles nicht allein schafft, sagte er, und dass er in den letzten Tagen natürlich einiges mitbekommen hat. Ellen wäre noch immer ziemlich verwirrt, deshalb wäre sie so empfindlich und würde zu merkwürdigen Entscheidungen neigen. Er meinte, ich soll ein bisschen Nachsicht mit ihr haben. Das könnte ich natürlich genauso auch von ihr verlangen. Ich hätte es nämlich ganz schön schwer, findet er.«

»So, findet er das?«

Rachel lächelt verhalten, aber aus diesem Lächeln spricht so viel Herz, als habe sie den einzigen Menschen unter allen Sternen getroffen, der sie versteht. Was ich nicht verstehe. Oder verstehen will. Habe ich ihr nicht ganz Ähnliches erzählt? Hatte ich etwa kein Verständnis für sie? Warum zum Kuckuck muss sie sich ausgerechnet Pavel an den Hals werfen? Ich schaue ihr prüfend ins Gesicht, sehe, dass ein paar winzige Pickel auf ihrer Nase sprießen. Und dass sie knallrote Ohren hat.

»Er war so offen und ehrlich«, säuselt sie weiter, »ich glaube, man kann mit ihm über alles reden.«

Pavel, du kleines Miststück. Hoffst du etwa noch immer auf den SL? Wenn ich dich das nächste Mal treffe, erwürge ich dich. »Läuft da was zwischen dir und diesem Mr. Charming?«, frage ich eine Spur zu hart.

Rachel zuckt zurück. »Zwischen uns läuft gar nichts«, beeilt sie sich zu sagen. »Wir sind befreundet, das ist alles.«

Du lachst dir aber schnell Freunde an, Mädchen. »Rachel, der Typ ist zu alt für dich, dem kannst du nicht trauen.«

»Ach, und was ist mit Ihnen? Sie sind doch viel älter! Dann kann ich Ihnen ja erst recht nicht trauen.«

»Der hat was mit deiner Mutter angefangen!«, behaupte ich in der Not.

»Hat er nicht!«

»Hat er wohl, das hast du selbst erzählt. Und er buddelt nachts auf Friedhöfen herum, wie du sehr wohl weißt!« Ich schaue Rachel scharf an und brauche nicht weiter auszuführen, dass ich darüber Bescheid weiß, dass sie mich belogen hat. Sie hat Pavel und Ellen belauscht und das Gehörte trotz unseres Schweigeabkommens Marisa erzählt, statt sich an mich zu wenden. Durch ihr Handeln hat sie die Pferde scheu gemacht, und vielleicht hätte es die Aktion auf dem Niederpleiser Friedhof nie gegeben, wenn sie ihren Mund gehalten hätte. Sie weiß das alles und schlägt die Augen nieder.

»Pavel sagt, er weiß von Ellen, dass es noch jemanden gibt, der hinter dem Geld her ist«, erzählt sie leise. »Einen üblen Typen, der sie bereits bedroht hat.«

»Weißt du, wen sie meinte?« Diese Version der Geschichte kenne ich noch gar nicht.

»Nein, ich habe keine Ahnung. Aber dieser Typ hat angeblich herausgefunden, dass sich die Beute wahrscheinlich in dem Grab befindet, weshalb sie sofort handeln musste. Sie hat Pavel leidgetan, deshalb hat er ihr geholfen.«

»Der noble Ritter! Er scheint ja einen Narren an deiner Stiefmutter gefressen zu haben.«

»Bei Ellen arbeitet er nur, weil er sich das Geld für sein Studium verdienen muss«, meint Rachel trotzig, und stolz fügt sie hinzu: »Er studiert nämlich Jura.«

»Oha, das ist offenbar die jugendfreie Version. Ellen hat er erzählt, er hätte im Knast gesessen.«

»Das hat er doch nur gesagt, damit sie ihn einstellt.«

»Interessant. Für welchen Job glaubt er sich denn damit qualifiziert zu haben, als Auftragskiller vielleicht?« Kaum ausgesprochen, weiß ich, dass ich einen Fehler gemacht habe. Zorn ist ein schlechter Ratgeber. Auch Rachels Vater saß im Knast. Ihn damit indirekt als Auftragskiller zu bezeichnen, war kein geschickter Schachzug. Ein Blick auf Rachel bestätigt meine Befürchtung.

»Sie sind keinen Deut besser als die anderen Erwachsenen!«, giftet sie und springt auf. »Ich will Sie nie wiedersehen!«

»Okay, Rachel. Ich höre sowieso auf, in der Sache zu ermitteln. Du kriegst dein Geld zurück oder zumindest einen Teil – ich hatte ja Unkosten –, dann sind wir quitt.«

Sie sieht mich entgeistert an, mit dieser Reaktion hat sie offenbar nicht gerechnet. »Sie wollen aufhören?«

»Ich habe die Polizei benachrichtigt und ihr den Brief gezeigt.«

»Sie haben *was*?«

»Du hast richtig gehört. Ich wundere mich nur, dass du davon noch nichts weißt. Hat Ellen dir nichts erzählt? Oder Marisa?« Die Polizei müsste inzwischen bei ihnen gewesen sein.«

»Nein, ich weiß gar nichts. Ich war die letzten beiden Tage bei meiner Freundin Kira.«

»Sorry, mein Kind, aber es musste sein. Ich hätte mich womöglich strafbar gemacht.«

Rachel starrt mich hasserfüllt an. »Sie sind das Allerletzte!«, schreit sie und stürmt hinaus.

Am Abend ruft Herbert an. Wie immer weiß er vor mir Bescheid, was bei mir heute allerdings einen leichten Unwillen hervorruft. In Bödingen wurde nichts gefunden, unterrichtet er mich.

Ich muss mir eingestehen, dass ich enttäuscht bin.

27.

Näheres kann ich am nächsten Morgen der Tagespresse entnehmen. Die polizeiliche Suchaktion in Bödingen ist den Zeitungsleuten einen halbseitigen Artikel nebst Foto wert. Wäre das Einsatzteam fündig geworden, hätten sie vermutlich auf eine ganze Seite aufgestockt.

Als ich den Bericht zum zweiten Mal lese, ruft Ellen an. Ich denke schon, sie will mir die Hölle heißmachen, weil ich der Polizei die Sache gesteckt habe, aber dem ist nicht so.

»Wissen Sie, wo Rachel ist?«, fragt sie ohne Umschweife.

Nein, weiß ich nicht, und das sage ich ihr auch. Ellen meint, sie versuche seit Stunden, Rachel auf ihrem Handy anzurufen, ohne Erfolg. Ich zücke mein Smartphone und versuche es ebenfalls. Nur die Mailbox. »Was ist mit der Freundin, dieser Kylie?«

»Kira. Da ist sie auch nicht, ich habe schon nachgefragt.«

»Vielleicht in der Schule?« Diese Möglichkeit ist ja eigentlich die naheliegendste.

»Sie hat ein Attest für zwei Wochen wegen der Beerdigung, und freiwillig setzt Rachel keinen Fuß in ein Schulgebäude. Trotzdem habe ich nachgefragt, da ist sie auch nicht.«

»Was sagt denn Ihre Schwägerin, bei der war sie doch bis vor Kurzem?« Ellen gibt keine Antwort, und ich wiederhole meine Frage.

»Ich weiß es nicht«, gibt sie schließlich kleinlaut zu. »Marisa dachte, Rachel sei bei mir. Also gestern Abend dachte sie das. Heute habe ich sie noch nicht erreicht, sie hat ja kein Handy. Außerdem reden wir eigentlich nicht mehr miteinander seit der Sache in Bödingen.«

Ich empfehle Ellen, ihre Fehden später auszutragen, und lasse mir Marisas Nummer geben. Fünf Sekunden später steht die Leitung. »Schiller hier, Johanna Schiller.«

Die Person am anderen Ende legt sofort auf. Ich wähle nochmals und lasse es beinahe endlos lange klingeln, bevor jemand abhebt.

»Mit Ihnen rede ich nicht«, sagt eine Stimme, die ohne Zweifel Marisa Krämer gehört.

»Das müssen Sie auch nicht. Ich möchte nur wissen, ob Rachel bei Ihnen ist.«

»Warum? Das geht Sie nichts an.«

»Das sehe ich anders. Wenn Sie mir nicht antworten, wird Ihnen in spätestens einer Stunde die Polizei diese Frage stellen.«

»Was ist mit Rachel?«

»Das wissen wir eben nicht.«

»Wir? Wer ist wir?«

»Ich und Ihre Schwägerin Ellen. Die sitzt gerade bei mir, weil sie sich Sorgen macht um Rachel.«

Marisa schnaubt in den Hörer. »Ellen macht sich Sorgen? Das wäre ja das Allerneueste.« Ich habe inzwischen den Lautsprecher angeschaltet. Ellen hört jedes Wort mit.

»Noch einmal: Ist Rachel bei Ihnen?«

»Nein, sie ist nicht hier. Sie sagte gestern, sie wolle bei ihrer Freundin übernachten. Haben Sie dort nachgefragt?«

»Ja, aber da ist sie nicht. Und auch sonst an keinem Ort, der uns einfallen würde. Daher fragen wir Sie.«

Marisa holt tief Luft. »Saturn und Venus im siebten Haus, das ist keine gute Konstellation …« Sie schweigt einen Moment. »Dieser Typ, der auf der Beerdigung war …«

»Du meinst Vogel?«, ruft Ellen dazwischen.

»Keine Ahnung, wie er heißt. Der, der mit Werner und Manfred im Knast war. Was wollte der überhaupt, hast du ihn eingeladen?«

»Nein, natürlich nicht. Wie käme ich dazu?«

»Der Typ ist nicht ganz koscher, wenn du mich fragst.«

Ich kann nicht umhin, Marisa für ihr Gespür zu bewundern, trotz all des Blödsinns, den sie von sich gibt. An Vogel hatte ich auch bereits gedacht.

Nun ist es an Ellen, tief Luft zu holen. »Du meinst, er könnte …«

»Ja, könnte er.«

»Eine Entführung?«

»Stopp!«, rufe ich dazwischen. »So weit sind wir noch nicht. Es kann andere Gründe geben …«

»Er muss sie ja nicht gleich entführt haben. Vielleicht ist sie freiwillig mit ihm mitgegangen«, mutmaßt Marisa, als hätte ich nichts gesagt.

Der einzige Mann, dem Rachel momentan freiwillig folgen würde, ist Pavel, denke ich. Pavel. »Bin sofort wieder da.« Ich trete auf den Hinterhof und tippe seine Nummer in mein Handy, er geht sofort ran. »Ist Rachel bei dir?«

»Nein. Was ist mir ihr?«

»Das wüsste ich selbst gern.«

»Tut mir leid. Ich habe nicht die geringste Ahnung.«

»Wenn du lügst, ziehe ich dir bei lebendigem Leib die Haut über die Ohren.« Kaum habe ich das Gespräch beendet, erreicht mich ein Anruf von Denise.

»Vogel hat uns gelinkt«, erklärt sie mit Zorn in der Stimme. »Seit vorgestern hat er sich nicht vom Fleck bewegt, sein Wagen ist keinen Meter gefahren. Das kam mir komisch vor, also bin ich eben zum Campingplatz, um die Sache zu überprüfen, und sehe, dass das Auto weg ist. Der Vogel ist ausgeflogen, sozusagen. Und jetzt kommt's: Vor seinem Wohnwagen stand ein kleiner Karton. ›Für Frau Schiller mit freundlichen Grüßen‹ stand drauf. Was drin war, kannst du dir denken, oder?«

»Der GPS-Tracker.«

»Bingo.«

Nachdem ich den Tracker in Bödingen an Vogels Wagen geklemmt hatte, hatte ich Denise damit betraut, sich um ihn zu kümmern. Der Sender führte sie zu einem Campingplatz an der Agger, auf dem Vogel in einem Wohnwagen haust. Nun ja, viele Leute leben auf Campingplätzen. Bei Auffälligkeiten sollte Denise mich informieren, was aber nicht geschah. Ich war also von keinen besonderen Vorkommnissen ausgegangen – und jetzt das. Okay, wir sind an einem Punkt angelangt, an dem wir Unterstützung brauchen beziehungsweise die Verantwortung abgeben sollten. Immerhin geht es um das Leben eines jungen Mädchens. Ich rufe Hunkemöller an.

»Bödingen war ein Fehlschlag, wie Sie bereits der Presse hätten entnehmen können«, eröffnet er das Gespräch, der sarkastische Unterton ist nicht zu überhören.

Ich erkläre, den Artikel bereits gelesen zu haben und dass der Grund meines Anrufes ein anderer sei. Dann teile ich ihm mit, dass Rachel verschwunden ist. In Kurzform berichte ich ihm nochmals die Dinge, über die ich ihn bereits bei unserem letzten Gespräch informiert habe, und gehe insbesondere auf diesen Carsten Vogel ein. »Der Typ tauchte auf, nachdem Krämer mich engagiert hatte, das heißt, ich habe ihn gesehen, nachdem ich engagiert worden war. Er sagte, er wolle Krämer einen Besuch abstatten, so von Kumpel zu Kumpel, aber Krämer schien alles andere als erfreut darüber zu sein. Ich vermute, Vogel wollte ihn erpressen. Immerhin kannte er beide Krämers aus dem Knast. Danach kreuzte Vogel immer wieder auf, sogar am Grab der Mutter der Gebrüder Krämer ist er aufgetaucht.«

Hunkemöller fragt nicht, woher ich das weiß, was mir sehr recht ist. Den Teil, dass der Besuch an Mutter Krämers Grab mitten in der Nacht stattfand, habe ich geflissentlich ausgelassen. »Er kam auch zu Krämers Beerdigung«, erkläre ich schnell, »dort hat er mich angesprochen. Zu diesem Zeitpunkt wusste ich bereits, dass er mich ebenfalls ins Visier genommen hatte. Er dachte, ich hätte irgendetwas mit der Sache zu tun, und hat mich beobachtet.«

»Alles gut und schön, Frau Schiller, aber was hat das mit Rachel Krämer zu tun?«

»Warten Sie, darauf komme ich gleich zu sprechen. An dem besagten Morgen hat Vogel mir einen Deal vorgeschlagen: Er meinte, da wir beide in der Angelegenheit aktiv seien – und mit ›Angelegenheit‹ spielte er auf die Suche nach der vermeintlich existierenden Beute aus dem Raub der Krämer-Brüder an –, da wir also beide an der Sache dran wären, könnten wir genauso gut zusammenarbeiten.«

»Fiel auf dieser Beerdigung nicht das Stichwort Bödingen?«

»Doch, aber zu diesem Zeitpunkt kann er nichts davon mitbekommen haben, er stand zu weit entfernt. Andernfalls hätte er mich wahrscheinlich nicht angequatscht, sondern wäre sofort selbst aktiv geworden. Stattdessen kam er also zu mir. Ich sagte ihm, dass ich kein Interesse an einer wie auch immer gearteten Zusammenarbeit hätte, und daraufhin sprach er eine indirekte Drohung aus. Er meinte, er werde sehen, ob Krämers Tochter nicht größeres Interesse an einer Zusammenarbeit habe – was nur bedeuten kann, dass er vor dem Kind nicht Halt gemacht hat.« Ich mache eine kurze Pause, um meine Worte wirken zu lassen. »Wir sind schon an ihm dran gewesen. Er ist den Witwen nach Bödingen gefolgt, die dort allerdings zunächst nichts ausrichten konnten. Weiteres haben dann Ihre Leute verhindert. Eine Mitarbeiterin hat ihn observiert, allerdings nicht rund um die Uhr, und wie ich eben erfahren habe, ist er uns durch die Lappen gegangen. Er hält sich offenbar nicht mehr auf dem Campingplatz auf, wo er zurzeit lebt, und ein naheliegender Grund für sein Verschwinden wäre, dass er sich Rachel geschnappt hat.«

Wir schweigen beide einen Moment.

»Okay, die Botschaft ist angekommen«, meint Hunkemöller. »Hat die Mutter sie schon vermisst gemeldet?«

Nein, das hat Ellen nicht. Hunkemöller sagt nichts dazu, aber ich kann spüren, dass ihm das nicht passt.

Macht »Private Eye« Schiller sich bereits wieder verrückt, ehe die Mutter Anlass genug sieht, sich ernsthaft Gedanken zu machen?

»Ellen Krämer kam zu mir, weil sie sehr besorgt ist«, erkläre ich. »Sie sitzt gerade hier bei mir, in meinem Büro. Ich schicke sie gleich rüber, damit sie die Formalitäten erledigen kann.«

»Das soll sie tun.« Hunkemöller klingt einigermaßen beruhigt – oder beunruhigt, wie man's nimmt. Ich gehe zurück ins Büro, wo Ellen auf mich wartet. Ihr Gespräch mit Marisa hat sie inzwischen beendet.

»Bitte gehen Sie zur Polizei und geben eine Vermisstenmeldung auf«, sage ich zu ihr. »Das halte ich im Moment für das einzig Richtige.«

Ellen nickt. »Wissen Sie, Rachel ist mir nicht gleichgültig, auch wenn das alle glauben. Sie ist zwar nicht mein Fleisch und Blut, aber ich habe sie großgezogen. Ich bin nachts aufgestanden, wenn sie Fieber hatte, habe sie getröstet, wenn sie traurig war. All das habe ich getan, also bin ich eine Mutter. Ich habe mich bemüht, und mehr war nicht drin – mehr ist bei einem Typ wie mir nicht drin. Aber ich möchte, dass Rachel geschützt ist, dass sie eine Chance hat, ein freier Mensch zu werden, nicht so getrieben, wie wir es waren, verstehen Sie?«

Ich nicke. Es ist das, was sich jede Mutter für ihr Kind wünscht. »Die Polizei wird Rachel schon finden«, mache ich ihr Mut und hoffe, dass es stimmt.

28.

24 Stunden später hat sich die Hoffnung noch nicht bewahrheitet. Von Rachel gibt es nach wie vor keine Spur, wie Ellen mir am Telefon erklärt. Sie spricht schleppend, als koste es sie Kraft, die Worte von Zunge und Lippen zu lösen. Vermutlich hat sie den Tag mit Frühschoppen begonnen. Mir kommt ein neuer Gedanke: Was, wenn sie Rachels Verschwinden inszeniert hat, wenn sie selbst das Mädchen irgendwo versteckt hält? Oder gar Schlimmeres. Was ist mit Vogel? Auf dem Campingplatz ist er nicht wieder aufgetaucht, wie Denise mir mitteilte. Mehr haben wir bislang allerdings nicht über ihn in Erfahrung gebracht. Reicht das? Reicht es, hier zu sitzen und darauf zu hoffen, dass die Polizei erfolgreicher sein wird als wir? Mein Gehirn braucht Nahrung, um Antworten auf diese Fragen finden zu können. Ich habe Hunger. Als ich mit zwei Laugenstangen und einer Tüte Mini-Berliner in mein Büro zurückkehre, blinkt der Anrufbeantworter. Es ist Galinski, der Leiter des chemischen Labors in Köln, bei dem ich Pavels Tablettenfund zur Analyse gegeben habe. Labore versenden ihre Analyseergebnisse normalerweise kommentarlos per Post, sie rufen nicht an. Tun sie es doch und erklären die Angelegenheit obendrein zur Chefsache, muss es wichtig sein. Mein Herz schlägt schneller. Ich rufe Galinski zurück, aber der ist gerade in einer Besprechung. In einer Stunde soll ich

es nochmals versuchen. Gut, das werde ich, und zwar vor Ort. Auf nach Köln.

Ich schicke häufiger etwas zur Analyse in Galinskis Labor, bin ihm aber noch nie persönlich begegnet und hatte ihn mir, sofern überhaupt, anders vorgestellt. Nicht als Typen mit Ohrring und Halbglatze, auf die er sich den afrikanischen Kontinent hat tätowieren lassen. Ein bisschen sieht er mit dem Tattoo aus wie Gorbatschow, und er hat auch dasselbe, nachsichtige Lächeln.

Galinski freut sich über meinen Besuch, der persönliche Kundenkontakt ist für ihn eher die Ausnahme als die Regel, erklärt er mir, in meinem Fall sei es ihm allerdings lieb, die Angelegenheit unter vier Augen zu besprechen. »Zuerst dachte ich, es läge ein Irrtum vor, da wir ja vor Kurzem einen ähnlichen Auftrag von Ihnen erhalten haben«, kommt er zur Sache. »Ich dachte, Sie hätten die Präparate versehentlich nochmals geschickt, aber in Ihrem Begleitschreiben haben Sie ja angemerkt, dass sie nicht identisch mit denen aus dem letzten Auftrag sind. Frau Schiller, darf ich fragen, woher diese Medikamente stammen?«

»Tja, wissen Sie …«

»Berufsgeheimnis, verstehe. Ich formuliere es einmal anders: Befinden sich diese Medikamente im Handel?«

Ich schüttele den Kopf. »Nein, davon gehe ich nicht aus. Das heißt, ich weiß nicht, woher sie stammen, nur, wo sie gefunden wurden.«

»Tja …« Galinski streicht sich mit der Rechten über den Hinterkopf. »Fangen wir von vorn an. Tabletten bestehen aus einem Gemisch aus Wirkstoffen, sprich: dem eigentlichen Medikament und einer Reihe von Hilfsstoffen wie etwa Laktose, Maisstärke, Talkum, Magnesiumstearat, Kieselsäure und dergleichen. Die Gesamtheit aller Hilfsstoffe in einer Tablette nennt man ›Aufstockung‹. Die Aufstockung beschreibt also die Differenz zwischen Wirkstoffgehalt und Masse.«

»Das habe ich verstanden.«

»Gut. Die Aufstockung im Falle Ihrer Tabletten beträgt 100 Prozent, das bedeutet im Umkehrschluss ...«

»... sie enthalten gar keinen Wirkstoff?«

»Richtig. Alles, was wir gefunden haben, ist Stärke und Zucker, vereinfacht ausgedrückt.«

»Also Placebos?«

»Placebos?« Galinski kaut auf dem Wort herum, als wäre es schwer verdaulich. »Wer verordnet Placebos gegen Herzrhythmusstörungen?«

»Kein Kardiologe, ist anzunehmen.«

Er lächelt schwach. »Was gegen die Placebo-Theorie spricht, ist vor allem das zweite Medikament, das angebliche Sotalycin, diese kleinen Bömbchen hier.« Er deutet auf einen durchsichtigen Plastikschieber, in dem zwei Tabletten liegen. Sie sehen aus wie die, die Krämer in seinem Kulturbeutel hatte. »Diese hübschen Dingerchen bestehen aus nichts anderem als Clay.« Galinski schaut mich an, als sei dies eine ganz besondere Überraschung, aber ich habe keine Ahnung, was Clay ist. »Industrieplastilin, wie es im Modellbau eingesetzt wird«, erklärt er mir bereitwillig. »Im Prinzip handelt es sich um Knete.«

»Knete?«

»Jawoll.«

»Also ganz klar kein Medikament.«

Galinski hebt die Hände. »Die Heilkraft von Wachs und Schwefel dürfte begrenzt sein.« Sein Blick wandert zu einem durchsichtigen Beutel, in dem sich der Blisterstreifen mit dem angeblichen Myopidrin befindet. »Wer hier am Werk war, wusste, was er tut. Er kannte sich aus mit der Herstellung von Tabletten. Und mit der Verpackung. Der Blister wurde geöffnet, die falschen Tabletten eingefüllt und anschließend die Aluminiumfolie aufgesiegelt. Dafür muss sie kurzfristig auf Temperaturen zwischen 140 und 300 Grad Celsius erhitzt werden. Die Manipulation ist recht schnell auszumachen: Die Versiegelung ist nicht ganz sauber, und das Logo des Originalpräparates fehlt auf der Folie.«

»Was man eigentlich merken müsste …«

»… sofern man einen Verdacht hat und die Lupe auspackt«, ergänzt Galinski. »Hat jemand das Zeug eingenommen?«

»Tja, das weiß ich eben nicht. Oder besser: Ich kann es nicht nachweisen.«

»Nun, die Einnahme an sich dürfte nicht gesundheitsschädlich sein. Vorausgesetzt natürlich, derjenige ist nicht herzkrank.« Galinski sieht mich abwartend an.

»Er *war* herzkrank«, sage ich, und seine Miene wird schlagartig ernst.

»Sie sollten die Polizei einschalten.«

Ich beeile mich zu erklären, dass ich das bereits getan habe. Zwar nicht wegen der Tablettengeschichte, aber immerhin. Mehr braucht er nicht zu wissen. Galinski begleitet mich hinaus.

»Wann fliegen Sie wieder?«, erkundige ich mich zum

Abschied. Er sieht mich fragend an, und ich deute auf seine Glatze.

Jetzt lacht er. »Im Herbst. Den Rucksack gepackt, und nichts wie ab zum Flughafen.«

29.

Es hilft nichts, ich muss tun, was Galinski geraten hat. Ich muss die Polizei über die Tabletten informieren, obwohl es mir unangenehm ist, fast jeden Tag sozusagen eine andere Sau durch die Wache zu treiben. Immerhin habe ich in dieser Angelegenheit Galinski im Rücken, was mich beruhigt. Die Medikamentenmanipulation ist keine hypothetische Annahme, keine Spekulation, sie ist ein Fakt.

»Vielen Dank für Ihre wertvollen Hinweise, wir sind noch immer ganz hin und weg«, meint Hunkemöller, kaum dass ich meinen Namen genannt habe. Wie bitte? Ich habe doch noch gar nichts gesagt.

»Leider haben wir auf dem Bödinger Friedhof nichts gefunden, wie Sie wissen, abgesehen von einer alten Grableuchte und einem Halteverbotsschild, das dort jemand verscharrt hatte. Außer Spesen nix gewesen, aber wenigstens die Lokalpresse hatte ihren Spaß, war mal was anderes als die Karnickelzüchter-Jahreshauptversammlung.«

»Von der Sache hatte ich mir auch mehr versprochen, aber ...«

»Frau Schiller«, fällt er mir ins Wort. »Wir haben keine Kosten und Mühen gescheut, uns zu blamieren, und kaum drei Tage später entpuppt sich Ihr nächster vermeintlicher Aufreger als Ente.«

»Langsam, Herr Hunkemöller, ich komme nicht mit.«

»Dieses Mädel sitzt hier, von dem Sie behaupteten, es wäre entführt worden.«

»Rachel ist bei Ihnen?«

»Jau.«

Mir bleibt die Spucke weg. »Geht es ihr gut, ist sie in Ordnung?«

»Keine Sorge, die ist putzmunter. Und sie hatte uns einiges zu erzählen.«

»Wo ist sie gewesen, bei Vogel?«

»Vogel!« Hunkemöller lacht unlustig. »Den können Sie mal getrost vergessen. Der lag in einer Zahnklinik, und als er entlassen wurde, war er gerade mal in der Lage, ein Glas Milch durch einen Strohhalm zu trinken, aber keinesfalls, einen Teenager zu kidnappen. Schlagen Sie sich den aus dem Kopf.«

»Aber wo war sie?«

»Bei einem Freund, sagt sie. Irgendein junger Kerl, den bisher niemand auf dem Schirm hatte. Was soll's, ich ...«

»Moment! Dieser junge Kerl, heißt der zufällig Pavel Kortschak?«

»Falsch geraten. Leider wieder kein Punkt für Sie, Frau Schiller. Was ich sagen wollte: Viel interessanter als diese

Jungengeschichte fand ich die Sache mit dem Brief, die sie uns erzählte.«

»Der Brief, den ich Ihnen gezeigt habe? Werner Krämers Brief?«

»Tja, Ihre liebe Rachel hat uns eben erklärt, dass sie ihn selbst geschrieben hat. Sie hat ihn gefälscht, verstehen Sie?«

Ja, ich verstehe. Das heißt nein, eigentlich nicht. Ganz und gar nicht. »Aber was sollte das?«, stottere ich.

»Gute Frage. Schauen Sie mal einem Teenager in den Kopf. Sie sagt, sie hat die ganze Sache erfunden, um sich wichtigzumachen, und vor allem, um ihrer Stiefmutter eins auszuwischen. ›Auswischen‹ ist noch freundlich formuliert, sie wollte sie so richtig reinreißen.«

»Aber dieser Text ...«

»Den Text hat sie irgendwo im Fernsehen aufgeschnappt und ihn aus dem Gedächtnis runtergeschrieben. In der Handschrift ihres Onkels, die sie geübt hatte!«

»Das gibt's nicht.«

»Anscheinend doch. Ihr Vater hat sie einmal mitgenommen nach Bödingen und ihr die Kirche gezeigt, die er als Kind oft mit seiner Mutter und seinem Bruder besucht hat. Deshalb ist sie auf die Idee mit ›Mutters Schoß‹ gekommen, sagt sie. Sie wollte ihrer Stiefmutter den Mund wässrig machen und sie in schlechtem Licht dastehen lassen. Und Ihnen hat sie den Brief gezeigt, weil sie hoffte, Sie würden die Sache noch anheizen. Der Plan ging auf, will ich meinen.« Hunkemöller lacht freudlos.

Ich weiß nicht, was ich sagen soll. Rachel freiwillig bei der Polizei? Weil sie den Brief selbst geschrieben hat?«

»Diese Geschichte um die Heilige Mutter von Bödingen, die war ohnehin kein großes Geheimnis«, fährt Hunkemöller fort. »Krämer erzählte angeblich oft von den Touren, die er mit seiner Mutter und dem Bruder unternommen hat.«

»Wallfahrten«, sage ich.

»Wie?«

»Wallfahrten. Sie haben Wallfahrten unternommen.«

»Spielt das eine Rolle? Fakt ist, dass alle Welt davon wusste. Wir haben Krämers Frau gefragt, was sie dort wollte, in Bödingen, am Tag der Beerdigung ihres Mannes. Und wissen Sie, was sie sagte? ›Man darf sich doch an die Heilige Mutter Gottes wenden, wenn man Kummer hat. Erst recht, wenn man soeben seinen Mann beerdigt hat, in dessen Leben dieser Ort eine wichtige Rolle spielte.‹ Selbstverständlich darf man das, und es klingt ungeheuer plausibel. Im Gegensatz zu dieser Schatzsuchergeschichte, die Sie uns aufgetischt haben.«

»Und die auch Sie für nicht ganz abwegig hielten.«

»Wofür ich mich in den Hintern beißen könnte. Dann diese Walküre, wie heißt sie gleich?«

»Marisa Krämer«, antworte ich lahm.

»Die hat ihren Mann doch auch vor nicht allzu langer Zeit unter die Erde gebracht, und die wusste ebenfalls, wo sie hingehen muss. Ein Wunder war es also nicht, dass sie am besagten Tag in Bödingen auftauchte.«

»Angeblich wusste sie von nichts.«

»Na und, was tut das zur Sache? Sie darf sich aufhalten, wo sie will, und da das Mädchen ausgepackt hat, spielt das alles ohnehin keine Rolle mehr.«

Okay, die Situation ist verfahren. Es gab einige unvorhergesehene Wendungen, und ich habe ein paar Leute gegen mich aufgebracht. Damit kann ich leben. Ein, zwei Stunden in der Schmollecke, und ich bin halbwegs drüber weg. Aber dass dieses kleine verlogene Biest mich derart an der Nase herumgeführt haben soll! »Wo ist Rachel jetzt?«

»Sie ist draußen und ruft ihre Mama an, damit sie sie abholen kommt.«

Alles klar. Wenn ich mich beeile, kann ich sie abfangen.

Rachel steht vor der Wache in der Frankfurter Straße, dunkelblonder Zopf, aprikosenfarbene Jeansjacke, Flatterröckchen. Ich fasse sie unsanft an der Schulter, und sie fährt erschrocken herum. »Hey! Ach Sie sind's.«

»Ganz recht, ich bin's.«

»Woher wussten Sie, dass ich hier bin?«

»Intuition.«

»Sehr witzig.«

»Was tust du hier, Rachel?«

»Das geht Sie nichts an.«

»Glaubst du, du kannst mich für dumm verkaufen, Fräulein? Du schuldest mir eine Erklärung!«

»Ich schulde Ihnen gar nichts. Behalten Sie Ihr Geld, und fertig.«

»Wir sind noch lange nicht fertig, liebes Kind.« Rachel geht ein paar Schritte, doch ich folge ihr und halte sie fest. »Den Brief hast du also selbst geschrieben, ja? Wenn deine Behauptung stimmt, bedeutet das wohl, dass dein Vater wegen einer Fälschung gestorben ist – und zwar einer, die du zu verantworten hast!«

Rachel jault auf und will sich losreißen. In diesem Moment hält ein Wagen neben uns, doch es ist nicht etwa Ellen, die das Seitenfenster herunterlässt und sich in unsere Richtung beugt, sondern Marisa. »Lassen Sie sofort das Kind los!«, kommandiert sie. »Rachel, steig ein!«

Ich gebe das Mädchen frei. Marisa setzt den Blinker, und fort sind sie. Während ich nicht mehr weiß, was ich denken soll.

Zu Hause angekommen, lasse ich mich auf der Küchenbank nieder mit dem festen Vorsatz, mich so bald nicht mehr vom Fleck zu bewegen. Sollen sich andere mit mordenden Witwen, militanten Esoterikerinnen, pubertierenden Pferdediebinnen und Sumoringern herumschlagen. Ich werde einen Freund anrufen, der in leitender Position bei einem bekannten Siegburger Unternehmen arbeitet. Vielleicht hat er mal wieder einen Fall von Datenklau für mich oder den ein oder anderen Krankenscheinfetischisten. Fälle, die mich intellektuell nicht überfordern und ruhig schlafen lassen. Fälle, bei denen nicht die Gefahr besteht, mich bis aufs Blut zu blamieren.

Als ich die noch jungfräuliche Tageszeitung aufschlage, fällt ein Prospekt heraus und segelt mir vor die Füße. »Entspanntes Wohnen in angenehmer Nachbarschaft«, lese ich. »Vorzügliche Küche, interessantes, abwechslungsreiches Kultur- und Freizeitprogramm, Wellness- und Fitnessangebote im Haus (Sauna, Schwimmbad, Sportcenter), hauseigener Fahrdienst.« Klingt verlockend. Ich überlege, anzurufen und mich anzumelden. Ob sie im Wohnstift Adelheit auch Leute Mitte 30 aufnehmen? Fragt sich nur, wohin dann mit dem Kind. Besagter Knabe hockt in seinem Zimmer und brüllt sich gerade lieber die

Seele aus dem Leib, als unnötige Wege zu machen. Seufzend stehe ich auf, um ihm das gewünschte Glas Saft zu bringen.

30.

Seit dem Telefonat mit Hunkemöller, dessen eigentlicher Anlass völlig in Vergessenheit geraten war, und meinem unverhofften Zusammentreffen mit Rachel befindet sich meine Laune auf dem Nullpunkt, daran können auch Mann und Kind nichts ändern. Im Gegenteil, nachdem Yannick in Richtung Schule abgedackelt ist, bekommen Markus und ich uns in die Haare. Markus hält mit Kritik nicht hinterm Berg, angefangen von den Umständen, die zur Annahme meines letzten Auftrags geführt haben, wobei er von meinem Intermezzo im Pferdestall nichts weiß, über den plötzlichen Todesfall, die angeblich auf Friedhöfen verscharrten Millionen und die Mordtheorien bis hin zur vermeintlichen Kindesentführung. Er wirft mir vor, ich würde ihm seine Arbeitszeit stehlen, da er sich um unser Kind kümmern müsse, während ich meinen Hirngespinsten nachjage. Mit der Behauptung, ich sei paranoid und es sei kein Wunder, dass die Polizei die Nase voll von meinen Geschichten habe, verlässt er türenknallend das Haus. Ich schlucke ein paarmal und versuche mit gezielten Atemübungen meinen Puls runterzubringen, was mir nicht gelingt, denn im Büro klingelt das Telefon, und dran ist Marisa, die schwarze Witwe.

Sie wolle sich bei mir entschuldigen, säuselt sie. Ihr Verhalten mir gegenüber sei nicht korrekt gewesen.

Es geschehen noch Zeichen und Wunder.

»Außerdem möchte ich Ihnen etwas zeigen, das Sie interessieren wird.«

»Gut, dann kommen Sie vorbei.«

»Das geht leider nicht, Sie müssen schon herkommen.«

»Zu Ihnen nach Hause? Hat es etwas mit meinem Horoskop zu tun?«

Sie lacht kehlig. »Keine Sorge. Ich finde, es ist an der Zeit, Klarheit zu schaffen.«

»Klarheit schaffen« klingt gut, denke ich. Die Wahrheit ans Licht bringen. Meine Theorie zu Manfred Krämers Tod untermauern.

Markus hat den Ford genommen, also steige ich in den Renault-Kastenwagen, den ich vor Kurzem Pavel geliehen hatte, und hole Denise ab. Es versteht sich von selbst, dass ich allein keinen Fuß mehr auf Grund und Boden der Krämersippe setze.

Wir parken direkt vor Marisas Haus und bemerken einen Schatten an einem der beiden hohen Fenster im Erdgeschoss. Als wir die Stufen zur Haustür hinaufsteigen, steht Marisa bereits in der Tür und bittet uns herein. Der Luftzug von draußen setzt ein Windspiel mit sphärisch klingenden Glöckchen in Bewegung, ein Prisma wirft einen scharf gezeichneten Regenbogen an die Wand. Im Flur hängt der Geruch von Basmatireis und Räucherstäbchen.

Wir werden in ein Esszimmer geführt, in dem bereits der Sumoringer sitzt. Durchs Fenster kann ich meinen Wagen sehen, von hier aus muss Marisa uns beobachtet haben.

Auf dem Tisch steht eine Karaffe mit Orangensaft für uns bereit, dazu drei Gläser. Der Sumoringer begrüßt uns höflich, holt ein viertes Glas aus der Vitrine und schenkt ein.

»Bitte, setzen Sie sich«, fordert Marisa Denise auf und wendet sich an mich: »Könnte ich Sie einen Moment allein sprechen? Es wird nicht lange dauern.«

Ich sage ihr, dass Denise und ich keine Geheimnisse voreinander hätten, worauf sie entgegnet, sie benötige nicht mehr als zwei Minuten. Also gut. Sie führt mich zurück in den Flur und von dort in einen Arbeitsraum im hinteren Teil des Hauses. Regale mit Büchern flankieren die Wände, vor dem einzigen Fenster steht ein antiker Schreibtisch mit einem lederbezogenen Stuhl. Marisa deutet auf eine Kiste in der Ecke neben der Tür, die etwa die Größe eines Reisekoffers hat. »Das ist es, was ich Ihnen zeigen wollte.«

Wenn's mehr nicht ist, denke ich missmutig. Mit etwas gutem Willen hätte man sich damit durchaus in mein Büro bequemen können.

»Das sind die Hinterlassenschaften meines Mannes«, klärt Marisa mich auf. »Es sind die Sachen, die mir die Haftanstalt nach seinem Tod geschickt hat.«

»Verstehe.«

Sie wirft mir einen Blick zu, als würde sie das bezweifeln, und öffnet die Kiste. Ein Wintermantel kommt zum Vorschein, ein paar Bücher, eine Kladde, ein Fotokalender. Marisa stapelt alles sorgsam auf dem Boden. »Hier, darum geht es mir.«

Sie reicht mir einen kleinen Gegenstand, ein poliertes, gerundetes Herz aus mattschwarzem Stein, das sich angenehm in die Handfläche schmiegt. Erst auf den zweiten Blick entdecke ich die Gravur.

ICH WARTE AUF DICH, ELLEN.

»Das wird doch Manfred gehört haben«, sage ich irritiert.

Marisa lächelt seltsam und schüttelt den Kopf. »Nein, es gehörte Werner.«

»Sie hat Ihrem Mann …?«

»Ganz richtig. Ellen war mit Manfred verheiratet, aber verrückt war sie nach Werner. Die beiden hatten ein Verhältnis, bevor er in den Knast wanderte.«

Ich kann das kaum glauben. »Und Sie haben davon gewusst?«

»Wissen und wissen sind zweierlei«, antwortet sie kryptisch. »Sagen wir besser, es stand in den Sternen. Gewissheit bekam ich erst, als er bereits einsaß.«

»Und er, Werner? War es etwas Ernstes für ihn?«

»Schon möglich. Aber die treibende Kraft war sie. Ich erzähle Ihnen das, damit Sie wissen, wen Sie vor sich haben.« Sie schaut mir tief in die Augen, ehe sie hinzufügt: »Ellen ist nicht zu trauen. In keiner Hinsicht.«

Was sagte sie gerade? »Wissen und wissen sind zweierlei.« Diesen merkwürdigen Satz habe ich kürzlich doch schon einmal gehört. Richtig, und zwar von Ellen. Es ging um den Brief, um Werner Krämers Krankheit und seinen absehbaren Tod. »Er hatte Krebs, eine sehr seltene, bösartige Form. Das wussten wir zwar ohnehin, aber wissen und wissen sind zweierlei, nicht wahr?«, sagte sie und verlor die Fassung. Oder war zumindest kurz davor. Vielleicht stimmt es, was Marisa behauptet. Vielleicht ging es Ellen nicht um Manfred, sondern es war Werners Tod, der sie aus der Bahn warf. Die Geschichte ist in der Tat ein Hammer, sofern sie wahr ist, aber Marisa hätte sie mir auch am Telefon erzählen können. Falls ihr das nicht dramatisch genug gewesen wäre, hätte sie mir das Corpus Delicti in rotes Seidenpapier gewickelt auf meinen Bürotisch legen können, sie hätte mich nicht hierher zitieren müssen. Urplötzlich habe ich das Gefühl, dass in diesem wohltemperierten, wohlduftenden Haus etwas nicht stimmt.

»Darf ich es meiner Mitarbeiterin Denise zeigen?« Ich hebe meine Hand in die Höhe, die das Herz umschlossen hält. Marisa hat nichts dagegen. Warum wollte sie dann unbedingt mit mir allein sein? Die Antwort lässt nicht lange auf sich warten.

Als wir ins Esszimmer zurückkehren, ist Denise nicht mehr da.

»Sie ist aufs Klo gegangen«, erklärt Marisa auf meinen fragenden Blick hin. Zusammen mit dem Sumoringer? Und woher will Marisa das wissen, sie war doch gar nicht hier? In diesem Moment tritt Kai-Uwe durch eine zweite Tür ins Zimmer. Ich will meinen Elektroschocker aus der Tasche ziehen, finde aber keine Zeit mehr dazu, denn schon ist er bei mir und presst mir einen ätzend riechenden Lappen auf Mund und Nase. Meine verzweifelten Befreiungsversuche scheitern, ich falle ins Nichts.

31.

Als ich aufwache, finde ich mich an Händen und Füßen gefesselt in einem kühlen Kellerraum wieder. Der Knebel in meinem Mund hat alle Feuchtigkeit aufgesogen und löst einen Würgreflex aus, den ich nur mit größter Mühe unterdrücken kann. Neben mir liegt Denise und starrt mich mit wilden Augen an. Wo sind wir?

In der einen Ecke des Raumes steht ein Schlagzeug, daneben wuchtige Boxen, zwei E-Gitarren auf Ständern. Die fensterlosen Wände sind mit einem schalldämpfenden Material beklebt, das an Eierkartons erinnert. Kein Zweifel, der Probenraum einer Band. Ich starre auf ein Kiss-Poster an der Wand, das vielleicht seit Jahrzehnten hier hängt. Vier Jungs in martialischen Posen und irrer Aufmachung: die Augsburger Puppenkiste auf Drogen. Auch die Jackson Five sind vertreten, dazu der King of Pop in seiner Glanzzeit. Die Poster sprechen dafür, dass es sich um den Probenraum der Brüder Krämer gehandelt haben könnte. Da beide inzwischen tot sind, bedeutet das hoffentlich nicht, dass man uns hier verschimmeln lässt.

Wir beginnen uns hin und her zu winden, um unsere Fesseln zu lösen, haben aber keinen Erfolg. Auch der Versuch uns gegenseitig zu helfen scheitert. Schließlich gelingt es Denise, ihren Knebel loszuwerden. Sie stöhnt erleichtert auf, spuckt Flusen aus, beugt sich dann zu mir herüber, so nah, als ob sie mich küssen wollte, und verbeißt sich in meinen Knebel. Sie zieht und zerrt, ich halte dagegen, bis ich das Gefühl habe, mir den Unterkiefer auszurenken. Plötzlich gibt der Stoff nach. Ich spucke ihn aus, schließe die Augen und atme tief durch.

»Verfluchte Hacke«, ist das erste, was Denise sagt. »Wenn ich Merle nicht aus der Kita hole, müssen sie Eric anrufen, und der hat heute Nachmittag ein Bewerbungsgespräch.«

»Bist du sicher, dass es noch nicht Nachmittag ist?«, nuschele ich und versuche meine verkrampfte Kiefermuskulatur zu lockern.

Denise geht nicht darauf ein, sondern fragt: »Was wollen die von uns?«

»Keine Ahnung. Marisa hat mir eine Kiste mit Sachen aus dem Knast gezeigt, die ihrem Mann gehörten. Da war ein Herz aus Stein dabei, auf dem stand ›Ich warte auf dich, Ellen‹.«

»Du meinst Marisa.«

»Nein, ich meine Ellen. Sie hatte angeblich was mit Manfreds Bruder, also mit Marisas Mann.«

»Na und, was kann ich dafür! Das ist doch kein Grund, uns hier einzusperren. Verdammt, ich hätte es diesem Fettsack zeigen sollen!«

»Hat er dich auch betäubt?«

»Sieht so aus. Aber zumindest habe ich es vorher noch geschafft, ihm das Knie in die Eier zu rammen.« Denise robbt rückwärts an die Wand, stemmt den Rücken dagegen, versucht, auf die Füße zu kommen, was ihr nach mehreren Anläufen gelingt. »Lass uns zusehen, dass wir hier verschwinden.«

Manchmal bewundere ich sie für ihren Enthusiasmus. Will sie jetzt die Kabelbinder durchbeißen, mit denen wir gefesselt sind? Doch sie lässt sich nicht beirren. »Du kennst die Vorgehensweise«, übernimmt sie das Kommando. »Eine steht hinter der Tür, eine lenkt ab, und der Erste, der reinkommt, kriegt eins übergebraten.«

»Mit einem der Schlagzeugstöcke, die wir in den Mund nehmen?«

»Nein, wir knallen ihm die Tür vor die Nase. Oder ihr. Die Schrecksekunde nutzen wir aus. Peng!, und nichts wie drauf, mit aller Kraft.«

Den Sumoringer über den Haufen zu rennen halte ich für keine gute Idee. »Der Typ ist ein Tier, Denise. Wenn der sich auf dich draufsetzt, bist du tot.« Sie schnaubt nur. Auch mir gelingt es mit Mühe, auf die Füße zu kommen. Wir hopsen ein wenig hin und her, als spielten wir Sackhüpfen, postieren uns hinter der Stahltür und versuchen mehr schlecht als recht unser Angriffsmanöver zu proben.

»Was glaubst du, wie lange wir schon hier sind?« Keine von uns hat eine Ahnung. Eine Stunde, vielleicht auch fünf, je nachdem, mit was die Lappen getränkt waren, die sie uns vors Gesicht gedrückt haben.

»Ich muss pinkeln«, erklärt Denise. »Ich musste schon, als wir hier ankamen. Gerade wollte ich den Fettsack fragen, ob ich mal zur Toilette kann, da brät er mir eins über.«

Wir warten. Und warten. Und lassen uns schließlich erschöpft zu Boden sinken. Als nach einer gefühlten Ewigkeit ein Schlüssel im Schloss gedreht wird und die Tür aufgeht, tun wir gar nichts, hocken einfach da und schauen zu Marisa hoch, die sich vor uns aufbaut wie eine Mutti vor ihren ungezogenen Kindern. Sie zieht die Mundwinkel nach oben, als wollte sie lächeln, lässt es aber sofort wieder sein. »Reden wir nicht lange. Wenn ihr hier rauskommen wollt, braucht ihr mir nur zu sagen, wo das Geld ist.«

»Welches Geld?«

»Das muss ich Ihnen doch nun wirklich nicht mehr erklären, Frau Schiller.«

»Ich dachte, die ganze Geschichte sei erstunken und erlogen, ausgedacht von einer pubertierenden 13-Jährigen, die sich wichtigmachen und ihrer Stiefmutter eins reinwürgen wollte.«

»Diese Version kam uns allen sehr entgegen, nicht wahr? Brave Rachel! Damit hat sie uns doch wunderbar die Bullen vom Hals geschafft. Sie hat ein bisschen Ruhe in die Sache gebracht, nachdem Sie sie derart hochgekocht haben. Zuletzt konnte man sich ja sogar in jedem Käseblatt über den Stand der Dinge informieren.«

»Gut und schön, aber ich habe es nicht, dieses Geld, auf das Sie hoffen.«

»Tja, das würde ich an Ihrer Stelle auch behaupten. Aber vergessen Sie nicht, ich habe einen guten Draht zu den Sternen.«

»Dann fragen Sie sie doch!«

»Das habe ich selbstverständlich getan, und ich sage Ihnen: Hätten Sie auf mich gehört und mich Ihr Horoskop machen lassen, wären Sie jetzt nicht in dieser unglücklichen Situation, dann hätten Sie gewusst, dass Ihr Plan nicht aufgehen kann. Ich habe Ihr Geburtsdatum gegoogelt, den Geburtsort, alles, was ich wissen musste. Ich kenne die aktuelle Konstellation der Sterne – und ich kann Ihnen sagen, sie stehen momentan nicht zum Besten für Sie. Für mich steht die Sache hingegen ausgezeichnet.« Sie setzt wieder zu diesem merkwürdigen Lächeln an, das sofort in sich zusammenfällt. Ob sie glaubt, damit Furcht einflößend rüberzukommen, die Kriminelle, die vor nichts zurückschreckt? Ich beschließe, mich nicht von ihr einschüchtern zu lassen.

»Womit wollen Sie uns drohen? Die Polizei ist bereits an der Sache dran, wie Sie wissen. Was glauben Sie wohl, wie lange die braucht, um uns hier aufzustöbern?«

»Wer sagt, dass sie überhaupt nach Ihnen suchen?«

»Das werden sie schon, wenn wir beide nicht pünktlich am Abendbrottisch sitzen.«

»Ha!«, macht Marisa. »Da wäre ich mir nicht so sicher. Sie kommen hier nur raus, wenn Sie mir sagen, wo Sie die Beute versteckt haben.«

»Ich habe weder etwas gefunden noch versteckt«, wiederhole ich. »Und selbst wenn ich wüsste, wo diese angebliche Beute ist, ich hätte kein Interesse daran. An dem Geld klebt Blut.«

Marisa tritt ganz nah an mich heran. »Sie Heuchlerin! Sie waren hinter dem Geld her wie der Teufel hinter dem Weihwasser.« Wenn die Situation nicht so verdammt beschissen wäre, würde ich laut über ihren Versprecher lachen, den sie nicht einmal bemerkt, sondern ungerührt fortfährt: »Sie tauchen überall da auf, wo man die Kohle vermuten könnte, oder wo Sie hoffen, Informationen abzugreifen, und hatten auch noch die Frechheit, mit erhobenem Zeigefinger auf uns zu zeigen. Ein tolles Ablenkungsmanöver. Wie schützt sich der Sünder? Indem er den Moralapostel spielt.« Sie rümpft die Nase. »Manfred hat Ihnen alles erzählt, nachdem Sie Ellen aufgespürt haben. Hat gedacht, er kann Ihnen vertrauen, weil er nicht wusste, was er tun soll mit dem Brief. Also hält er ihn ausgerechnet Ihnen unter die Nase, er war ja schon immer ein Schafskopf. Und Sie? Sie haben sich die Hände gerieben und gedacht, eine solche Chance kriegen Sie nie wieder. Wenn Sie es nur ein bisschen pfiffig angestellt hätten, würde alles Ihnen gehören. Sie hätten kaum einen Finger dafür krumm machen müssen.«

»Hört sich gut an«, sage ich. »Nur war es leider nicht so. Und wenn Sie mich fragen, glaube ich nicht einmal mehr, dass dieses Geld überhaupt existiert. Werner hat euch alle ein bisschen kirre gemacht, bevor er abgetreten ist, hat wohl gedacht, der Geierbande würgt er posthum noch mal einen rein. Was ihm ja auch geglückt ist.«

»Halten Sie den Mund!«, fährt Marisa mich an und tritt mir mit voller Wucht auf den linken Fuß. Ich jaule auf. »Was hatten Sie auf dem Bödinger Friedhof zu suchen? Kaum hat die alte Krähe ihn erwähnt, waren Sie auch schon dort, um nur ja vor uns einzutreffen. Ihre Schuhe waren voller Erde, und aus Ihrem Rucksack schaute ein Spaten heraus. Ganz zu schweigen von dem Metalldetektor, den Sie bei sich hatten. Glauben Sie, ich kann nicht eins und eins zusammenzählen? Und ich sage Ihnen jetzt mal, wie die Sache gelaufen ist: Sie haben das Geld sehr schnell gefunden. Der Friedhof ist nicht groß, man braucht nicht lange zu suchen, wenn man weiß, an welcher Stelle und wonach. Die Geschichte von Lieschen Müller kannten Sie. Ich habe mich schlaugemacht: Metalldetektoren schlagen auch bei Aluminium an, es wird also ein Leichtes für Sie gewesen sein, die Geldkisten ausfindig zu machen. Sie haben sie flink ausgebuddelt und in Ihren Wagen geschafft, der ganz in der Nähe parkte. Zur Tarnung hatten Sie vorher einen Busch gekauft, den sie schnell einpflanzten, damit kein Loch im Boden zurückblieb. Als das erledigt war, sind Sie aber nicht etwa abgehauen, sondern haben Ihr Spielchen durchgezogen. Sie konnten sich ja denken, dass Ellen und ich bereits im Anmarsch waren, und um von vornherein von sich abzulenken, haben Sie mit dem Finger auf uns gezeigt nach dem Motto: Haltet den Dieb! Die größte Frechheit war, dass Sie dann auch noch zur Polizei gestiefelt sind mit Ihren ach so wertvollen Informationen. Sie hatten ja einen tollen Vorwand: die Versicherung, für die Sie arbeiten. Sehr clever! Ihr Verdacht erweist sich leider als Irrtum – Schwamm drüber. Sie haben Ihre Schuldigkeit getan und sind fein raus. Niemand hält Sie für schuldig, niemand wird misstrauisch. Niemand von offizieller Seite zumindest. Aber ich habe Sie durchschaut.«

»Ich habe keine Ahnung, wovon die redet«, meldet sich Denise zu Wort.

»Das kann durchaus sein, Kindchen, wahrscheinlich hat deine Chefin dich auch über den Tisch gezogen. Aber wie heißt es so schön? Mitgehangen, mitgefangen.

Also …« Sie fährt wieder ihren Fuß aus, doch ich drehe mich schnell zur Seite. »Letzte Chance, wo ist es?«

Schweigen.

»Gut, wenn Sie weiter so sturköpfig sind, werde ich die Heizung abdrehen. Stellen Sie sich vor, in Blankenberg wurde früher Wein angebaut, und den hat man hier gelagert. Aber Sie sind kein Wein. Sie bekommen auch keinen, Sie bekommen überhaupt nichts zu trinken.«

»Das macht uns echt fertig«, ätzt Denise. Ich stoße sie mit dem Ellbogen an, um sie zum Schweigen zu bringen.

Marisa tut amüsiert. »Wenn Ihnen Kälte und Durst nicht reichen, können wir ein kleines Filmchen drehen und Ihrer Familie schicken. Ein Abschiedsgruß, sozusagen.«

»Wollen Sie uns umbringen?«

»I wo!« Sie lächelt wieder dieses Idiotenlächeln. »Ich will Sie nur auf eine Reise schicken. Irgendwohin, wo die deutschen Strafverfolgungsbehörden keine Zweigstelle haben. Sie haben das Geld genommen und sich abgesetzt, so zumindest wird es aussehen.«

»Wer soll diesen Mist glauben?«, frage ich und spüre, wie mir die Wut einer glühenden kleinen Kugel gleich durch den Magen schießt. »Die Story klingt wie ein mieser Fernsehkrimi.«

»Viele wahren Geschichten klingen wie miese Fernsehkrimis«, entgegnet Marisa ungerührt. »Meine Sterne stehen ausgezeichnet für miese Geschichten, und das liegt unter anderem daran, dass Ihre Sterne gerade ganz beschissen stehen.« Sie lacht melodiös. »Sie haben gerade keine gute Zeit, nicht wahr? Und mit Ihrer Ehe tun Sie sich auch schwer. Ein schnuckliges Nestchen, in das man zurückflattern kann, wenn einem danach ist, ansonsten möchte das Vögelchen frei sein, stimmt's? Leider stellt Ihr Mann sich das ein bisschen anders vor. Die Sache mit der Treue zum Beispiel. Und Ihren ungezügelten Appetit auf ein bisschen Frischfleisch zwischendurch, jung und knackig. Gestandene Mannsbilder sind nichts für Sie, lieber so ein hübsches, zartes Kerlchen mit Rehaugen, stimmt's?«

Ich merke, wie mir das Blut in den Kopf steigt und an meinen Schläfen pulsiert. Ich merke, wie Denise mich anstarrt.

Woher glaubt diese Hexe das alles zu wissen? Aus ihrer Kaffeesatzleserei?

Marisa wendet sich zur Tür. »Schlafen Sie eine Nacht drüber. Wäre doch schade, wenn Ihre Lieben demnächst ohne Sie auskommen müssen.«

»Denise kann nichts dafür, lassen Sie sie gehen!«, rufe ich ihr nach, doch Marisa schüttelt den Kopf, ohne sich noch einmal umzudrehen. Pechschwarze Haare, die ihr über den breiten Rücken schwingen, sind das Letzte, was ich sehe. Sie hat das Licht gelöscht, und wir sitzen im Dunkeln.

Allmählich bekomme ich Angst. Zugegeben, die hatte ich bereits vorher, die hat jeder, der sich gefesselt in einem kalten Loch wiederfindet, aber inzwischen halte ich es nicht mehr für ausgeschlossen, dass die verrückte Horoskopschnalle und ihr Fettmops uns hier krepieren lassen, wenn sie nicht bekommen, was sie wollen.

»Was meinte sie mit Frischfleisch?«, fragt Denise in meine Gedanken hinein.

»Keine Ahnung.«

»Du hast doch nichts mit deinem Aushilfskellner angefangen?«

»Quatsch.«

»Johanna! Wie soll die Orakeltante sonst darauf gekommen sein?«

»Was weiß ich.«

»Ich kann's nicht fassen, ich kann es einfach nicht fassen!« Denise wird richtig sauer.

»Hey, ich muss vor dir kein Geständnis ablegen, verstanden?«

»Das sage ich Markus!«

»Ah, so eine bist du also, eine alte Petze! Jetzt weiß ich, warum du in der Schule keine Freunde hattest.«

»Und ich weiß, warum ein gewisser Jemand auf einmal unbedingt bei uns mitmischen musste.«

»Schluss jetzt, Denise! Lass uns lieber überlegen, ob wir den beiden da draußen nicht einen Bären aufbinden sollen. Wir schicken sie irgendwohin, an einen Ort, an dem wir das Geld angeblich versteckt haben, und in der Zwischenzeit hauen wir ab.«

»Prima Vorschlag. Bestimmt schneiden sie uns vorher die Fesseln durch und lassen die Tür auf.«

»Hast du etwa eine bessere Idee?«

»Nur weil ich keine habe, muss deine nicht automatisch was taugen«, faucht Denise.

»Ich will hier raus«, jammere ich und sehne mich nach Markus wie noch nie zuvor, nach seinem klaren, unsentimentalen Verstand, mit dem er jede Situation im Kern erfasst. Ich bin mir sicher, mein Mann hätte dieses Haus nicht betreten. Apropos betreten. »Hast du Eric gesagt, wo du bist?«

»Nein. Was ist mit dir, hast du jemanden informiert?«

Natürlich nicht. Ich schüttle den Kopf. »Nicht zu glauben! Jetzt hocken wir hier, und niemand ahnt, wohin wir unterwegs waren. Ich hatte mir geschworen, so etwas würde nie wieder passieren.«

»Tut's auch nicht«, meint Denise trocken. »Herbert weiß Bescheid, ich habe ihm eine SMS geschickt.«

Ich atme auf. »Sehr gut. Fantastisch. Er wird uns orten können.«

»Sie haben uns die Smartphones abgenommen.«

»Ja, auch den Autoschlüssel. Aber die Sachen werden irgendwo in der Nähe sein. Sie haben uns einfach in ihren Keller verfrachtet, wie's aussieht. Und von Handyortung haben sie offenbar keine Ahnung. Herbert wird das schon machen.« Der gute Herbert, er wird uns rausholen aus dieser Eierkartonzelle.

»Gut, dass sie hier nur Wein eingelagert haben und kein Eis«, versuche ich es mit Galgenhumor. »Ich glaube mich zu entsinnen, dass die richtige Lagertemperatur irgendwo zwischen acht und zwölf Grad liegt. Dabei erfriert man nicht.«

»Aber man friert«, mault Denise. »Mir ist kalt.« Wir rutschen ganz dicht zusammen, Rücken an Rücken, soweit dies möglich ist. Irgendwann schlafen wir ein, wachen auf, schlafen wieder ein, schrecken hoch mit schmerzenden Gliedern. Alles tut weh durch die unnatürliche Haltung, zu der wir gezwungen sind. Wir versuchen uns in eine angenehmere Position zu bringen, ruckeln hin und her, flüstern, fluchen, fallen in Halbschlaf, schrecken hoch, und die Tortur beginnt von vorn.

32.

Die Nacht will nicht enden, zumindest in diesem unterirdischen Loch nicht. Ich habe keine Ahnung, wie lange wir schon hier sind, mein Zeitgefühl ist mir abhandengekommen. Dafür wird das Durstgefühl stärker. Wann bekommt man Durst, richtigen Durst? Das hängt von vielen Faktoren ab, aber ich schätze, spätestens nach etwa zehn Stunden. Draußen dürfte also ein neuer Tag angebrochen sein. Obwohl Denise sich nicht bewegt, spüre ich, dass sie wach ist.

»Pavel hat in Krämers Porsche Tabletten entdeckt«, sage ich.

»Lass mich mit deinem Hilfskellner in Ruhe.«

»Nein. Hör bitte zu, Denise. Er hat dieselben Medikamente gefunden, die Krämer im Haus hatte. Mit dem Unterschied, dass sie angebrochen waren. Krämer muss sie also eingenommen haben. Sie befanden sich in einem Kulturbeutel, den er für die Nacht gepackt hatte – für jene Nacht, in der er zu Ellen gefahren ist.«

»Was du nicht sagst! Andere hätten Kondome eingesteckt. Oder eine Knarre.«

Ich beschließe, mich nicht von ihr provozieren zu lassen. »Krämer hatte zumindest den Vorsatz, die Tabletten zu nehmen. Er hat sie extra eingepackt. Allerdings wusste er zu diesem Zeitpunkt noch gar nicht, dass ich Ellen gefunden hatte. Er wollte eigentlich einen Wagen nach Kiel überführen, am frühen Abend aufbrechen, in der Stadt übernachten und am nächsten Vormittag seinen Termin wahrnehmen. Aber dann kam die Sache mit seiner Frau dazwischen. Als ich ihm damals mitteilte, ich hätte Ellen gefunden, ließ er alles stehen und liegen und ist zu ihr gerast, wie du dich erinnerst.«

»Und wie ich mich erinnere! Worauf willst du hinaus?«

»Die Tabletten enthielten keinen Wirkstoff.«

»Du meinst, es waren Placebos?«

»Krämer war herzkrank, Denise! Niemand hätte ihm wirkungslose Präparate verordnet. Das hat jemand absichtlich getan, um ihm Schaden zuzufügen. Die Manipulation lässt sich nachweisen, Galinski vom Labor war es, der mich darauf aufmerksam gemacht hat. Rachel hat recht gehabt mit ihrer Vermutung, Denise.«

»Du meinst, es war Ellen, die Krämers Medikamente manipuliert hat?«

»Jep. Sie war mal Apothekenhelferin, sie kennt die Materie. Ihn zu vergiften wäre zu riskant gewesen, also hat sie sich etwas Raffinierteres einfallen lassen.«

»Aber du sagst, die Tabletten seien aufgetaucht, als Krämer Ellen wiederfand. Zu diesem Zeitpunkt war sie schon vier Wochen von zu Hause weg.«

»Eben, das war ja die geniale Idee. Sie tauscht die Medikamente gegen wirkungslose Pillen aus und macht sich aus dem Staub, um über jeden Verdacht erhaben zu sein. Durch ihren Weggang hat sie sich ein wasserdichtes Alibi verschafft. Sehr gerissen. Später kam sie noch einmal wieder, als niemand zu Hause war, die Nachbarin hat sie gesehen. Möglich, dass sie Nachschub eingeschmuggelt hat. Dann fuhr sie wieder nach Köln und wartete darauf, dass Manfred das Zeitliche segnen würde.

Nach ungefähr vier Wochen Medikamentenentzug ist mit lebensbedrohlichen Folgen zu rechnen. Ellen glaubte nicht, dass Manfred sie in dieser Zeit finden oder gar bei ihr auftauchen würde. Als er es dennoch tat, machte sie gute Miene zum bösen Spiel, um nach seinem Tod, mit dem sie bald rechnen musste, nicht mit Rache oder gar Mord in Verbindung gebracht zu werden. Dass er *so* bald sterben würde, war an jenem Abend ja nicht gleich abzusehen.«

»Ich weiß nicht. Dein Hilfskellner zieht eine Packung Pillen aus seiner Jackentasche und behauptet, sie in Krämers Wagen gefunden zu haben, und du stürzt dich gleich darauf und schließt messerscharf, dass es Ellen gewesen sei muss, die sie dort deponiert hat. Nein, nicht deponiert, das hat Krämer ja angeblich selbst getan. Sie hat die Tabletten ausgetauscht, auf Wochen im Voraus, mit dem Ziel, ihn zu ermorden.«

Nur nicht provozieren lassen, sage ich mir wieder. »Ich weiß, dass es abwegig klingt, Denise. Aber welches Motiv sollte Pavel gehabt haben, uns die Medikamente unterzujubeln, wenn sie nicht aus Krämers Wagen stammen?«

»Keine Ahnung. Vielleicht hat ihm jemand was zugesteckt, damit er es macht. Jemand, der Ellen loswerden wollte. Unsere lustige Witwe zum Beispiel, die uns in dieses Drecksloch gesperrt hat. Oder dieser schmierige Carsten Vogel.«

Ich denke über ihre Worte nach. Trotz allem, was vorgefallen ist, traue ich Pavel ein derartiges Verhalten nicht zu. Er ist zu schlau, um sich mit Leuten wie Vogel oder Marisa einzulassen, und Geldsorgen kennt er auch keine.

»Was ist außerdem mit den Packungen, die du im Haus gefunden hast?«, fährt Denise fort. »Die waren völlig in Ordnung.«

»Aber nicht einmal angebrochen.«

»Trotzdem waren sie in Ordnung.«

»Das sollten sie auch sein, damit niemand Verdacht schöpft.«

»Du meinst, Ellen hat sie nach Krämers Tod ausgetauscht?«

»Genau.«

»Und die im Wagen hat sie übersehen beziehungsweise sie wusste nichts von deren Existenz.«

»Richtig.«

»Von Verrückten umzingelt«, seufzt Denise. »Wo hast du uns da nur wieder reingeritten, Johanna?« Die Frage ist berechtigt, führt aber zu nichts.

Wir verfallen in Schweigen, jede ihren eigenen finsteren Gedanken nachhängend. Irgendwann nicke ich ein. Als sich plötzlich der Schlüssel im Schloss dreht und die Tür sich öffnet, fahren wir beide zusammen. Das Licht flammt auf und blendet uns. Es dauert einen Moment, ehe ich registriere, dass der Sumoringer auf den Plan getreten ist. Schwergewichtig betritt er den Raum und sieht wortlos auf uns hinab. Das Reden übernimmt seine Freundin, die hinter ihm im Türrahmen auftaucht. »Guten Morgen, die Damen«, flötet sie. »Ich nehme an, Sie haben uns jetzt etwas zu sagen.«

»Das Gleiche wie gestern.« Ich bemühe mich um einen gelassenen Tonfall. Einen, bei dem man die Angst nicht heraushört.

»Lass uns hier raus, du miese Schlampe«, zischt Denise.

Ich will die Hand ausstrecken, um sie zu beschwichtigen, was keinen Sinn hat, da ich gefesselt bin. Im selben Moment geht ein Ruck durch den Sumoringer. Mit einem mächtigen Satz erreicht er Denise und lässt sich auf sie fallen. Er lässt sich tatsächlich *fallen*, drückt Denise einfach platt. Ich glaube das Knacken von Knochen zu hören, übertönt von ihrem entsetzten Aufschrei. Meine Beherrschung ist dahin, und mein eigenes Kreischen gellt mir in den Ohren.

33.

»Hey, Denise, alles in Ordnung?«

»Zum Teufel, nein! Ich hab mich gefühlt wie ein Küken unterm Elefantenarsch! Mir tut jeder Knochen weh.« Ihre Stimme klingt dünn und heiser.

»Glaubst du, es ist was gebrochen?«

»Keine Ahnung. Mein Arm schmerzt höllisch, meine Schulter fühlt sich an wie ausgekugelt. Und mein Nacken, verdammt…«

»Es tut mir so leid, Denise!«

»Hör auf damit, okay?«

Allmählich wird der Durst quälend. Dieses Engegefühl im Hals, der trockene Gaumen, Spucke, die sich verdickt; klebriger, unangenehmer Schleim, der mir im Hals hängt. Die spröden Lippen habe ich mir blutig gebissen.

Wir sprechen nicht mehr. Ab und zu stöhnt Denise leise, eher ein Seufzen als ein Stöhnen, vermutlich schläft sie. Ich male mir aus, wie ich Marisa ein Bein stelle und sie mit einem einzigen gezielten Schlag, in den ich meine ganze Kraft, Wut und Angst lege, außer Gefecht setze, wie ich den schweren hölzernen Stuhl, der irgendwo im Raum steht, auf dem Rücken des Sumoringers zertrümmere. Wie ich die beiden mit Kabelbinder fessele, an die Heizungsrohre kette und hier verschimmeln lasse, wie sie jammern und heulen, sich gegenseitig beschuldigen, bis ihnen die Kraft ausgeht, bis sie in einen unruhigen Schlaf abdriften, von Albträumen gepeinigt, wieder aufwachen, sich winden, nicht wissen, welche Hölle die Schlimmere ist: die des Schlafes oder die des Wachseins, bis sie schließlich nicht mehr unterscheiden können zwischen beiden. Dann komme ich. Marisa wendet mir ihr Gesicht zu, abgemagert, hohlwangig, blutleer; Strähnen ihres schwarzen, stumpf gewordenen Haares fallen ihr über die Augen. »Du hättest dir dein Horoskop ansehen sollen, es hätte dir viel Ärger erspart«, sagt sie, und ihre Stimme klingt hohl, synthetisch wie von einer Außerirdischen. »Wenn du das nächste Mal vor einem Baumarkt herumlungerst, solltest du dir anständiges Werkzeug kaufen – und Kuchen. Manchmal haben sie dort Kuchen. Du hättest Bienenstich besorgen sollen, den mag dein Mann doch so gern.«

»Markus hasst Bienenstich«, will ich antworten, aber meine Lippen lassen sich nicht bewegen, ich bekomme den Mund nicht auf. Hilfe, was ist mit meinem Mund? Was hat die Hexe mit mir gemacht? Ich starre Marisa an, die mich mit irrem, triumphierendem Blick unter ihrer strähnigen Mähne beäugt, den Kopf in den Nacken wirft und ein Lachen herausschreit. Ich pralle zurück, mein Kopf schlägt gegen den Heizkörper. Ich muss geschlafen haben. Noch immer ist es dunkel. Stockdunkel. Ich horche auf irgendein Geräusch, auf Denise' Atem, aber da ist nichts.

»Denise?«, flüstere ich, als könnte ich mich dieser absurden, unwahrscheinlichen Situation entziehen, wenn ich nur leise genug bin. »Denise, alles okay?«

»Nix ist okay«, antwortet sie laut, mit kratziger, fadendünner Stimme. »Also lass die beschissene Fragerei.«

Wir schweigen, bis die Tür aufgeht. Ohne Vorwarnung, ohne irgendein ankündigendes Geräusch, ein schnelles Drehen des Schlüssels, ein Herunterdrücken der Klinke, ein schwaches Schaben des Türblatts über den rauen Betonboden, ein Streifen Licht, der sich auffächert. Dann noch mehr Licht, unmittelbar, grell. Im ersten Moment bin ich wie geblendet, meine Augen, an die stundenlange Dunkelheit gewöhnt, sind nicht vorbereitet auf diesen Schock. Schemenhaft erkenne ich eine schmale Gestalt im Türrahmen. Ein helles Oval, wo ich das Gesicht vermute, von einem fast ebenso hellen Haarkranz umgeben. Weder der Sumoringer noch Marisa, soviel steht fest. Es ist Ellen. Die Schlimmste von allen.

»Da seid ihr ja«, sagt sie, beinahe heiter, als befänden wir uns auf einer Party und hätten uns verkrümelt.

»Dachte ich's mir doch.« Der Tonfall klingt eigenartig. Das ist nicht Ellens Stimme, du träumst. Du träumst schon wieder!

»Wollen wir mal sehen, was wir tun können.«

Oder doch?

Sie tritt auf uns zu, beugt sich herab, ihr Haar fällt nach vorn. Mit angestrengtem Blick schaut sie auf unsere gefesselten Hände. »Uiuiuiii.« Sie richtet sich auf, durchquert mit seltsam bedachten Schritten den Raum wie eine Betrunkene, die auf keinen Fall torkeln möchte. Das ist es, denke ich. Sie ist betrunken.

In der rechten Ecke hinter dem Schlagzeug steht ein kleines Schränkchen mit zwei Schubladen. Ellen öffnet die obere und grunzt zufrieden. Als sie sich wieder zu uns dreht, hat sie eine altmodische, riesige Papierschere in der Hand. Unweigerlich denke ich an die alten Geschichten aus dem »Struwwelpeter«, an den kleinen Jungen, dem mit einer solchen Monsterschere die Daumen abgeschnitten werden. Struwwel-Ellen.

»Es war diese Daumenlutscher-Geschichte«, sage ich laut.

Denise schaut mich entgeistert an, doch Ellen achtet gar nicht auf mich.

»Wollen wir mal sehen«, murmelt sie zum dritten Mal. Schon ist sie bei uns, beugt sich über Denise – schon wieder Denise! –, schwankt kurz, fängt sich wieder, zielt mit der Schere auf Denise' Hände, als wolle sie zustechen.

Ich schreie nicht, sauge nur hörbar Luft durch die Zähne und kneife die Augen zusammen. Schnapp.

»Mist. Warum will das Ding nicht?« Schnapp. »Jetzt aber!« Schnapp. »Wer sagt's denn. Puh, wie ihr stinkt!«

Ich höre Denise' erleichtertes Aufstöhnen, reiße die Augen auf.

»Jetzt zu Ihnen, Frau Detektivin.« Ellen schwenkt zu mir herum, und zehn Sekunden später bin ich meine Fesseln los.

Unter Schmerzen bringe ich meine Arme nach vorn, süße Schmerzen, die sich schnell verflüchtigen und einem Gefühl grenzenloser Erleichterung weichen. Das körperliche Empfinden ist so intensiv, dass es fast alles andere nebensächlich werden lässt.

»Erst haben Sie mich gefunden, und jetzt finde ich Sie.« Ellen grinst und lässt die Schere fallen.

»Danke«, sage ich und versuche auf die Beine zu kommen. Denise steht bereits. Sie weiß, was zu tun ist: Raus hier, und zwar so schnell wie möglich. Diskutieren können wir später. Ich merke, wie sie sich sammelt, wie ihr Körper sich spannt. Im nächsten Augenblick wird sie Ellen einfach umrennen. Warte, signalisiere ich ihr. Ellen wirkt nicht so, als wolle sie uns in eine Falle führen. In der saßen wir ja schließlich bereits.

»Auf, auf, ihr Küken!«, lallt sie prompt. »Die Gänsemama bringt euch nach draußen.« Sie reckt den Zeigefinger in die Höhe. »Damit wir uns richtig verstehen: Ihr habt es allein hier rausgeschafft, klar? Wenn ihr mir wieder die Polizei auf den Hals hetzt, muss ich leider Maßnahmen ergreifen.« Sie verlässt den Raum, ohne sich noch einmal nach uns umzusehen. Wieder dieser vorsichtige, übertrieben konzentrierte Gang, als balanciere sie auf rohen Eiern. Ich verstehe Denise nur zu gut: Der Impuls, sie zur Seite zu drängen und nach draußen zu stürmen, ist kaum zu unterdrücken. Aber es ist besser,

Ellen vorgehen zu lassen. Sollte jemand auf uns lauern, trifft es sie zuerst.

Aus dem Augenwinkel registriere ich, dass Denise sich nach der Schere bückt. Ein paar Stufen, und wir haben eine weitere Tür erreicht. Ellen stößt sie auf, und wir stehen in Marisas Hausflur: die hohen Wände, die Artdéco-Deckenlampe, die jetzt brennt, das Prisma, das einen Regenbogen an die Wand malt, zart diesmal, in weichen, abgesofteten Tönen. Wir sind fast auf Höhe des Esszimmers. »Psst!« Ellen legt den Zeigefinger an die Lippen. »Hab den beiden einen Schlummertrunk verabreicht, und jetzt schlafen sie wie die Murmeltiere. Wir wollen sie doch nicht wecken.« Nein, das wollen wir auf keinen Fall. Im albernen Gänsemarsch schleichen wir auf Zehenspitzen an der Esszimmertür vorbei, die nur angelehnt ist. Vor meinem inneren Auge sehe ich Marisa und ihren Freund in grotesken Positionen auf ihren Stühlen fläzen, die Köpfe in den Nacken gelegt, mit offenen Mündern, zwei schlafende Riesen. Ellen öffnet mit Schwung die Haustür, ihr Arm schwenkt aus wie der einer Stabpuppe. »Bitte sehr, die Damen!«

Denise und ich quetschen uns zeitgleich nach draußen, springen die Stufen hinab auf die Straße, atmen in gierigen Zügen die frische, feuchte Nachtluft. Ellen gesellt sich zu uns und hebt im Schein der Straßenlaterne einen Schlüsselbund in die Höhe, an dem ein einäugiger, verfilzter Hase baumelt. »Ihr Wagen?«

»Ja«, sage ich und greife danach.

»Kenn ich doch«, murmelt Ellen. »Er ist hinten im Schuppen. Aber Moment mal!« Sie versucht, den Schlüssel zurückzuangeln. »Sie können mich nicht einfach stehen lassen. Sie müssen mich nach Hause bringen! Bin mit dem Taxi hier. War doch klar, dass ich nicht mehr zurückfahren kann, und jetzt ist es weg.«

Ich beeile mich, zum Schuppen zu kommen, öffne das Tor, das merkwürdigerweise nicht verschlossen ist, entdecke meinen Kastenwagen. Wenige Sekunden später rollen wir über die grasbewachsene Einfahrt, und bald haben wir Blankenberg hinter uns gelassen. Für alle Fälle habe ich immer eine Flasche Wasser im Wagen, und ich muss mich zusammenreißen, sie Denise zuerst anzubieten. Im Nullkommanichts haben wir sie leer getrunken.

»Warum haben Sie uns geholfen?«, fragt Denise von der Rücksitzbank aus Ellen, die neben mir sitzt.

»Keine Ahnung.« Ihre Hand fährt durch die Luft und fällt kraftlos in ihren Schoß zurück. »Ihr beide habt mit der Angelegenheit nichts zu tun.«

»Und woher wussten Sie, dass wir in dem Keller waren?«

»Hab's auf Radio Bonn/Rhein-Sieg gehört.«

»Im Radio?«

»Jawoll.« Ellen lehnt den Kopf gegen den Türholm und sagt nichts mehr.

»Die ist eingepennt«, verkündet Denise kurz darauf. »Nichts wie ab zur Polizei.«

»Ich bringe sie zuerst heim.«

»Du willst sie nach Hause kutschieren?«

»Wir fahren schnell bei ihr vorbei und werfen sie raus.«

Denise beugt sich zu mir nach vorn. »Sag mal, spinnst du?«

»Denise, wenn wir Ellen da mit reinziehen, ist das Vertrauen dahin.«

»Na und? Glaubst du, es interessiert mich, ob eine von dieser durchgeknallten Krämersippe uns vertraut oder nicht? Du hast behauptet, Ellen sei eine Mörderin, schon vergessen?«

»Darum geht's ja. Wenn ich jetzt ihr Vertrauen verspiele, ist die Sache gelaufen.«

»Ist mir egal.«

»Aber mir nicht, Denise. Wir gehen zur Polizei, wir kriegen die beiden dran, Marisa und den Sumoringer. Das ist es doch, was wir wollen. Und dann bringe ich die Sache mit Ellen zu Ende.«

34.

Den größten Teil der polizeilichen Aussage bestreite ich allein, da Denise im Krankenhaus durchgecheckt wird. Marisa und der Sumoringer werden noch in derselben Nacht verhaftet. Wer sagt's denn.

Die offizielle Version lautet wie folgt: Denise und ich sind gemeinsam zu Marisa gefahren, weil sie uns etwas zeigen wollte: Das Herz, das ihre Schwägerin ihrem Mann Werner angeblich geschenkt hat. Marisa und ihr Freund Kai-Uwe überwältigten uns, es folgte ein 30-stündiger Aufenthalt im Keller des Hauses Krämer. Irgendwann schaffte ich es, eine Hand aus meiner Fessel zu lösen. Ich fand die Schere in dem kleinen Schränkchen hinter dem Schlagzeug und befreite uns. In der Nacht gelang uns die Flucht. Mein Autoschlüssel steckte in Marisas Manteltasche, der Mantel selbst hing im Flur. Meinen abgestellten Wagen fanden wir schnell im Schuppen hinter dem Haus, der nicht einmal abgeschlossen war. Wir stiegen ein und fuhren los, ohne dass Marisa und ihr Freund etwas bemerkten. Dass sie dazu gar nicht mehr in der Lage waren, konnten wir selbstverständlich nicht wissen.

Und bitte schön, hier ist die Schere. Mit meinen Fingerabdrücken darauf. Ausschließlich mit meinen.

Als ich die Wache verlasse, ist der Morgen bereits angebrochen. Draußen regnet es, ein leises, gleichmäßiges Prasseln. Gibt es etwas Bezauberndes als einen sanften Mairegen? Ich entdecke Markus, der einige Schritte entfernt auf mich wartet, einen dicken Strauß nasser Fliederzweige in Händen. Als er mich erblickt, breitet er die Arme aus und drückt mich wortlos an sich. Wieder frei und beinahe zu Hause, wie gut sich das anfühlt. Ich nehme den Strauß in Empfang und betrachte die Blüten: hunderte kleiner, zartvioletter Kleeblättchen. Wunderschön.

»Gut, dass es vorbei ist«, sage ich. »Noch ein paar Stunden, und ich hätte es wirklich mit der Angst zu tun bekommen.«

Markus nimmt mich an der Hand, und wir gehen langsam die Straße hinab. Ich frage nach Yannick und erfahre, dass er ihn zu meiner Schwester gefahren hat, die ihn zur Schule bringen wird. Yannick weiß nicht, was vorgefallen ist, und dabei soll es bleiben. Ich küsse Markus auf den Mund, was uns am Gehen hindert, und erst, als wir uns voneinander lösen, bemerken wir einen Wagen, der im Schritttempo neben uns rollt. Am Steuer sitzt Helga.

»Gott sei Dank, da bist du!«, brummt Herbert durchs heruntergelassene Seitenfenster. »Das war ein Höllentheater, sage ich euch!«

Zehn Minuten später sitzen wir gemeinsam an unserem Esstisch, Helga, Herbert und ich. Markus brüht Kaffee auf. Ich erfahre, dass Herbert in den vergangenen zwei Tagen beziehungsweise Nächten kein Problem damit hatte, uns über GPS zu orten. Ihn wunderte nur, dass wir schnurstracks in Richtung Norden unterwegs waren und uns nicht meldeten. Auch Markus und Eric wussten nichts von einer geplanten Dienstreise oder Observation. Schließlich stellte sich heraus, dass nicht etwa Denise und ich quer durch die Republik reisten, sondern lediglich unsere Smartphones, in einem Päckchen per Kurier unterwegs zur Hamburger Arbeiterwohlfahrt, wo sie auch ankamen. Dort wunderte man sich über die anonyme Spende und ging ran, als es klingelte. Der Anrufer war Herbert, der daraufhin die Polizei einschaltete, die wiederum eine Suchmeldung übers Radio herausgab, weil sie die Angelegenheit für dringlich hielt. Ellen hatte also nicht gelogen: Sie hatte auf Radio Bonn/Rhein-Sieg von unserem Verschwinden erfahren. Und ihre eigenen Schlüsse gezogen. Radio kann Leben retten, wie es scheint.

Erst jetzt merke ich, welch großen Appetit ich habe. Nach dem vierten Brötchen fragt Markus mich, ob ich mich hinlegen möchte.

Ja, das möchte ich. Später. Lasst mich erst den Frieden und eure Gesellschaft genießen, sage ich und erzähle in knappen Worten, was vorgefallen ist. Alle sind so taktvoll, vorerst keine Fragen zu stellen.

Denise ruft an. Ihr linker Arm ist gebrochen, ansonsten ist sie okay.

»Was hat dieser Carsten Vogel eigentlich gemacht, bevor er in den Knast kam?«, wende ich mich an Herbert.

»Johanna!«, empört sich mein Mann. »Kein Wort mehr über die Arbeit!« Er beginnt den Tisch abzuräumen, und Helga geht ihm zur Hand. Ich beuge ich mich zu Herbert hinüber und forme das Wort »Vogel« mit den Lippen.

»Nicht viel«, murmelt Herbert, nachdem die beiden in der Küche verschwunden sind. »Einen Schulabschluss hat er, immerhin. Danach hat er eine Lehre als Chemielaborant angefangen, aber abgebrochen. Sein Wissen hat er allerdings gleich genutzt und synthetische Drogen zusammengeköchelt. Dafür hat er seine erste Vorstrafe kassiert.«

Vogel ist also auch vom Fach, wer hätte das gedacht.

»Worüber redet ihr?«, will Helga wissen.

»Über Versuchsküchen«, antworte ich und sage an Herbert gewandt: »Jemand hat Tabletten ohne Wirkstoff hergestellt und sie Krämer untergejubelt. Sie befanden sich in einer Kulturtasche, die Krämer für einen Kurztrip gepackt hatte.« Und noch ehe ich mir den nächsten strafenden Blick von Markus einfange, ergänze ich, dass ich mich nun zur Ruhe begeben würde.

Ein abgebrochener Chemielaborant gegen eine Exapothekenhelferin: schwer zu sagen, wer die Nase vorn hat. Kann Vogel ein Interesse an Krämers Tod gehabt haben? Ja, kann er, er wusste, dass es etwas zu holen gibt, wenn auch nicht wo. Vielleicht glaubte Vogel ja auch, diesen Ort zu kennen, und bemerkte erst später seinen Irrtum. Danach blieb ihm nichts anderes übrig, als um den Krämer-Clan herumzuschleichen wie die Hyäne um das Löwenrudel, in der Hoffnung, ihm die Beute in einem günstigen Moment abjagen zu können. Eine andere Möglichkeit wäre, dass er Ellen einen vermeintlichen Mord in die Schuhe schieben wollte. Es sollte so aussehen, als habe sie die Medikamente präpariert und ihrem Mann untergejubelt. Möglich wäre in diesem Zusammenhang, dass er die Tabletten gar nicht erst in den Porsche geschmuggelt, sondern Pavel beauftragt hatte, sie mir zu übergeben. Mir fällt mein Gespräch mit Rachel wieder ein. »Pavel sagt, er weiß von Ellen, dass es noch jemanden gibt, der hinter dem Geld her ist. Einen üblen Typen, der sie bereits bedroht hat.« Hat Pavel tatsächlich durch Ellen von Vogel erfahren oder hat er sich die Geschichte ausgedacht?

Meine Gedanken beginnen durcheinanderzuwirbeln: Pavel, Denise, Marisa, der Keller, der sich auf einmal zu einem engen Stollen zusammenzieht, unendlich lang und unergründlich. Aus der Ferne kommt mir eine Gestalt entgegen, und als sie sich nähert, erkenne ich, dass es Ellen ist. Ellen in ihrer langen grauen Strickjacke, mit Loch in der Jeans und einer feinen Kette um den Hals, die viele tausend Euro gekostet hat. Sie trägt ein Glas Milch in Händen, in dem ein geringelter Strohhalm steckt. Als ich es entgegennehmen will, registriere ich, dass es nicht für mich bestimmt ist, sondern für eine andere Person, die urplötzlich neben mir steht.

»Ob ich mit Vogel zusammengearbeitet habe?« Pavel lacht, eine Spur arrogant wie immer. »Ich kenne diesen Typen nicht einmal.«

Wir stehen im Wohnzimmer seines schicken kleinen Apartments, es ist halb zehn am Vormittag, und ich habe ihn geweckt. Er trägt enge schwarze Shorts, mehr nicht. Ich bemühe mich, durch ihn hindurchzusehen. »Also gut, Pavel, anders gefragt: Hat dich jemand beauftragt, mir die falschen Medikamente als die von Krämer unterzujubeln?«

Er zieht die Wangen ein, legt die Hände in den Nacken, fasst sein langes Haar zum Zopf, lässt es fallen.

»Bitte, ich weiß, das hier ist keine professionelle Ermittlungsarbeit. Aber um der alten Zeiten willen, auch wenn die bei uns nicht lange gedauert haben: Sag's mir einfach.«

Pavel lacht wieder, schüttelt ungläubig den Kopf, lässt nachdenklich die Zungenspitze über seine weißen Zähne gleiten. »Nein«, sagt er schließlich, »ich habe mit niemandem sonst zusammengearbeitet, nur mit dir.« Er sieht mir in die Augen. »Hey, Johanna, du kennst mich doch!«

»Kennen wir uns wirklich? Ich weiß nicht.«

»Noch einmal: Ich habe diese Tabletten in der Kulturtasche gefunden, die im Handschuhfach des Porsche lag. Mehr kann ich nicht sagen. Wenn du willst, dass ich es schwöre, tue ich es.«

»Gut, dann schwör's«, sage ich. Und er tut es.

35.

Auch Ellen scheint einen gesunden Schlaf gehabt zu haben. Frisch geduscht sitzt sie mir gegenüber und überlegt offenbar, wie groß die Dosis an Wahrheit sein darf, die sie mir verabreicht.

»Woher wussten Sie, wo wir sind?«, frage ich sie. Den Hinweis auf das Kellerversteck kann sie schließlich nicht aus dem Radio haben.

Sie zündet sich eine Zigarette an und lässt sich Zeit mit der Antwort. »Mein Mitarbeiter hat mir einen Hinweis gegeben. Pavel Kortschak, falls Ihnen der Name etwas sagt.«

»Hm. Kann sein, dass ich ihn kenne.«

Ellen beäugt mich listig und bläst Rauch durch die Nase. »Anzunehmen, er fährt Ihren Wagen.«

Ich weiche ihrem Blick aus und sage nichts dazu.

»Pavel rief mich an und meinte, Rachel sei bei ihm gewesen und habe merkwürdige Dinge erzählt. Im ersten Moment war ich wütend, so wütend, dass ich kein weiteres Wort mehr mit ihm wechseln wollte.«

»Warum?«

Sie seufzt. »Weil ich dachte, jetzt hat er sich auch noch an die Kleine rangeschmissen. Er ist ... wie soll ich sagen? Keine Ahnung.« Sie wedelt mit der Hand, als wollte sie eine lästige Fliege verscheuchen. »Kurz darauf stand er vor der Tür, und da wurde mir klar, dass es ihm ernst war. Rachel habe behauptet, ich hätte Sie beauftragt, mir bei der Suche nach dem Geld zu helfen, und dass Sie ein falsches Spiel spielten. Sie hätten so getan, als stünden Sie auf Rachels Seite, um sich ihr Vertrauen zu erschleichen. In Wahrheit wollten Sie das Geld aber weder für sie noch für mich, sondern für sich selbst. Es war ganz sicher Marisa, die ihr das eingeflüstert hat. Marisa glaubt fest, dass Sie sich das Geld inzwischen unter den Nagel gerissen haben, ganz nach dem Motto: Wenn zwei sich streiten ... Ich kenne sie, ich weiß, dass sie das niemals dulden würde. Da überkam mich eine finstere Vermutung. Nach Einbruch der Dunkelheit bin ich bei ihr vorbeigefahren und habe Pavels Werkstattwagen vor ihrer Tür stehen sehen. Zuerst habe ich gar nichts mehr verstanden. Wie kommt Pavel zu Marisa?, wunderte ich mich, und ob er womöglich mit ihr unter einer Decke steckte. Also fuhr ich nach Hause und rief Pavel an. Ich fragte ihn direkt, was das Ganze zu bedeuten habe.« Sie holt tief Luft und spricht nicht weiter.

»Und?«, frage ich zaghaft. »Was hatte es zu bedeuten?«

»Er sagte, Sie hätten ihn zu mir geschickt, ihn bei mir eingeschleust, sozusagen. Aber dann hätten Sie beide sich überworfen, Sie hätten ihn entlassen. Ich habe ihm diese Geschichte selbstverständlich nicht abgenommen. Ersteres schon, aber dass Sie sich plötzlich gestritten hätten und er daraufhin die Seiten wechselte ... also bitte!«

»Es war aber so«, erkläre ich. »Er hat die Wahrheit gesagt.«

Ihr nachdenklicher Blick ruht lange auf mir. »Ich fragte auch nach dem Auto, diesem Kastenwagen, und er meinte, dass es eigentlich Ihrer sei. Sie hätten ihn ihm geliehen, da er selbst keinen Wagen besessen habe und irgendwie nach Bülgenauel kommen musste.«

»Auch das stimmt.«

»Sie sind uns gefolgt, sie waren nachts auf dem Niederpleiser Friedhof, nicht wahr? Pavel hat Ihnen den Tipp gegeben.«

»Ich hatte ihm verboten, Sie zu begleiten, aber er hat es trotzdem getan«, wende ich ein. »Ich halte mich an Recht und Ordnung, und was Sie beide getan haben, war weder rechtens noch in Ordnung.«

»Pillepalle.« Sie macht eine wegwerfende Handbewegung. Die Frau ist nicht ganz dicht, das denke ich nicht zum ersten Mal. »Ich verstehe bis heute nicht, was Sie eigentlich auf dem Friedhof wollten. Marisa und Sie kannten Ihre Männer doch genau, warum waren Sie so schlecht informiert? Sie müssen gewusst haben, dass das Grab Ihrer Schwiegermutter umgestaltet wurde, nachdem die Brüder verhaftet worden waren. Werner konnte dort also gar nichts vergraben haben.«

Für das Grab ihrer Schwiegermutter habe sie sich nie sonderlich interessiert, erklärt Ellen gelangweilt. Sie habe die Frau ja nicht einmal gekannt. Manfred habe sie damals gebeten, das Grab nach der Umgestaltung in Augenschein zu nehmen, was sie angeblich auch getan hat. In Wahrheit habe sie ihm nur ein Handyfoto gezeigt, das sie vom beauftragten Steinmetz erhalten habe. »Das Grab sah ordentlich aus, warum hätte ich also hinrennen und nachschauen sollen? Ich hasse Friedhöfe. Später ist mir eingefallen, dass es ein Fehler gewesen sein könnte, mich nicht selbst zu vergewissern. Ich meine, warum haben sie das Grab umgestalten lassen? Sie hätten einen Friedhofsgärtner beauftragen können, ein bisschen Erde draufzuschütten, das hätte doch gereicht. Warum extra eine Platte? Weil die Pflege nicht uns Ehefrauen angelastet werden sollte, hieß es damals, aber vielleicht hatte Werner eine ganz andere Sorge. Es gingen wilde Gerüchte um über diesen Friedhof. Vielleicht fürchtete er, dass es durch die Trasse weiteren Ärger geben könnte. In dem Fall ist eine schwere Platte sicher die beste Lösung.«

»Aber wenn die Sache aufgeflogen wäre, dann am ehesten, als es diese Unterspülung gab, nicht später«, wende ich ein.

»Warum, bloß weil ein bisschen Erde abgesackt ist? Wenn damals etwas entdeckt worden wäre, hätte ich garantiert davon erfahren, meinen Sie nicht?«

In diesem Punkt muss ich ihr zustimmen. »Und Marisa, wusste die nichts?«

»Weil sie in der Nacht am Grab aufgetaucht ist, meinen Sie? Marisa hat sich noch weniger für Werners Angelegenheiten interessiert als ich mich für Manfreds. Sie wusste nicht genau, wer wann wo was vergraben haben kann, aber das war ihr auch egal. Wenn die Geld wittert, kennt sie keine Skrupel, wie Sie ja am eigenen Leib erfahren haben. Als ich die Vermisstenmeldung auf Radio Bonn/Rhein-Sieg hörte, habe ich eins und eins zusammengezählt. Man fahndete nach Ihnen und Ihrer Mitarbeiterin, es wurde auch das Kennzeichen Ihres Wagens durchgegeben. Da war mir die Sache ziemlich klar. Ich kenne die Räumlichkeiten, in Marisas Keller könnten die Stones auftreten und draußen würde es niemand hören. Ich war mir sicher, dass Sie beide dort unten hocken würden. Als ich ankam, stand Ihr Wagen nicht mehr vor der Tür. Marisa hatte die Meldung auch gehört, nehme ich an. Ich klingelte und gab vor, es sei an der Zeit, Frieden zu schließen, wir Witwen säßen schließlich im selben Boot. Glücklicherweise war der Sumoringer zum Training gefahren, sie war allein zu Hause. Ich hatte ein Fläschchen Nusslikör mitgebracht, den liebt sie. Der Rest ging dann ziemlich schnell, sonst hätte ich es auch gar nicht mehr bis in den Keller geschafft.«

»Sie haben sich mit Nusslikör die Kante gegeben?«

»Es war noch ein bisschen was extra drin.« Ellen grinst. »Ein Beruhigungsmittel, mit dem du einen Elefanten schlafen legen kannst. Mir war klar, dass es mich irgendwann umhauen würde, so wie es Marisa umgehauen hat. Ich hatte zwar vorher noch zwei Hallo-Wach-Pillen geschluckt, aber …«

»Sie haben auch davon getrunken?« Ich kann es kaum fassen.

Ellen verzieht den Mund. »Marisa ist schlau, die nimmt nicht einfach irgendwas, und ihr Vorkoster war nicht da. Also musste ich diese Rolle übernehmen. Ex und hopp!« Sie drückt ihre Zigarette im Aschenbecher aus und greift nach der Teekanne. Ob ich auch noch eine Tasse Darjeeling möchte? Nein, danke, der Tee schmeckt nach Leberwurst, und ich hoffe inständig, sie hat nichts reingekippt. Da wir beide aus derselben Kanne getrunken haben, wähnte ich keine Gefahr – bis ich gerade eines Besseren belehrt wurde. Habe ich mich nicht schon die ganze Zeit gefragt, warum Ellen so ruhig und ausgeglichen wirkt? Sicher, ihre größte Widersacherin ist ausgeschaltet, das entspannt. Aber wie es aussieht, hat sie einen Mord begangen, um an das Geld ihres Mannes zu kommen. Und jetzt soll sie sich so sang- und klanglos damit abgefunden haben, dass es nichts werden wird mit dem erhofften Reichtum? Oder findet sie sich doch nicht damit ab? Wie kann sie so sicher sein, dass ich das Geld nicht habe? Wieso hat sie Denise und mich nicht zu erpressen versucht, als Gegenleistung für unsere Befreiung?

Ich bemerke, dass ich wie wild an meiner Unterlippe nage. Mir wird plötzlich heiß und schwindelig, mein Herz beginnt wie wild zu klopfen. Ich kann nicht länger mit dieser Frau an einem Tisch sitzen, ich muss hier raus. Luft. Ich brauche Luft. Hilfe! Hoffentlich schaffe ich es noch bis zu meinem Wagen.

Schwer atmend lasse ich mich auf den Beifahrersitz fallen.
»Alles in Ordnung?« Herbert sieht mich besorgt an. Er hat mich hergefahren und sozusagen Aufpasser gespielt, weil Denise ein paar Tage abschalten und ihrem Arm Ruhe gönnen muss.
»Das weiß ich nicht genau.«
»Du bist kreidebleich. Was ist passiert?«
»Ich habe gepatzt«, erkläre ich. »Wir waren so gut im Gespräch, aber auf einmal ging nichts mehr.«
»Einfach so?«
»Ich bin mir nicht sicher, ob sie mich vergiftet hat.«
Herbert starrt mich erschrocken an und tritt aufs Gas.
»Ins Krankenhaus?«
»Nein, ich glaube nicht.« Es geht mir schon besser. Trotzdem fährt er schneller als erlaubt, wirft mir immer

wieder prüfende Blicke zu, fragt, ob mir schlecht sei, ob er anhalten soll. »Wie viele Finger sind das?« Er hält seine Rechte mit abgeknicktem Daumen hoch.

»Warte, ich muss zählen.« Ich starre angestrengt auf seine Finger. »Zwölf«, antworte ich, bereue meinen Scherz aber sofort, als ich seine entsetzte Miene sehe. »Herbert, ich bin ganz klar. Es war nur eine Panikattacke. Ellen hat erzählt, dass sie Marisa außer Gefecht gesetzt hat, indem sie ihr Getränk pantschte, und ich saß da mit meiner Tasse Tee, die ich schon halb ausgetrunken hatte, und auf einmal wurde mir ganz anders. Es war vielleicht ein bisschen viel in den letzten Tagen.«

Unter anderen Umständen hätte Herbert mich zusammengestaucht, jetzt nickt er verständnisvoll. Je länger wir unterwegs sind, desto mehr komme ich zur Ruhe und bin schließlich sicher, völlig in Ordnung zu sein. Auch Herbert entspannt sich allmählich wieder. »Du fühlst dich gut?«

»Ja, alles okay.«

»Bereit für Neuigkeiten?«

»Immer, Herbert, immer.«

Er hat sich nicht gelangweilt, während er draußen auf mich wartete, erfahre ich. Schmiedel habe ihn vorhin angerufen, sein alter Skatbruder und eine unserer besten Quellen.

»Und?«

»Vogel ist tot.«

»Carsten Vogel?«

»Yes. Er ist vorgestern Nacht gestorben.«

»Nicht zu fassen, der ist tot? Etwa wegen dieser Zahngeschichte?«

»Alles deutet auf Suizid hin. Mehr konnte Schmiedel nicht sagen, aber er wird bald Näheres wissen.«

Wir hoffentlich auch.

Carsten Vogel ist tot. Welch eigenartiger Zufall.

36.

Kurz vor 13 Uhr. Ich überlege gerade, was ich zum Mittagessen zaubern soll, als es an der Tür klopft; nicht vorn, sondern hinten, am Dienstboteneingang. Herbert hat den direkten Weg gewählt. Sonst findet er nie hierher, jetzt besucht er mich innerhalb weniger Tage schon zum zweiten Mal. Mit einem knappen Gruß schiebt er sich an mir vorbei und lässt sich in den Besuchersessel plumpsen. Er habe Neuigkeiten, was Carsten Vogel betrifft, teilt er mir mit. Nach seinen Informationen ergibt sich folgendes Bild: Vogel kreuzte gegen 21.30 Uhr in einer Siegburger Szenekneipe auf, es war Freitagabend und entsprechend viel los. Die meisten Gäste sammelten sich um die Theke, doch Vogel setzte sich an einen der Tische im hinteren Teil des Raumes. Er bestellte mehrere Biere und trank Ouzo dazu. Der Barkeeper erinnert sich, dass später eine Frau an seinen Tisch kam. Sie hatte dunkles, kurzes Haar, trug eine

Brille und war eindeutig nicht Vogels Ehefrau, mehr weiß man nicht. Vogel und die Unbekannte sprachen miteinander, tranken gemeinsam etwas – er noch mehr Bier und Ouzo, sie Mineralwasser –, dann ging sie. Kurz darauf, es war gegen elf, halb zwölf, zahlte Vogel ebenfalls, und der Wirt nahm an, er sei gegangen. Tatsächlich schaffte er es nur bis zur Herrentoilette, wo er sich in einer der beiden Kabinen erhängte. Er hatte seinen Gürtel um ein Heizungsrohr geschlungen, sich auf den Toilettensitz gestellt und einen Schritt nach vorn getan. Zu diesem Zeitpunkt lag sein Alkoholpegel bei zwei Promille, dazu fand sich in seinem Blut ein wilder Cocktail aus Antidepressiva, Barbituraten und Liquid Ecstasy, auch bekannt unter der Bezeichnung K.-o.-Tropfen. Kein Wunder, dass ihm die Mischung nicht bekommen war. Hinzu kam, dass seine Frau ein paar Tage zuvor die Scheidung eingereicht hatte. Das Paar lebte zwar ohnehin getrennt, weshalb Vogel sich auf dem Campingplatz hatte einnisten müssen, aber vermutlich hatte ihm das endgültige Ehe-Aus den Rest gegeben.

»So kann's gehen«, sage ich, als Herbert geendet hat. Er greift in die Innentasche seines Jacketts, holt ein Stück Papier heraus und reicht es mir. »Hier, Vogels Abschiedsbrief.«

Schon wieder einer? Ich wusste gar nicht, dass alle Welt heute noch Briefe schreibt.

Bruderherz,

nun ist es so weit: kein Aufschub mehr, kein Verdrängen, kein »Vielleicht.« Ich werde sterben, und das sehr bald. Der

Tod steht bereits vor der Tür. Noch ein Schritt, noch zwei … dann ist es vorbei. Der Gedanke fühlte sich anfangs befremdlich an, als beträfe er eine andere Person. Aber er rückte mit jedem Tag näher an mich heran wie ein unerwünschter Sitznachbar, der sich breitmacht, und ich habe schließlich gelernt, ihn zu akzeptieren, ja ihn sogar als Freund zu betrachten.

Wir haben viel falsch gemacht, du und ich. Sehr viel. Aber nicht alles. Du warst mir ein guter Bruder, zumindest als wir Kinder waren. Weißt du noch, wie du mich immer beschützt hast vor Watschen-Kalle, dem größten Schläger der Schule? Alle hatten Angst vor ihm, nur du hast dich ihm in den Weg gestellt. Und mehr als einmal hast du Mamas Ohrfeigen kassiert, die eigentlich ich verdient hätte. Ich vermisse unsere Mutter und hoffe, sie bald wiederzusehen. Vielleicht sehen auch wir uns eines Tages wieder, in einem anderen, besseren Leben. Mach's gut.

Dein Carsten

Mein Blick wandert von dem Brief in meiner Hand zu Herbert und wieder zurück. Ich lese nochmals die Zeilen. Und dann noch einmal. »Das gibt's doch nicht!«

»Da bleibt dir die Spucke weg, was?«

»Woher hast du den Brief?«

»Frisch kopiert aus der Polizeiakte.«

»Scheiße.« Ich nage an meiner Unterlippe, keine gute Angewohnheit. »Kann es sein, dass Vogel auch den ersten Brief geschrieben hat, die Zeilen, die angeblich von Werner Krämer beziehungsweise von Rachel stammten?«, überlege ich laut.

»Du meinst, er hat erst einen gefälschten Abschiedsbrief gedichtet und ihn dann später selbst genutzt, weil er ihn für so gelungen hielt?«

Das klingt absurd, ich sehe es ein. »Immerhin kannten sie sich, sie saßen alle im selben Knast«, wage ich dennoch einzuwenden, »und Ellen und Marisa sagen, Rachel habe den Brief definitiv nicht selbst geschrieben, egal, was sie behaupten würde. Vielleicht hat Vogel aber auch den echten Brief irgendwie zu Gesicht bekommen.«

»Wer sollte ihn ihm gezeigt haben?«

»Werner, unmittelbar nachdem er ihn verfasst hat, noch im Gefängnis? Manfred, als Vogel ihn bei sich zu Hause besuchte? Vogel kann auch in Krämers Haus eingestiegen sein, ihn gefunden und gelesen haben. Und hat ihn anschließend übernommen.«

»Hätte er dann nicht wenigstens die Geschichte mit Watschen-Kalle umgeschrieben?«

»Tja, ich weiß nicht. Was denkt die Polizei?«

»Nichts weiter, die Sache ist klar wie Kloßbrühe. Es passt doch alles: Vogel hat tatsächlich einen älteren Bruder, ihm ist die Frau weggelaufen, er war arbeitslos und depressiv, dazu hackedicht und zugedröhnt. Er hat die Nerven verloren, und tschüssikowski.«

»Aber vorher schreibt er noch schnell ein paar poetische Abschiedszeilen.« Ich schaue Herbert skeptisch an. »Glaubst du das?«

»Glauben tu ich an den lieben Gott«, entgegnet er. »Glaube hilft uns hier nicht weiter. Was wir brauchen, ist Gewissheit.«

Ich könnte es nicht besser formulieren.

37.

Fassen wir zusammen: Marisa und der Sumoringer sitzen wegen des Verdachts der Entführung, Freiheitsberaubung und Körperverletzung in U-Haft. Sie haben uns gekidnappt beziehungsweise eingesperrt, weil sie davon ausgingen, ich hätte das vor Jahren von den Gebrüdern Krämer erbeutete Geld an mich gebracht. Ihre Annahme impliziert, dass sie an die Existenz dieser Beute glauben und somit auch an die Echtheit des Briefes, der nicht von Rachel, sondern tatsächlich aus Werner Krämers Feder stammte. Die Formulierung »in Mutters Schoß« bleibt weiterhin nebulös. Wir können inzwischen sicher sein, dass damit weder das Grab von Ingeborg Krämer noch die Heilige Mutter Gottes von Bödingen beziehungsweise der dortige Friedhof gemeint ist. Marisa und Kai-Uwe ist es nicht gelungen, den Code zu entziffern, ebenso wenig wie Carsten Vogel.

Bleibt Ellen. Alles weist darauf hin, dass sie die Tabletten ihres Mannes manipulierte. Und es sieht ganz danach aus, als habe Manfred Krämer sie in dem Glauben eingenommen, es handele sich um seine echten Medikamente. Wir können davon ausgehen, dass die fehlende Medikation seinen Tod bewirkt oder zumindest begünstigt hat.

»Aber Ellen scheint das Versteck doch auch nicht zu kennen, es ergibt also gar keinen Sinn, dass sie ihren Mann deswegen umgebracht haben soll«, wendet Helga ein. Wir hocken mal wieder unterm Abendrot am Tegernsee. Teamsitzung.

»Vielleicht dachte sie, sie kann es allein herausfinden«, spekuliert Denise. Oder aber …« Sie stockt. »Marisa hat doch behauptet, Werner und Ellen hätten ein Verhältnis gehabt. Wenn dem so war, wird Werner gewollt haben, dass Ellen nach seinem Tod abgesichert ist. Vielleicht war die Nachricht gar nicht an Manfred gerichtet, vielleicht war sie für Ellen bestimmt. Werner konnte Ellen ja nicht direkt anschreiben, weil das merkwürdig ausgesehen hätte, immerhin war sie die Frau seines Bruders. Was, wenn ihm der Brief in die Hände fallen würde? Dieses Risiko wollte er ausschließen. Er schrieb daher vorgeblich an Manfred in der Hoffnung, dass Ellen davon erfahren würde, und verwendete einen Code, den nur sie verstand.«

»So ganz verstanden hat sie ihn offenbar nicht, sonst wäre ihr Besseres eingefallen, als Oma Krämer auszubuddeln«, wendet Herbert ein. Schade, ich hatte gerade Gefallen an dieser Idee gefunden. »Deiner Theorie nach hätte sie ihren Mann auch gar nicht umbringen müssen«, fährt er an Denise gewandt fort. »Sie hätte das Geld einfach an sich nehmen können.«

Das kann ich so nicht gelten lassen. »Es wäre viel zu auffällig gewesen, wenn Ellen von einem auf den anderen Tag steinreich geworden wäre. Sie hätte ihren Reichtum verheimlichen oder ihren Mann täuschen müssen, was die Herkunft des Geldes betrifft – angesichts der Summe wäre allerdings nur ein Lottogewinn infrage gekommen, und den hätte er ihr sicher nicht geglaubt.«

»Und wenn sie sich einfach mit dem Geld aus dem Staub gemacht hätte?«

»Dann sicher nicht nur bis nach Deutz, in dieses winzige Apartment. Nein, zu diesem Zeitpunkt hatte sie das Geld ganz bestimmt nicht. Aber sie wollte es haben, um jeden Preis, also musste sie zusehen, dass sie Manfred aus dem Weg schaffte, und zwar auf eine Art und Weise, die keinen Verdacht auf sie lenkte.«

»Wie unauffällig: Kaum kommt er sie besuchen, ist er tot«, ätzt Herbert.

Ich schüttele den Kopf. »Das kann sozusagen ein unglücklicher Umstand gewesen sein. Ellen konnte nicht wissen, dass Manfred sie aufspüren würde. Gehen wir also ruhig davon aus, sie hat ihn umgebracht, bemerkte aber zu spät, dass sie das genaue Versteck doch nicht kannte. Ihr blieb nichts anderes übrig, als umgehend danach zu suchen. Gepusht wurde sie durch ihre Schwägerin, die ebenfalls Wind von der Sache bekommen und sich auf die Socken gemacht hatte. Die ganze Angelegenheit ist im Grunde total einfach: Zwei Witwen auf der Suche nach dem großen Geld, das ihre Ehemänner angeblich irgendwo versteckt haben. Zwei, die über Leichen gehen, frei nach der Devise: Wer zuerst kommt, mahlt zuerst. Die eine haben wir drangekriegt«, schließe ich. »Bleibt die andere.«

38.

Schon wieder Besuch. Ich gehe, um zu öffnen. In der Tür steht Pavel.

»Ich mache mir Sorgen um Rachel«, sagt er. Das kommt mir irgendwie bekannt vor.

»Ich kann dich nicht reinlassen«, antworte ich. »Markus ist zu Hause, und er hat angekündigt, dir alle Knochen zu brechen, wenn du noch einmal einen Fuß in dieses Haus setzt.«

»Dann lass uns ein Stück laufen«, beharrt er. »Bitte.«
Also schön.

»Ich habe mich noch einmal mit Rachel getroffen«, erzählt er, während wir uns schnellen Schrittes von Haus und Hof entfernen. »Sie kam wieder von diesem Typen, diesem Lenni.«

»Der, bei dem sie neulich schon untergetaucht ist?«
»Ja.«
»Ihr Lover.«
»Nein, nur ein guter Freund, wie sie sagt. Interessiert sich mehr für Dope als für Mädchen, und er kriegt den Hintern morgens nicht aus dem Bett, geht also nicht zur Schule.«
»Was sagen die Eltern dazu?«
»Sind kaum da, und wenn, kriegen sie nicht mit, wen er beherbergt. Scheint 'ne Art alternatives Jugendgästehaus zu sein. Zumindest bisher.«

Für Sekunden bin ich abgelenkt, weil sich die Worte direkt in mein Gewissen bohren. »Sind kaum da, und wenn, kriegen sie nicht mit, wen er beherbergt.« Ich frage mich, wie es bei uns sein wird, wenn Yannick in das Alter kommt. »Wie bitte?«

»Ich sagte, Rachel war wieder bei ihm. Aber nachdem die Polizei neulich dort angeklopft hat, schauen seine Eltern offenbar öfter nach, was sich im heimischen Partykeller tut, und haben Rachel rausgeschmissen. Sie kam zu mir und wollte bleiben, aber das wollte ich nicht, also ist sie zurück nach Hause, zu Ellen. Und dann kam das hier.« Er hält mir sein Smartphone unter die Nase.

ELLEN HAT MICH EINGESPERRT UND BEDROHT MICH. HILF!!!MIR!!!BITTE!!!

Ich schaue Pavel an. »Und jetzt willst du, dass ich nach dem Rechten sehe?«

»Wir können zusammen fahren.«

»Mit dir fahre ich nirgendwohin.« Ich drehe mich um und lasse ihn stehen.

»Ihr Wagen ist nicht da.«

»Das muss nichts bedeuten.«

»Vielleicht doch. Ich gehe rein.«

Denise legt die Stirn in Falten. »Hältst du das für eine gute Idee?«

»Wir glauben, dass Rachel da drin ist und dass sie Hilfe braucht, sonst wären wir nicht hier, Denise. Und wir haben nicht viel Zeit.«

»Also gut, ich checke die Lage.« Eigentlich ist Denise krankgeschrieben, und ich hatte mir geschworen, sie nicht einzusetzen, bis ihr Arm wieder okay ist. Aber hier handelt es sich sozusagen um einen Notfall, bei dem ich nicht auf einen unsportlichen alten Mann setzen möchte, und

Denise war sofort bereit, mitzukommen. »Eric kann auch mal auf Merle aufpassen«, meinte sie. Es geschehen noch Zeichen und Wunder.

Entschlossen geht Denise auf den Hauseingang zu und klingelt. Nichts geschieht. Sie klingelt nochmals. Wieder nichts. Sie klingelt Sturm. Das Haus bleibt stumm. Denise dreht sich um, gibt mir ein Zeichen, und wir schwärmen aus. Sie wendet sich nach links, ich gehe rechts um das Haus herum, wir treffen uns auf der Rückseite unter einem gekippten Fenster.

»Wenn das keine Einladung ist!«, flüstert Denise und bringt sich in Position, um mir eine Räuberleiter zu machen. Leider ist das mit einem gebrochenen Arm nicht möglich, wie wir schnell feststellen. Also beugt sie sich nach vorn, und ich klettere auf ihren Rücken, stemme mich hoch, greife durch den Fensterspalt, ziehe den Hebel herum, drücke das Fenster auf – und bin drin. Ich stehe in einem Abstellraum, und hier ist niemand. Vorsichtig trete ich auf den Flur hinaus, lausche. Nichts.

»Rachel?« Keine Antwort. Ich öffne die Haustür, für alle Fälle, betrete die Küche, schaue mich eilig um, inspiziere die Einbauschränke – auf, zu, auf, zu, auf, zu. Nichts, was irgendwie verdächtig wäre. Weiter ins Wohnzimmer. Flüchtige Blicke in die Schubladen und Türen des Sideboards, in den wuchtigen Eichenschrank, in die bemalte Truhe aus Großmutters Zeiten. Fürs Schnüffeln bleibt keine Zeit, ermahne ich mich. Aber vielleicht hat Ellen doch die eine oder andere Million im Haus versteckt? Eine solche Chance bekomme ich nie wieder. Ich hänge einen billigen Monet-Druck ab, schaue hinter einen an der Wand montierten Flachbildfernseher, wage mich an das gerahmte Hochzeitsbild von Manfred und Ellen. Bingo: Dahinter verbirgt sich der Safe. Nur dass ich keine Chance habe, ihn zu öffnen. Ich gehe zurück in den Flur, gelange ins Treppenhaus. Nach oben oder nach unten? Der erste Stock erscheint mir sympathischer, da ich neuerdings eine Kellerphobie habe. Der Keller ist allerdings der geeignetere Ort, um jemanden zu verstecken. Also runter. In diesem Moment fällt mir etwas ein. Hat Ellen uns bei Marisa so schnell gefunden, weil es bei ihr zu Hause ein ganz ähnliches Szenario gibt? Hat Manni womöglich auch in seinem Haus ein Schlagzeug aufgebaut und die Wände drum herum mit Eierkartons beklebt?

Ich erreiche den unteren Treppenabsatz und stehe in einer Art Vorraum, von dem drei Türen abgehen. Spontan wähle ich eine Stahltür und finde mich im Heizungskeller wieder. Hier ist nichts.

»Bin jetzt im Keller«, berichte ich Denise über mein Mikro.

»Verstanden. Draußen ist alles ruhig. Aber beeil dich trotzdem.«

»Mach ich.« Der nächste Raum ist der Vorratskeller. Eine Regalwand, mit haltbaren Lebensmitteln bestückt, auf dem Boden ausrangierte Blumentöpfe, in der Ecke eine Gefriertruhe. Wer besitzt heute noch ein derart vorsintflutliches Ding? Bevor meine Fantasie mit mir durchgeht, reiße ich den Deckel hoch. Ein paar Plastikdosen, eine Tüte Hühnerbeine, Fertigpizzen in Kartons, von einer dicken Eisschicht überzogen, mehr nicht. Gott sei Dank.

Hinter der dritten Tür befindet sich ein kleiner Fitnessraum. Jetzt weiß ich, wo Krämer seine Muskeln geschmeidig hielt. Eine Hantelbank, eine Turnmatte, eine Reckstange, eingeklemmt in den Rahmen einer weiteren Tür. Ich gehe darauf zu, drücke die Klinke herunter.

»Rachel?« Keine Antwort. Eine Toilette, ein winziges Waschbecken, allerlei Krempel: ein Paket Klopapierrollen, ein Eimer, ein Wischmopp, Staubsauger, Putzutensilien. In der Ecke eine Duschkabine mit leicht transparentem Vorhang, dahinter, im unteren Drittel, ein kompakter Schatten, als ob jemand zusammengesunken in der Duschwanne kauert. Hitchcock lässt grüßen.

»Rachel?« Mit beherztem Schwung ziehe ich den Vorhang zur Seite. In der Kabine steht ein schmaler Wäscheständer, über dem ein vergessenes Badetuch hängt. Ich halte einen Moment inne und atme tief durch.

Hier unten ist nichts, also ab in den ersten Stock. Ich verlasse den Keller, gehe hinauf ins obere Stockwerk.

»Rachel?« Wieder keine Antwort. Die erste Tür neben der Treppe: offenbar das Kinderzimmer. Pferdeposter und Justin Bieber. Keine Rachel. Zur Sicherheit schaue ich sogar unter das Bett. Ellen hat einen Bullen von einem Mann zu Fall gebracht, sie hat die Walküre Marisa in Dornröschen verwandelt, sie würde keine Schwierigkeiten gehabt haben, ein zartes, 13-jähriges Mädchen in Tiefschlaf zu versetzen. Wenn sie ihr nicht Schlimmeres angetan hat. Langsam werde ich nervös. Nervöser, als ich ohnehin schon bin. »Rachel?«

Das nächste Zimmer bietet eine Überraschung. Als ich die Tür öffne, steigt mir eine Mischung aus Beeren, Rauch und Parfum in die Nase, kein unangenehmer Geruch. Eine große Schlafcouch, mit Kissen in Erdtönen kuschelig hergerichtet, eine zurückgeschlagene Bettdecke: Möglich, dass hier vor Kurzem jemand geschlafen hat. Neben der Couch ein indisches Tischchen, darauf Schmuck, Zigaretten, ein gläserner Aschenbecher, eine Duftkerze und ein Weinglas, in dem eine rote Pfütze steht. Der Beerengeruch rührt von dem Glas her, registriere ich jetzt. Ich schaue mich um. Neben dem einzigen Fenster steht ein zierlicher Sekretär mit geschwungenen Füßen. Hier, könnte man meinen, sitzt die Dame des Hauses und schreibt kluge, einfühlsame Briefe mit lila Tinte. Oder öffnet heimlich über Wasserdampf anderer Leute Post. Über der Stuhllehne hängt die graue Mohairjacke, die ich an ihr bewundert habe. Ganz klar: Ich bin in Ellens Nest vorgedrungen, und es hat mehr Ausstrahlung als alle anderen Räume im Haus zusammen. Sie versteht sich also aufs Einrichten, wenn sie will.

Ich klappe die Lade des Sekretärs herunter, überfliege die sorgsam gestapelte Post. Keine lila Briefe, nur Rechnungen, eine Stromzählerkarte, Werbung für ein Zeitschriftenabo. Ich öffne den Kleiderschrank, wühle mich durch Shirts, Blusen, Hosen, Kleider, finde nichts. Mit einem Seufzer schließe ich die Tür. Mir ist es gelungen, bis ins Herz des Hauses, in die Höhle der Löwin vorzudringen, und doch erfahre ich nicht mehr über Ellen, als dass sie ein Zimmer wohnlich einrichten kann. Was, zum Kuckuck, hat sie mit Rachel gemacht?

Rachel. Ich muss sie finden. Weiter zum nächsten Raum. Hinter der Tür das Elternschlafzimmer oder vielmehr das, was einmal das gemeinsame Schlafzimmer des Ehepaares Krämer gewesen sein mag. Seit geraumer Zeit, vielleicht lange bevor Ellen ausgezogen war, hatte Krämer offenbar allein in dem großen Bett genächtigt. Nur die rechte, zum Fenster gewandte Seite ist bezogen – immer noch, obwohl er tot und begraben ist.

Bett, Nachttisch, Leselampe, eine verspiegelte Schrankwand, die die Stirnseite des Raumes einnimmt – kein Bild, kein Buch, keine abgelegte Uhr, kein Paar vergessene Socken, keine einzige persönliche Note. Nur dieses halb bezogene Bett. Und eine Eiseskälte, obwohl draußen frühsommerliche Temperaturen herrschen. Hier wurde lange nicht geheizt. Vor dem Fenster breitet eine frisch belaubte Eiche ihre Arme aus. Es ist dunkel im Raum, eine graukalte Dunkelheit, durchschnitten von ein paar fadendünnen Strahlen, die sich den Weg durch das dichte Blattwerk erkämpft haben.

Ich öffne die Schiebetüren des Spiegelschranks, eine nach der anderen. Krämers Klamotten: Hemden, Hosen, Pullover. Die Michael-Jackson-Gedächtnisjacke. Ich betrachte sie und beiße mir auf die Lippen. Der unterste Knopf fehlt noch immer. Ein paar Sakkos, Anzughosen, Schlafanzüge, ein Stapel Bettwäsche. Keine millionengefüllten Aluminiumbehälter. Nur eine stabil aussehende Box auf einem Regalbrett ziemlich hoch oben. Ich muss mir einen Stuhl aus einer Ecke heranziehen, um hinaufzugelangen. Die Box ist nicht sonderlich schwer. Ich steige vom Stuhl und trage sie zum Bett, hebe vorsichtig den Deckel ab – und springe mit einem Aufschrei zurück. Mir weicht das Blut aus dem Gesicht, mit einem Schlag, ich spüre es deutlich. Krämers Kopf. In dem Karton liegt Manfred Krämers Kopf.

Der Gedanke ist ungeheuerlich, so ungeheuerlich, dass er nicht real sein kann. Aber Krämers Kopf ist real.

Tief durchatmen. Ruhe bewahren. Nachdenken. Eine Leiche ohne Kopf wäre aufgefallen, als sie zur Einäscherung freigegeben wurde, überlege ich. Und wenn nicht – die Verwesung hätte längst eingesetzt. In diesem Eiskeller?, quiekt eine hysterische Stimme in mir. Vielleicht heizt Ellen deshalb nicht. Die durchgeknallte Ellen, die ihren Mann ohnehin auf dem Gewissen hat, und wer weiß, wie viele außerdem.

Dreh nicht durch, geh hin und schau dir die Sache genauer an, befiehlt mein Verstand. Ich zögere.

»Es ist nur eine Maske.« Die Stimme klingt halb amüsiert, halb gelangweilt. Ich fahre herum, so schnell, dass mir schwindelig wird. In der Tür steht Ellen mit spöttisch verzogenem Mund. »Nun gehen Sie schon hin und sehen Sie hinein!« Sie vollführt einen ausladenden Schwenk mit ihrer Rechten, in der sie eine Weinflasche hält. Kein Widerspruch, kein Zögern, ich tue einfach, was sie sagt.

Es ist nicht Krämer, Ellen hat recht. Es ist nur ein Abdruck seines Gesichts, eine dünne Halbschalenmaske aus hautartig wirkendem Material.

»Überzeugend, nicht wahr?«

»In der Tat«, bringe ich irgendwie hervor und registriere erst jetzt kleine Löcher unter den Lidern und in der Nase. Außerdem bemerke ich mit Schrecken, dass ich mein Mikro verloren habe. Liegt es irgendwo auf dem Boden, ist es unters Bett gerutscht? Ich hoffe inständig, Denise kann mich noch hören.

»Woher bekommt man so etwas?«, frage ich, auf den Karton deutend. Meine Stimme will mir nicht richtig gehorchen.

»Connections.« Ellen grinst breit und nimmt den letzten Schluck aus ihrer Pulle. »Mein Bruder Frank arbeitet bei Lentis, schon mal davon gehört? Wollen ganz groß rauskommen mit ihren Druckern.« Der Firmenname kommt mir bekannt vor. Richtig, ich habe darüber gelesen: Lentis entwickelt 3D-Drucker mit entsprechenden Scannern, die bald den Massenmarkt erobern sollen. In Amerika sind die Dinger angeblich bereits Standard.

»Kennen Sie meinen Bruder Frank?« Ellen plappert munter weiter.

»Ich habe einmal mit ihm telefoniert«, antworte ich. »Er war sehr in Sorge um Sie.«

»Ja, der gute Frank. Hat einen dieser Superdrucker zu Hause stehen, einen Prototyp. Wir haben ihn einmal besucht, Manfred und ich, ungefähr vor zweieinhalb Jahren. Er hatte uns eingeladen, das heißt, die Einladung verdankten wir wohl eher Heike, seiner Frau. Frank wollte mit Manfred ja nichts mehr zu tun haben. ›Dein Knastbruder‹, hat er immer zu mir gesagt, also nicht zu mir, sondern zu meinem Mann. Nein, auch nicht direkt zu ihm. Zu mir hat er das gesagt, wenn er über Manfred geredet hat. Oder hat es doch zu Manfred gesagt? Egal.« Keine Frage, Ellen hat ganz schön einen sitzen. Wer hätte das nicht nach einer Flasche Wein zum Frühstück? Vielleicht hat sie sich zur Abwechslung auch mal selbst aus ihrem Medikamentenbauchladen bedient.

»Wo war ich? Ach ja, bei Frank. Frank ist mein Bruder. Er hat uns den Drucker gezeigt und das Gesicht von seinem Sohn. Ausgedruckt, meine ich. Ich fand das irre und habe ihn bekniet, von Manfred auch so einen Abdruck zu machen. Frank wollte erst nicht, aber dann hat er sich breitschlagen lassen. Als Friedensgeste, sozusagen. Es hat mehr als 24 Stunden gedauert, bis das Ding ausgedruckt war.« Ellen tritt zu mir und späht über meine Schulter in den Karton. »Schön ist's ja nicht, aber Manfred war auch nicht schön. Und fürs Straßenverkehrsamt spielt das ohnehin keine Rolle.«

Für das Straßenverkehrsamt? Ich drehe mich um und sehe Ellen fragend an, aber sie schüttelt den Kopf, dieses Rätsel soll ich gefälligst selbst knacken. Also gut: Autos anmelden, Autos ummelden, Krämers Job. Aber dafür braucht er keine Maske. Autodiebstahl? Blödsinn. Wie sollte einem die Maske seines eigenen Gesichts dabei nützen? Geschwindigkeitsübertretung kann es auch nicht sein – obwohl … Mir schießen Herberts Worte in den Sinn. »Krämer hatte ein hieb- und stichfestes Alibi. Er wurde in Hennef geblitzt.« Der Banküberfall in Altenkirchen, bei dem Krämer als Verdächtiger galt. Nicht ohne Grund, denn er war es tatsächlich: Er war der Bankräuber, und Ellen hat ihm das Alibi verschafft! Maske vors Gesicht, Kapuzenpullover drüber, dazu eine gut ausgepolsterte Jacke, fertig. Sie brauchte nur noch Gas zu geben. Ein Gaunerpaar wie Bonnie und Clyde. Ich muss es einsehen: Krämer war nicht der Bekehrte, für den er sich selbst gern ausgab und wovon auch Ellen mich überzeugen wollte. Ich habe für einen Verbrecher gearbeitet. Tu mal nicht so. Als ob du das nicht gewusst hättest, sagt mir eine innere Stimme. Oder hast du tatsächlich geglaubt, Krämers Startkapital für den Autohandel hätte er seinem eisernen Sparstrumpf entnommen?

»Der Bankraub«, sage ich zu Ellen.

»Ich habe keine Ahnung, wovon Sie reden.« Ihr Grinsen wird noch breiter. »Und jetzt stelle ich Ihnen mal eine Frage, wenn's recht ist: Was tun Sie eigentlich hier?«

»Die Tür stand auf. Ich habe gerufen, aber es hat niemand geantwortet.«

»Und da wollten Sie nach dem Rechten sehen?«

»Genau.«

»Hätt ich nicht gedacht, dass ich Sie so bald wiedersehe, wo Sie neulich so schnell weg waren, als hätte Ihnen der Teufel im Nacken gesessen.«

»Ach wo, ich hatte es nur etwas eilig.«

»Sie hatten keine Ahnung, dass ich hier bin, richtig?« Ellen kichert. »Als ich merkte, dass Besuch kommt, habe ich mich ins Bad verzogen. Um mich ein bisschen frischzumachen.«

»Und Ihr Wagen? Wo ist der?«

»In der Garage, wo ein Auto hingehört. Ein fleißiges Helferlein hat darin etwas Platz geschaffen.« Vermutlich redet sie von Pavel, aber der interessiert mich jetzt nicht. In dem Maße, in dem ich mich von dem Schrecken wegen der Maske erhole, erschöpft sich meine Geduld. »Was haben Sie mit Rachel gemacht?«

»Rachel? Keine Sorge, der geht's gut. Fragen Sie lieber, was sie mit mir gemacht hat.« Ellen setzt nochmals die Flasche an, registriert jedoch enttäuscht, dass sie leer ist.

»Also gut: Was hat Rachel mit Ihnen gemacht?«

»Ich habe neulich Geld bei ihr gefunden, viel Geld. In ihrer Schultasche. Ein toller Trick, wo sie doch nicht mehr zur Schule geht! 4.000 Euro. Nun verraten Sie mir mal: Wie kommt eine 13-Jährige an so viel Geld? Genau das habe ich Rachel gefragt, aber sie wollte nicht antworten. Ist stur wie ein Esel, die Kleine. Also habe ich mal ein bisschen Druck gemacht. Ein Kind muss auf die Erwachsenen hören, meinen Sie nicht? Wo kämen wir sonst hin. Irgendwann hat sie's eingesehen, und wissen Sie, was sie sagte? ›Ich habe das Geld von Papa, er hat's mir gegeben. Weil er mir mehr vertraut hat als dir.‹ In dem Moment ist bei mir der Groschen gefallen, da wusste ich, dass Manfred das Geld längst geholt hat. Hat so getan, als wäre er vom Saulus zum Paulus mutiert, und hat sich die Kohle geholt. Deshalb haben wir sie nicht gefunden. Ich nicht, Sie nicht, Marisa nicht und dieser Vogel auch nicht.«

»Welcher Vogel?«, tue ich ahnungslos.

»Dieser widerliche Penner, das war wirklich ein Vogel! Hat versucht, mich zu erpressen. Ich könne doch jetzt beruhigt sein, hat er gemeint. Die ganze Geschichte angeblich von der Teenie-Tochter erstunken und erlogen, die Bullen abgeschüttelt, die Detektivin ebenfalls, die ärgste Konkurrentin los – alles bestens. Jetzt könnten wir in Ruhe teilen. Er bräuchte neue Zähne, hat er mir erklärt, und die brauchte er wirklich. Haben Sie ihn mal gesehen? Er hatte ein Gebiss wie, wie …« Sie sucht nach einem Vergleich, der das Grauen annähernd beschreibt. »Wie ein Piranha, genau! Hat gedroht, ich würde ihn nicht mehr los, er würde mir von jetzt an immer auf die Finger gucken, da hat's mir gereicht. Bin ihm in eine Kneipe hinterhergefahren, war keine große Sache. Perücke auf, Make-up, Push-up-BH, ein bisschen Schaumstoff für einen dicken Arsch, und dich erkennt kein Mensch mehr. Bei Vogel hat's auch gedauert. Hab ihm gesagt, es wäre nicht gut, wenn man uns zusammen sähe, daher die Tarnung. Ich sei da, um ihm ein Friedensangebot machen, Friedensangebote mache ich ja immer gern, und hab ihm ein paar Drinks spendiert. Es war so einfach, ihm was unterzujubeln, der hat alles geschluckt, wortwörtlich. Ein Typ wie der ging wahrscheinlich sowieso in der Apotheke frühstücken. War nur schwer, ihn aufzuknüpfen, ein Hänfling zwar, aber trotzdem.« Sie schließt die Augen und sieht aus, als würde sie jeden Moment im Stehen einschlafen.

»Was ist mit Rachel?«, frage ich wieder. »Warum ziehen Sie sie in die Sache rein?«

Sie klappt die Augen auf. »Rachel und ihr Papa – immer ganz dicke die beiden. Aber Manfred hat mich übers Ohr gehauen. Er hat sich die Kohle gegriffen, ehe es sonst jemand tun konnte. Und hat die Klappe gehalten.«

»Vielleicht hatte er Bedenken, weil er ahnte, dass Sie gehen würden.«

»Aber bei einem Kind hatte er keine Bedenken?« Sie wirft mir einen ungehaltenen Blick zu und lässt sich aufs Bett fallen. »Hat sich eingeschleimt bei Rachel, sie sollte sich einen Gaul kaufen für das Geld. Einen Haufen Geld.«

»Was haben Sie mit Rachel gemacht?«

Ellen stopft sich die Kopfkissen in den Rücken und legt die Füße hoch. »Keine Sorge, die Prinzessin schläft. Bestimmt träumt sie von ihrem Prinzen. Bin mal gespannt, ob er vorbeikommt, um sie wach zu küssen.«

»Meinen Sie Pavel Kortschak?«, frage ich scharf.

»Der süße Pavel!« Sie spitzt die Lippen und schmatzt einen Kuss in die Luft. »Unser edler Ritter ohne Furcht und Tadel, Retter der Witwen und Waisen.« Ihr Lachen klingt falsch, ich höre ihr an, dass sie gekränkt ist. Pavel hat es geschafft, sie zu verletzen, was wiederum heißt, dass er nah genug an sie hergekommen sein muss.

»Frau Krämer, es reicht! Los, stehen Sie auf, wir schauen jetzt nach Rachel.«

»Tun Sie, was Sie nicht lassen können.« Ihr Arm wedelt unkoordiniert durch die Luft.

»Sie kommen gefälligst mit. Ich weiß nicht, wo sie ist.« Ich fasse Ellen am Arm, doch sie versucht, sich meinem Griff zu entziehen.

»Den Stall werden Sie doch allein finden. Waren Sie da drin nicht bereits selbst zu Gast?« Sie grinst mit geschlossenen Augen.

Der Stall. Warum, zum Kuckuck, bin ich da nicht selbst drauf gekommen? Kaum bin ich auf der Treppe, eilt mir Denise entgegen. »Johanna? Warum antwortest du nicht? Ich habe gewartet, fast fünf Minuten lang, dann bin ich rein. Ich hatte doch keine Ahnung, was mit dir los war. Verdammt, was ist mit deinem Mikro?«

»Ich muss es verloren haben.«

»Was ist passiert?«

»Erklär ich dir später.«

»Nein, sofort!« Denise kann unerbittlich sein.

»Ellen ist da drin, sie ist stockbesoffen, und ich glaube, sie pennt jetzt.«

»Und Rachel?«

»Komm mit.«

39.

Ich renne über den Hof, dicht gefolgt von Denise. Das Stalltor ist nicht verschlossen, nur der Riegel von außen vorgeschoben. Wir halten einen Moment inne. »Sollten wir nicht besser die Polizei rufen?«, fragt Denise.

»Kannst du machen.« Ich ziehe das Tor auf.

»Johanna!«

»Ich kann nicht warten, Denise. Ich muss wissen, ob sie da drin ist.« Zwei Schritte nach vorn, und ich durchlebe ein Déjà-vu: das harte Licht von draußen, das sich pfeilförmig ins Dunkel der Boxengasse bohrt, der tanzende Staub, der Geruch nach Pferd, Heu und Leder. Die Stille. Alles wie beim letzten Mal, nur dass ich unmittelbar vor Ellens Wagen stehe, den sie direkt hinter dem Eingangstor geparkt hat.

»Rachel?« Meine Stimme klingt leiser, als ich das beabsichtigt habe. Ich räuspere mich und rufe noch einmal. Niemand antwortet. Ich mache Licht und gehe auf die Box zu, die einst angeblich Stjörni zugedacht war. Die halbhohe Boxentür ist nur angelehnt. Ich stoße sie mit dem Fuß auf, werfe angespannt einen Blick ins Innere. Da liegt sie: Rachel. Ihr dunkelblondes Haar hebt sich von der dicken Strohschicht ab, auf der sie liegt. Ihr Kopf ruht auf ihrem rechten Arm, den sie untergeschoben hat. Der Rest ihres Körpers ist von einer voluminösen Bettdecke verdeckt: rosa Rosen auf himmelblauem Grund. Hier schläft Dornröschen.

Ich knie mich neben sie, fühle ihren Puls. Ein ruhiges, gleichmäßiges Klopfen.

»Braucht sie einen Krankenwagen?« Denise ist mir gefolgt und steht in der Boxentür.

»Ich glaube, sie schläft nur. Rachel?« Ich fasse das Mädchen sanft bei der Schulter.

Ein Zucken, ein Grummeln, sie bewegt sich, rappelt sich hoch, stützt ihren Kopf in eine Hand. »Hey, was tun Sie denn hier?« Ihr Haar fällt ihr wie ein Vorhang vors Gesicht, sie versucht vergeblich, es hinters Ohr zu klemmen. Schließlich setzt sie sich auf.

»Ich komme, um dich zu holen, Rachel. Alles okay mit dir?«

»Die alte Hexe hat mich eingesperrt.«

»Ich weiß. Bist du in Ordnung?«

»Ich bin total groggy, hab kaum geschlafen heute Nacht – hier gibt es Mäuse, die flitzen überall rum«, sie wedelt mit den Händen. »Wie soll man da ein Auge zukriegen?«

»Hat Ellen dir etwas angetan?«

»Sie hat mich die ganze Nacht eingesperrt, reicht das nicht? Ich hatte solchen Durst, aber sie wollte mir nichts geben, hat mir nur die Bettdecke reingeworfen. Das ist Folter!«

Es war dein Glück, dass sie dir nichts eingeflößt hat, denke ich. Ellens Getränke haben meist unerwünschte Nebenwirkungen. »Weshalb hat sie dich eingesperrt?«

»Weil sie verrückt ist. Sie hat gedroht, mich erst wieder rauszulassen, wenn ich ihr sage, wo das Geld ist. Dieses Geld, das Papa angeblich hatte. Sie dreht total durch deshalb. Sie glaubt, wir beide hätten sie über den Tisch gezogen. Aber ich bin noch ein Kind, ich kann gar nichts wissen! Und sie darf mich nicht einsperren, das ist Freiheitsberaubung. Ich könnte die Polizei rufen!«

»Das tun wir am besten sofort, Rachel. Es ist nicht in Ordnung, was Ellen getan hat.«

Denise räuspert sich im Hintergrund, und Rachel schreckt auf. »He, wer ist da?«

»Nur meine Mitarbeiterin Denise, wir sind zusammen gekommen.«

»Und Ellen, wo ist die?«

»Drüben im Haus und schläft. Komm, Rachel, lass uns gehen. Wir rufen die Polizei.«

Rachel rührt sich nicht vom Fleck. Ich fasse ihre Hand und ziehe sanft daran, aber sie sperrt sich. »Lassen Sie das mal mit der Polizei. Die haben nicht den besten Eindruck von mir, und sie freuen sich bestimmt nicht, schon wieder von mir zu hören.«

»Das spielt keine Rolle, es ist ihr Job. Du kannst hier nicht bleiben.«

»Und zu Marisa kann ich auch nicht mehr! Wenn Papa hier wäre …« Rachel beginnt zu weinen. Ich lege ihr einen Arm um die Schulter und ziehe sie an mich. »Es wird schon alles werden, Rachel. Du bist ein tolles Mädchen, du wirst das schaffen.«

»Ich muss aufs Klo.«

»Dann nichts wie los.« Zu dritt gehen wir zum Haus hinüber, und Denise postiert sich vor der Tür des Gäste-WCs. Okay, denke ich, auch wenn Ellens Verhalten untragbar ist, es sieht nicht danach aus, als hätte sie Rachel ernsthaft etwas antun wollen. Dazu hätte ein Griff in ihren Giftbauchladen gereicht. Stattdessen hat sie Abstand zwischen sich und das Mädchen gebracht, und die Verzweiflung hat sie in den Suff getrieben. Als Rachel aus der Tür tritt, macht sich mein Smartphone bemerkbar. Es ist Herbert.

»Ich hab's.«

»Was bitte hast du?«

»Ich hab's rausgefunden, die Sache mit ›unserer Mutter Schoß‹.«

»Bist du sicher?«

»Ziemlich sicher. Holst du mich ab?«

»Herbert, ich bin gerade bei Rachel und muss warten …«

»Verstehe schon, Madame hat keine Zeit«, fällt er mir ins Wort. »Erst machst du uns alle verrückt mit der Geschichte und dann ist sie auf einmal nicht mehr wichtig.« Herbert kann eine richtige Mimose sein, wenn er glaubt, seine Arbeit würde nicht genug gewürdigt.

Dabei ist mir die Sache verdammt wichtig, und ich brenne darauf, zu erfahren, was er herausgefunden hat, aber ich kann Rachel jetzt nicht allein lassen, und das sage ich ihm auch. »Sie kann nicht bei Ellen bleiben, Herbert.«

»Muss sie ja auch nicht. Erkläre ihr, dass sie Rechte hat. Soll sie selbst losgehen, jemand wird sich schon kümmern.« So sind Männer. Schnell mit allem fertig.

»Herbert, gib mir eine Stunde. Wir kommen vorbei, Denise und ich, sobald wir diese Sache hier geklärt haben.«

Er grunzt nur, aber er wird warten, und ich entscheide mich für Plan B. Das Letzte, was ich jetzt brauchen kann, ist die Polizei.

Beim Jugendamt stellt man mich zu einer Frau Sölden durch. Sie klingt freundlich und ausgeschlafen. Ich stelle mich kurz vor und schildere ihr die vorgefundene Situation. Familiäre Auseinandersetzung, Vater vor Kurzem verstorben, 13-Jährige mit der Stiefmutter aneinandergeraten, Kind eingesperrt, um es zu disziplinieren. Alkohol spiele offenbar eine Rolle. Nicht beim Kind, nur bei der Mutter.

Frau Sölden vertraut auf mein Urteil. Ob Gefahr im Verzug sei, erkundigt sie sich. Nein, jetzt sei alles ruhig, erkläre ich, weil ich nicht will, dass sie die Polizei ruft. »Ich sitze mit dem Mädchen beim Frühstück in der Küche, die Mutter liegt oben und schläft.«

Frau Sölden klingt beruhigt, meint aber, sie würde gleich vorbeikommen. Ich gebe ihr die Adresse durch. Ob ich bei Rachel bleiben könne, bis sie da ist? Selbstverständlich.

Ich erkläre Rachel, was gleich passieren wird, schmiere ihr ein Butterbrot, das sie gierig verschlingt, sorge für Nachschub und spreche sie auf das Geld an, das Ellen angeblich bei ihr gefunden hat. Die 4.000 Euro.

»In meiner Situation muss man vorsorgen«, erklärt Rachel altklug. »Ich sagte Ihnen doch schon, dass ich den Code für den Safe kenne. Papa hat ihn mir vor einer Weile verraten. Ich habe das Geld neulich genommen, als ich abhauen wollte. Hab gedacht, ich werde es brauchen für Hotels, Essen, Tickets und so weiter. Aber ich habe nicht alles genommen, kommen Sie mit.« Sie steht auf und stapft vor mir her ins Wohnzimmer. Das Hochzeitsbild. Was sich dahinter verbirgt, weiß ich bereits. Rachel hängt die Fotografie ab, tippt die Kombination in das Zahlenfeld, und die Safetür schwingt auf. Sie hat nicht zu viel versprochen. Im Safe liegt tatsächlich ein Stapel Geldscheine.

»Das sind noch 1.000 Euro«, behauptet sie. Könnte hinkommen. »Ich wollte nicht alles nehmen, keine Ahnung, warum.« Sie schließt den Safe wieder, und das Bild wandert zurück an seinen Platz. In diesem Moment klingelt es an der Haustür, und ich gehe, um zu öffnen.

Die Mitarbeiterin des Jugendamts ist jung und hübsch. Sie stellt sich als Vera Sölden vor und meint, sie habe gesehen, dass es neulich bereits einen Vorfall in der Familie gegeben habe. Sie weiß also Bescheid. Natürlich weiß sie Bescheid.

»Eine Vermisstenmeldung, das ist richtig«, stimme ich ihr zu. »Die Sache stellte sich dann allerdings als Missverständnis heraus.«

Frau Sölden nickt und fragt, ob sie jetzt mit dem Mädchen sprechen könne. Ich führe sie in die Küche, wo Rachel vor einem Glas Saft sitzt und sich eine Haarsträhne um den Finger wickelt. Ein friedliches Bild.

»Ich möchte hier nicht bleiben«, ist so ziemlich das Erste, was sie sagt, nachdem ich die beiden einander vorgestellt habe. Das müsse sie auch nicht, antwortet Frau Sölden und fragt, ob es jemanden gebe, zu dem sie gehen könne, eine Verwandte vielleicht.

»Meine Tante Marisa, aber die sitzt jetzt im Knast«, antwortet Rachel trocken und wirft mir einen unfreundlichen Blick zu.

Frau Söldens helles, glattes Gesicht bleibt ruhig, nur eine Augenbraue wandert leicht nach oben. »Keine Sorge, Rachel, uns wird schon etwas für dich einfallen.«

Die Situation ist schnell geklärt: Frau Sölden wird Rachel mitnehmen. Sie solle nur schnell ein paar Sachen packen, eine kleine Tasche, alles andere ließe sich später erledigen. Genau das hatte ich mir erhofft.

Während Rachel packt, möchte Frau Sölden nach deren Stiefmutter sehen, und ich begleite sie nach oben ins Schlafzimmer. Ein Blick auf die schnarchende Ellen genügt ihr. Es habe wohl keinen Zweck, jetzt mit ihr reden zu wollen. Frau Sölden hinterlässt eine Karte und eine kurze Notiz, das war's. Keine zehn Minuten später sind Denise und ich unterwegs zu Herbert.

40.

Werner Krämer gehörte als junger Mann den Fernspähern an, einer in Süddeutschland stationierten Einheit der Bundeswehr, die darauf spezialisiert war, Informationen in Feindesland zu gewinnen. Mittlerweile gibt es diese Einheit in ihrer alten Form nicht mehr, aber damals galt es als etwas Besonderes, dazuzugehören. Bei seinen Nachforschungen war Herbert auf einen gewissen Franz Wallner gestoßen, der damals ebenfalls zur Truppe gehörte und ein guter Freund von Krämer gewesen war. Herbert ermittelte Wallners Adresse, rief ihn an und gab sich als Seelsorger aus, der Werner Krämer bis zu dessen Tod begleitet habe. Es seien einige Fragen offengeblieben, die ihn beschäftigten, und die ihm vielleicht ein Mensch beantworten könne, der Werner in jungen Jahren gekannt hat. Wallner gab sich sehr hilfsbereit und bestätigte die frühere Freundschaft mit Werner. Er wunderte sich, nach so vielen Jahren bereits zum zweiten Mal innerhalb kurzer Zeit von ihm zu hören beziehungsweise auf ihn angesprochen zu werden. Vor einigen Monaten habe dessen Bruder Manfred angerufen und ihn über Werners Tod informiert. Er sei dankbar für den Anruf gewesen, da man immerhin einmal sehr eng zueinander gestanden habe, auch wenn das lange her sei. Wallner kannte Manfred, der seinen Bruder früher ab und zu in Süddeutschland besucht hatte. Bei diesen Gelegenheiten waren sie abends gemeinsam auf Zechtour gegangen. Damals waren beide Brüder noch nicht verheiratet, Marisa und Ellen zu dieser Zeit also außen vor. Manfred, so erzählte Wallner, habe ihm berichtet, dass Werner auch später noch viel von seiner Zeit bei den Feldjägern gesprochen habe, insbesondere von seinem alten Freund Wallner.

»Wusste Wallner von der Sache mit dem Überfall und dass Werner im Knast saß?«, fragt Denise.

Herbert nickt. »Ja, er wusste es, aber mir gegenüber sagte er nur dazu, wir alle würden Fehler machen und dass Werner ein feiner Kerl gewesen sei.«

»Dieser Wallner, was macht der?«, erkundige ich mich.

»Ist Bürgermeister in einer Kleinstadt.« Denise stößt einen leisen Pfiff aus.

»Das spielt aber alles keine Rolle, worauf ich hinauswollte, war etwas anderes.«

»Wir sind ganz Ohr.«

»Wallner geriet ins Plaudern und erzählte von alten Zeiten, von den Einsätzen der Feldjäger. Wie Werner und er einmal während eines Manövers tagelang zusammen in einer unterirdischen Kiste gehockt hatten und ihnen um ein Haar die Zehen abgefroren wären.«

»Was für eine unterirdischen Kiste?«

»Zur Ausbildung gehört es, ein spezielles Versteck anzulegen, ein Loch im Boden mit einer Klappe, die von außen nicht zu erkennen ist. Diese Verstecke dienten als geheime Rückzugsorte inmitten des Feindeslands. Wallner erzählte, ein paar Kameraden hätten sich damals einen besonderen Namen für ihre Gruben ausgedacht, und jetzt ratet mal, welchen.« Herbert schaut uns an und versucht, sein Grinsen zu unterdrücken.

Plötzlich weiß ich, worauf er hinauswill, möchte ihm den Spaß aber nicht verderben. »Spuck's schon aus.«

Sein Grinsen wird breiter. »Die Jungs scherzten damals, in ihren selbst ausgehobenen Gruben fühlten sie sich so sicher wie in Mutters Schoß.«

Denise schlägt sich an die Stirn. »Mutters Schoß, nicht zu fassen!«

»Du meinst, die Krämers haben ein solches Versteck gegraben?«

»Ich glaube, dass es dieses Loch gibt, und dass es sich unmittelbar in der Nähe der Stelle befindet, an der der Überfall stattfand. Inmitten von Feindesland, sozusagen.«

»Aber die Sicherheitsleute erklärten damals, die Täter seien davongefahren. Außerdem wäre es gar nicht möglich gewesen, die Beute vor Ort unbemerkt in ein Loch zu stecken. Denkt nur an die Spurensicherung, die den Tatort später unter die Lupe genommen hat. Ein solches Versteck wäre ihr nicht entgangen.«

»In der unmittelbaren Umgebung hätte sie es entdeckt«, stimmt Herbert zu. »Aber wir wissen, dass die Brüder kurz darauf noch einmal stoppten, um sich zu trennen. Niemand weiß, wie lange genau sie auf diesem Parkstreifen hielten, aber das Zeitfenster reichte theoretisch aus, um die Beute wegzuschaffen.« Ich denke an Hunkemöller, der sich nicht erklären konnte, wieso Werner Krämer von der Polizeistreife nahe Altenrath entdeckt worden war, obwohl er sich zu dieser Zeit eigentlich bereits weiter vom Tatort hätte entfernt haben müssen.

»Das Loch müssen sie bereits vorher gegraben haben«, denke ich laut.

»Ja, diese Gruben legt man nicht in ein paar Minuten an, und das Vorgehen erfordert eine gewisse Sorgfalt. Es kann also kein spontaner Entschluss gewesen sein.«

»Dann war alles andere Show? Die Flucht in zwei Wagen, die Explosion, bei der das Geld angeblich vernichtet wurde?« Denise macht große Augen.

»Ja, davon gehe ich aus.«

»Also gut, nehmen wir an, es gab dieses Loch«, sage ich. »Das heißt, beide kannten es, beide wussten um die Bedeutung von ›Mutters Schoß‹. Dann ergibt Werners Brief in diesem Punkt keinen Sinn mehr.«

»Wer sagt denn, dass Manfred es kannte?«, fragt Herbert hintersinnig. »Die beiden hielten an, verluden die Beute, Manfred brauste davon – in der Annahme, dass auch sein Bruder sofort losfahren würde.«

»Was der aber nicht getan hat, deiner Theorie nach. Du denkst also, Werner hat das Ding allein durchgezogen, er hat seinen Bruder betrogen?« Herbert nickt. »Und da Werner nicht spontan gehandelt haben kann, wie wir eben geklärt haben, bedeutet das, er hat den Betrug von Anfang an geplant.« Wir stehen da mit offenen Mündern. Kann es wirklich so gewesen sein?

»Als es mit Werner zu Ende ging, tat ihm der Betrug leid, und er beschloss, seinem Bruder die Beute zu überlassen, als Wiedergutmachung sozusagen«, spinnt Denise den Faden weiter. »Dabei muss er allerdings vorausgesetzt haben, dass Manfred wusste, was mit ›unserer Mutter Schoß‹ gemeint war.«

»Manfred sagte diesem Wallner doch, Werner habe viel über alte Zeiten gesprochen. Wir können also davon ausgehen, dass der Begriff irgendwann auch einmal Manfred gegenüber gefallen ist.«

»Aber wenn Werner oft davon gesprochen hat, muss auch Marisa Bescheid gewusst haben«, wendet Denise ein.

»Nicht unbedingt«, halte ich dagegen. »Die meisten Frauen interessieren sich nicht sonderlich für die Bundeswehr, insbesondere nicht für diese Sorte Alte-Kameraden-Geschichten. Außerdem lernte Marisa Werner erst später kennen. Was meinst du, Herbert?«

»Ich glaube, dass Werner die Sache mit dem Versteck allein ausgeheckt hat, und dass Manfred damals nichts davon wusste. Ich denke aber, er wird den Brief verstanden haben – im Gegensatz zu den beiden Frauen, die keinen blassen Schimmer hatten, was Werner gemeint haben könnte. Sonst hätten sie nicht alle Hebel in Gang gesetzt, das Geld zu finden, und dennoch nichts erreicht.

Nein, nein, Werner hat den Coup ganz allein ausgeheckt. Er wollte das Geld verstecken, untertauchen, die Beute kurze Zeit später holen und sich endgültig damit aus dem Staub machen, ohne vorher teilen zu müssen. Und wisst ihr, was das Geniale an seinem Plan war?« Herbert kann eine gewisse Begeisterung nicht verhehlen und hält uns sein Schlauphone unter die Nase. »Schaut her!«

Was wir sehen, ist die Fotografie eines Warnschildes:

Absolutes Betretungsverbot außerhalb der markierten Wege! Das gesamte Gelände ist aufgrund seiner historischen Nutzung mit Munition und sonstigen Kampfmitteln belastet.

»Super Idee, oder?«

Denise zieht die Stirn kraus. »Du hältst es für eine gute Idee, in vermintem Gelände ein Loch zu buddeln?«

Herbert lässt sich nicht beirren. »Versteh doch: Es ist nicht zu befürchten, dass irgendjemand durch die Büsche kriecht, sofern ihm Gefahr droht, dabei in die Luft zu fliegen. Es handelt sich um unbebautes Gelände, noch dazu nahe der Landebahnen, hier wird niemals gebaut werden. Wirklich ein cleveres Versteck.«

»Und du glaubst nicht, die Polizei hätte es damals schon gefunden?«

Nein, das glaubt Herbert nicht. Man hätte ja wissen müssen, wonach man sucht, und im vorliegenden Fall konnte niemand ahnen, was das war. Werner Krämer war mit der Beute geflohen und jagte sie kurz darauf auf einer Autobahnraststätte in die Luft, als er realisierte, dass die Sache gescheitert war, so die allgemeine Annahme. Niemand ging davon aus, dass er das Geld zwischenzeitlich andernorts versteckt hatte. Und niemand ahnte, wo er es versteckt hatte.

»Hier ist es.« Herbert deutet auf einen Parkstreifen vor uns. Wir befinden auf der Alten Kölner Straße, inmitten der Wahner Heide. Ich fahre rechts ran, und wir steigen aus.

»An dieser Stelle haben sie angehalten. Von hier aus hat Werner sich daran gemacht, die Beute zu verstecken.« Herbert deutet auf einen sandigen Weg, der von der Straße wegführt. »Das Versteck durfte nicht weit entfernt sein, er hatte wenig Zeit und einiges zu tragen. Man durfte ihn nicht sehen, weder, als er die Grube anlegte, noch, als er die Kisten einlagerte. Es war Winter, die Bäume noch nicht belaubt, das heißt …« Er hält die Nase in den Wind wie ein witterndes Raubtier, sieht sich suchend um, und sein Blick bleibt an einer großen Buche in etwa 50 Metern Entfernung haften. »Dort könnte es sein. Der Baum liegt in erreichbarer Nähe und war damals vermutlich bereits groß genug, um Sichtschutz zu bieten.« Herbert stapft unverdrossen los.

»Und was ist mit den Minen?«, rufe ich ihm hinterher.

»Wer einen Geldtransporter überfällt, hat vor so etwas keine Angst«, antwortet er, ohne sich umzudrehen.

»Ich meine dich, Herbert!«

Er winkt ab. »Ich bin alt. Ich hab mein Leben gehabt.«

»Der spinnt«, meint Denise kopfschüttelnd.

Ich sage zwar nichts, ziehe Herberts Theorie über das mögliche Versteck allerdings in Zweifel. Es gibt dichtere Wälder als in dieser Gegend, die vereinzelten Buchen sind hoch aufgeschossen, und ihre wenig ausgeprägten Kronen in luftiger Höhe taugen nicht, unerwünschte Blicke abzuwehren.

Wir folgen Herbert, bleiben aber auf dem Weg, der durch eine Gruppe junger Birken führt, dicht an dicht gedrängte Teenager, blass und biegsam, mit zarten Ästen, die sich im Wind wiegen. Der sandige Boden zu ihren Füßen ist zu dieser Jahreszeit mit dichtem, dornigem Bewuchs überzogen. Er scheint nicht willens zu sein, irgendwelche Geheimnisse preiszugeben.

Herbert steuert auf die Buche zu, die er als Erste ins Visier genommen hat, heftet seinen Blick auf den Boden, dreht eine Runde, dann eine zweite, zieht weiter in Richtung des nächsten Baumes. Er prüft die Blickachse zur Straße, begibt sich auf die entgegengesetzte Seite des Stammes, stochert mit einem Stecken zwischen Dornen, Gras und alten Blättern. Plötzlich hält er inne, geht in die Hocke, beginnt mit bloßen Händen zu wühlen. »Hier!«, keucht er. »Ich hab was!«

»Sei vorsichtig!«, rufen Denise und ich wie aus einem Mund und halten den Atem an. Herbert beginnt, achtlos alte Blätter und Erde beiseite zu fegen wie ein scharrender Hund, und hält dann inne.

»Kommt her, das müsst ihr euch ansehen!«, ruft er uns zu. Zögerlich treten wir näher. Tatsächlich: Unter dünnem Gezweig ist eine Art Naht auszumachen, zu exakt, um von der Natur geschaffen zu sein. Denise kniet sich neben Herbert, der noch mehr Laub zur Seite fegt. Für den Bruchteil einer Sekunde nehme ich in dem umherwirbelnden Braun und Grau ein schwaches Glitzern wahr, ein Aufblitzen, als sei eine Münze durch die Luft geflogen. Ich bücke mich, streife mit den Fingern durchs Laub und finde einen kleinen, runden, metallischen Gegenstand, an dem feuchte Erde klebt. Vorsichtig wische ich den Schmutz ab, halte ihn ins Licht und erstarre. Es ist ein Knopf. Ein Knopf, wie ich ihn an Krämers Michael-Jackson-Gedächtnisjacke gesehen habe, die er im vergangenen Jahr von seiner Frau geschenkt bekommen und ständig getragen hat. Der Knopf, der fehlte. Ich denke an Krämers schlechte Augen. Er wird den Verlust nicht sofort bemerkt haben.

»Heureka!« Herbert reckt die Faust in die Luft. Gemeinsam mit Denise stemmt er etwas nach oben, das wie ein hölzerner Deckel aussieht. Ich trete eilig hinzu, und wir starren zu dritt in die Grube, die sich vor unseren Augen aufgetan hat. Ein exaktes Rechteck, in dem notfalls zwei Leute hocken könnten, Wände und Boden sorgfältig mit sägerauen Brettern verschalt. Kein Zweifel: Wir haben sie gefunden, die Grube der Krämers, Mutters Schoß. Doch der Schoß ist leer.

Auf dem Rückweg zu unserem Wagen rufe ich Hunkemöller an. »Sie haben richtig gelegen mit Ihrem Riecher, dass etwas faul war an der Geschichte der Gebrüder Krämer«, eröffne ich ihm und schildere grob, was wir vorgefunden haben. »Vielleicht schauen Sie es sich gelegentlich an, wenn Sie Zeit haben.«

Nach kurzem Schweigen entschließt sich Hunkemöller, sehr bald Zeit zu haben. Ich hingegen habe keine mehr. Ich will die Angelegenheit endgültig hinter mich bringen.

41.

»›Bis dass der Tod uns scheidet‹, erinnern Sie sich an Ihre Worte, Frau Krämer? Das hat ja ruck, zuck hingehauen, würde ich sagen.« Ich habe Ellen geweckt, sie in die Küche gezerrt und ihr einen starken Kaffee eingeflößt. Diesmal bin ich durch die Haustür gekommen, ich hatte mir heute Morgen beim Hinausgehen einen Schlüssel eingesteckt für den Fall, dass ich noch einmal herkommen müsste. Und dieser Fall ist eingetreten.

»Bis dass der Tod uns scheidet!« Ellen kichert hysterisch. »Mein Gott, wenn ich gewusst hätte, dass es so schnell geht, hätte ich mir den Abend gespart, dieses ganze Getue und Gerede, wie nervig das gewesen ist!« Sie zieht eine Grimasse. »Wenn Sie mir Manfred nicht auf den Hals gehetzt hätten, hätte alles in Ruhe seinen Gang gehen können. Aber Sie mussten ihn ja nach Köln schleppen, und dass er ausgerechnet bei mir den Löffel abgeben würde – ich bitte Sie, damit war doch nicht zu rechnen!«

Nein, damit war nicht zu rechnen, denke ich. Ich schaue ihr ins Gesicht und sage: »Sie haben seinen Bruder geliebt; Sie liebten Werner, nicht wahr?«

Der Themenwechsel überrumpelt Ellen so sehr, dass sie ihre Kaffeetasse abstellen muss. In ihr geht eine Veränderung vor, ihre Züge glätten sich, ihr Blick wird klarer, als habe dieser Satz sie völlig ausgenüchtert. Schließlich antwortet sie schlicht und gefasst: »Ja, ich liebte ihn.«

Seit wann?, frage ich, und sie lacht. »Seit meiner Hochzeit, seit meiner eigenen Hochzeit! Es war wie im Film, ich weiß nur nicht, ob es eine Komödie oder ein Drama werden sollte. Ich dachte, ich liebe Manfred und das kleine Mädchen, seine Tochter. Damals mochte ich ihn, ich mochte sie beide, aber Liebe? Was Liebe ist, habe ich erst gewusst, als ich Werner begegnet bin. Wir trafen einander, und es war einfach unbeschreiblich, es war … Fügung. Ja, das Wort ist nicht zu hoch gegriffen.«

»Und er, fühlte er auch so?«

»Ja, das tat er.« Sie lächelt verhalten. »In der Folgezeit hat Werner die Nähe zu seinem Bruder gesucht, um mir nahe zu sein, um mich zu treffen. Wir waren wie im Rausch, hatten Pläne, wollten zusammen türmen, die Welt auf den Kopf stellen. Es gab nur eins, das uns fehlte: Geld. Und dann passierte die Geschichte mit dem Überfall.«

»Wussten Sie damals von diesem Plan?«

Sie schüttelt den Kopf. »Die beiden haben die Klappe gehalten, weil sie uns nicht reinziehen wollten, Marisa und mich. Aber nervös waren sie. Manfred war sehr launisch in den Tagen davor, das war er allerdings oft, und Werner … Werner kam zu mir und meinte, ich solle mich bereithalten, eine Tasche packen, nur das Nötigste, an meinen Pass denken, unbedingt. Er würde sich wieder melden und mir einen Treffpunkt mitteilen. Ich solle davon ausgehen, dass wir nicht zurückkommen würden. Ob ich bereit sei? Und ob ich es war! Es wäre der Neuanfang gewesen, den wir uns beide so sehr wünschten. Ich war so euphorisch! ›Hast du Geld‹, fragte ich ihn noch, und er sagte, darüber solle ich mir keine Gedanken machen, er würde für alles sorgen.« Sie hält einen Moment inne. »Es war das letzte Gespräch, das er mit mir in Freiheit geführt hat. Aber das konnte ich damals natürlich nicht wissen. Ich hockte zu Hause auf meiner gepackten Tasche, als ich es erfuhr. Aus der Traum.« Sie greift nach ihren Zigaretten und zündet sich eine an, sinnt eine Weile vor sich hin. »Danach begann das Warten. Tag um Tag, Jahr um Jahr. Wie lange habe ich auf Werner gewartet, und dann das! Diese Krankheit … Es war …« Sie spricht den Satz nicht zu Ende. »Bei einem meiner Besuche im Knast sagte Werner, dass er seinem Bruder gegenüber nicht fair gewesen wäre und dass ihn das belasten würde. Wir haben damals noch von einem Neuanfang nach seiner Entlassung geträumt, und als ich andeutete, Geld dafür beschaffen zu müssen, meinte er, ich solle mir keine Sorgen machen. Er betonte mehrfach, es sei für alles gesorgt. Als Jahre später dieser Brief kam, wusste ich plötzlich, was er gemeint hatte. Er schrieb die Wahrheit, nur hat er sie leider so verschlüsselt, dass es schwer war, sie zu entziffern.«

»Der Brief war also ein versteckter Hinweis an Sie?«, frage ich und denke daran, dass wir diese Möglichkeit bereits im Team erörtert hatten.

»An mich?« Ellen lächelt todtraurig. »Nein, der Brief war nicht für mich bestimmt, sondern für Manfred. Ich war nur diejenige, die ihr Leben verpfuscht hat aus Liebe. Die zwölf Jahre lang gewartet hat auf jemanden, der sich dann einfach davonstahl. Und dessen letzte Gedanken seinem tumben Bruder galten, den er mal übers Ohr gehauen hat.« Sie drückt ihre Zigarette aus und leert ihren Kaffee. Ich stehe auf und schenke ihr nach.

»Aber in dem Brief stand doch auch, dass Manfred für Sie sorgen sollte«, sage ich. »Und bei allen Fehlern, die Ihr Mann gehabt hat: Er hätte es sicherlich getan.«

»Ja, er hätte für mich gesorgt. Das Problem war nur, dass ich nicht mehr mit ihm leben wollte. Wenn ich mir vorstelle, er hätte noch ein einziges Mal seine widerlichen Pranken zwischen meine Beine geschoben …« Ellen verzieht angewidert den Mund.

»Also haben Sie beschlossen, ihn zu töten.«

Sie starrt mich mit zusammengekniffenen Augen an. »Wer sagt das?«

»Ich sage das.«

»So ein Quatsch.«

»Sie haben bereits zugegeben, Vogel umgebracht zu haben.«

»Ich soll Vogel ermordet haben? Merkwürdig, daran kann ich mich gar nicht erinnern.«

»Sie haben es vor ein paar Stunden selbst erzählt. Ich glaube nicht, dass Sie unter Amnesie leiden.«

»Vor ein paar Stunden war ich total blau. Keine Ahnung, was ich da gesagt habe.«

»Einen Mord denkt man sich nicht einfach aus.«

»Schon mal dran gedacht, dass ich Ihnen vielleicht einen Bären aufgebunden habe? Weil ich wusste, dass Sie drauf anspringen würden, weil Sie verdammt leichtgläubig sind, noch dazu für eine Detektivin?«

Soll sie behaupten, was sie will, ich werde mich nicht ablenken lassen. »Es hat keinen Sinn mehr, alles abzustreiten«, sage ich.

»Ich habe niemanden ermordet, basta. Und jetzt verschwinden Sie, Sie gehen mir auf die Nerven. Ich frage mich sowieso, warum Sie hier dauernd herumlungern. Ihr Auftraggeber ist tot, schon vergessen?«

»Ganz im Gegenteil.«

»Hauen Sie ab, sagte ich. Schicken Sie meinetwegen die Polizei her, wenn Sie es für richtig halten. Aber Sie haben hier rein gar nichts zu sagen.«

»Wir haben Tabletten in dem gelben Porsche gefunden«, erkläre ich ruhig. »Ihr Mann hat sie dort deponiert, weil er den Wagen nach Kiel überführen und über Nacht wegbleiben wollte.«

»Na und?«

»Die Tabletten waren präpariert, sie enthielten keinen Wirkstoff.«

»Was Sie nicht sagen.«

»Die Laboranalysen haben ergeben, dass Ihr Mann bereits über Wochen keine Medikamente mehr eingenommen hat.«

»Ich sagte doch, er war vergesslich.«

»Nein, das war er nicht. Er hat daran gedacht, sie vorsorglich über Nacht mitzunehmen. Rachel hat außerdem ausgesagt, sie habe häufig *gesehen*, wie er sie einnahm, bis zum Schluss, verstehen Sie? Sie sagt, sie habe immer darauf geachtet, dass ihr Vater an seine Tabletten dachte. Weil sie in Sorge um ihn war.« Ich halte kurz inne. »Ihr Mann hat gedacht, Rachel sei todtraurig, als Sie die Familie verließen, Frau Krämer, er hat ihr sogar ein Pferd besorgt, um sie wieder lachen zu sehen.« Ich sage »besorgt«, um nicht zwischen »gekauft« oder »gestohlen« entscheiden zu müssen, denn im Moment geht es mir nur um die Geste. »Dabei war Rachel gar nicht so sehr traurig über Ihren Weggang«, fahre ich fort, »sondern vielmehr, weil sie sich Gedanken um ihren Vater machte. Sie wusste von den Brief. Sie hatte Angst vor den Konsequenzen, zu denen er führen könnte. Und ihre Angst war berechtigt, wie man im Nachhinein getrost behaupten darf, sie war mehr als berechtigt.«

»Und was hat das mit mir zu tun, bitte schön? Ich war nicht da, wie Sie sich vielleicht erinnern.« Ellen greift wieder nach ihren Zigaretten.

»Die Tabletten waren gefälscht, wie wir nun wissen, und sie enthielten Spuren Ihrer DNS, Frau Krämer.«

»Das sagt noch immer nichts aus. Ich werde die Schachtel aus der Apotheke geholt haben. Das habe ich meistens getan.«

»Diese Schachtel wurde garantiert nicht von einer Apotheke ausgegeben.«

»Warum sind Sie sich da so sicher? Jemand kann sich die Schachtel geschnappt und die gefälschten Dinger reingetan haben. Wer sagt denn, dass ich es war? Es kann genauso gut jemand anders gewesen sein. Denken Sie beispielsweise an diesen widerlichen Vogel, von dem Sie eben gesprochen haben.«

»Die Spuren befanden sich *unter* der aufgeschweißten Folie. Frau Krämer. Eine Hautschuppe, eine Wimper … Die Polizei wird Ihnen das sicher besser erklären können.« Zwar weiß die Polizei noch nichts von ihrem Glück, aber der Zweck heiligt die Mittel, habe ich entschieden. Ellen raucht schweigend, mit unveränderter Miene. Doch ich sehe, dass ihre Hand mit der Zigarette zu zittern beginnt.

»Mrs. Holmes glaubt alles zu wissen, nicht wahr?« Sie grinst müde wie eine, die sich in ihr Schicksal ergeben hat.

»Nein, nicht alles. Ich weiß nicht, wie Manfred über den Brief seines Bruders gedacht hat.«

»Warum interessiert Sie das?«

»Ich wollte einer Familie helfen, wieder zusammenzufinden. Dieses Vorhaben ist kolossal gescheitert.«

»Dafür können Sie nichts.«

»Frau Krämer, ein Kind hat seinen Vater verloren, ist Ihnen das eigentlich bewusst? Ich möchte zumindest ein klein wenig verstehen.«

Ellen schweigt lange. »Was wollten Sie wissen?«, fragt sie schließlich.

»Was geschah, nachdem Manfred den Brief bekommen hatte?«

Sie drückt ihre Zigarette im Aschenbecher aus. »Er gab ihn mir zu lesen, sagte aber nichts dazu. ›Was wirst du tun?‹, fragte ich, und er meinte: ›Gar nichts.‹ Ich habe lange nachgedacht über diesen komischen Satz mit Mutters Grab, nein, Mutters Schoß, aber ich dachte, da Ingeborg tot war, konnte nur ihr Grab gemeint sein. Und Manfred hatte offenbar denselben Gedanken. Als ich ihn darauf ansprach, wurde er sehr böse und meinte, er würde jedem persönlich den Hals umdrehen, der sich am Grab seiner Mutter zu schaffen machte. Er sei fertig mit allem, fertig mit seinen kriminellen Machenschaften, und er wolle als ehrlicher Mann sterben.« Sie zündet sich eine neue Zigarette an und bläst Rauch durch die Nase. »Vom Saulus zum Paulus, wie ich schon sagte. Eine tolle Show! Ob ehrlich oder nicht, mir war egal, wie er stirbt. Ich wollte das Geld. Und zwar für mich allein. Aber ich konnte Manfred nicht einfach erschießen, also musste ich mir etwas Besseres einfallen lassen. Da kam mir die

Idee mit den Tabletten, die fand ich ziemlich gut. Und sie war auch gut, nicht wahr?« Sie schaut mich bestätigungssuchend an. »Ich habe mir wirklich Mühe gegeben. Und da ich nicht wollte, dass auch nur der leiseste Verdacht auf mich fällt, bin ich ausgezogen. Habe meinen Kram gepackt und bin weg. Ich hatte Glück, dass ich sofort eine Wohnung gefunden habe, sie gehörte einer jungen Frau, die für ein Semester ins Ausland gegangen ist. Alles lief perfekt, bis Sie auf den Plan traten - und Manfred ausgerechnet in meiner Wohnung tot zusammenbrach. Im ersten Moment dachte ich, damit ist alles für die Katz, aber dem war nicht so. Ich musste nichts weiter tun, als die Tabletten schnell aus seinem Haus zu schaffen und durch die echten zu ersetzen, ehe jemand Verdacht schöpfen konnte. Dabei haben Sie mir sogar noch geholfen, erinnern Sie sich? Sie waren diejenige, die mich hierher gefahren hat nach Manfreds Tod. Ich glaubte, sie bald abwimmeln zu können und schmiedete Pläne, wie ich am besten an das Geld herankäme. Aber dann musste Rachel ausgerechnet Marisa von Werners Brief erzählen, und ich sage Ihnen: Diese Frau ist noch geldgeiler als ich. Von da an lief alles aus dem Ruder, zumal auch noch dieser schmierige Vogel den Braten gewittert hatte. Ich habe keine Ahnung, was Werner ihm im Knast erzählt hat und warum er es tat, aber Fakt war, dass Vogel von der Beute wusste. Er hatte allerdings nicht die geringste Ahnung, wo das Geld sein könnte, also hat er sich zunächst an Manfred rangeschmissen. Aber Manfred hat ihn gehasst, weil es nämlich Vogel gewesen war, der ihm gesteckt hatte, dass ich Werner viel häufiger im Gefängnis besucht habe als ihn.«

»Oh, Manfred hat von Ihrer Beziehung zu Werner gewusst?«

Ellen inhaliert tief und starrt auf das glühende Ende ihrer Zigarette. »Die längste Zeit hatte er keinen blassen Schimmer, bis Vogel sich einmischte«, fährt sie fort. »Von da an lag die Sache eigentlich auf der Hand, aber Manfred hat sich dagegen gesperrt, er wollte es nicht wahrhaben. Er sah mich als sein Eigentum an, auf das niemand sonst Anspruch hatte.«

»Und Sie haben nie darüber gesprochen?«

»Doch, das habe ich.« Sie drückt ihre halb geraucht Zigarette aus und schiebt den Aschenbecher von sich weg. »In jener Nacht, in der er gestorben ist. Ich wollte eigentlich kein Wort darüber verlieren, aber dann wurde mir klar, dass Manfred nichts verstanden hatte und immer noch dachte, ich müsste nach seiner Pfeife tanzen. Da konnte ich mich nicht länger beherrschen und sagte ihm auf den Kopf zu, dass ich ihn nie geliebt habe, sondern immer nur Werner; dass ich alles darum gegeben hätte, mit ihm mein Leben verbringen zu dürfen. Ich hätte wirklich alles dafür gegeben. Alles.«

»Und wie hat Manfred reagiert?«

»Er sagte gar nichts, saß nur da und sah mich an wie ein geprügelter Hund. Und dann hat er Probleme mit dem Herzen bekommen. Ich habe ihn ins Schlafzimmer geführt, ihm geholfen, sich hinzulegen, Hose und Hemd auszuziehen. Ich dachte, so sähe es am unverfänglichsten aus, falls er stirbt. Was ja auch geschah. Sie kennen die offizielle Version: Der Tod ereilte ihn, während wir beide friedlich nebeneinander im Bett lagen – was niemand bezweifelt hat.« Wieder beginnt sie zu kichern und steht auf. »Wenn ich das gewusst hätte, hätte ich mir die ganze Arbeit sparen können, ich hätte einfach nur zu sagen brauchen: ›Manfred, ich liebe Werner‹, und bumm!, er wäre tot umgefallen!« Sie wendet sich ab und holt eine Flasche Weißwein aus dem Kühlschrank, schenkt sich ein Glas ein und leert es in einem Zug.

Es wird Zeit für mich zu gehen, ehe die Stimmung kippt. Ich habe genug gehört, mein Mikro hat alles aufgenommen. »Ich lasse Sie jetzt allein«, sage ich und stehe auf.

Ellens Kopf schnellt herum. »Nein. Das werden Sie nicht tun.«

»Doch, Ellen. Wir haben genug gesprochen, ruhen Sie sich aus.« Bis die Polizei kommt, füge ich im Stillen hinzu.

»Sie bleiben hier!« Ellen reißt eine Schublade auf und hält plötzlich eine Waffe auf mich gerichtet. »Sie kriegen mich nicht dran, verstanden? Ich werde jetzt nicht aufgeben, nach alldem, was ich mitgemacht habe. Ich habe mir die Kohle verdient, sie gehört mir! Werner hat dieses Geld damals für uns gewollt, er hat es für mich gewollt, sonst hätte er den Überfall nicht begangen. Und ich will es jetzt, ich will meinen Anteil. Bedenken Sie: Ich habe nichts zu verlieren. Meine große Liebe ist tot, mein Mann ist tot, meine Stieftochter liebt mich nicht. Ich will frei sein, und das geht nur mit Geld. Wenn ich es nicht bekomme, soll's mir auch egal sein, dann gehen wir gemeinsam den Bach runter. Leben, sterben, was heißt das schon? In ein paar Jahren sind wir ohnehin alle in Vergessenheit versunken.«

»Ellen, bitte, Sie sollten …«

»Setzen Sie sich, oder ich drücke ab!«

»Die Polizei ist bereits alarmiert, Ellen. Sie muss jeden Moment hier sein.« Es gibt Situationen, in denen man der Wahrheit ein wenig vorgreifen muss, und dies hier ist eine. »Sie mussten nur einen Haftbefehl erwirken, aber der liegt in diesem Moment garantiert bereits vor.«

»Halten Sie die Klappe! Wenn hier auch nur einer reinmarschiert, sind Sie tot, kapiert?«

»Waffe fallen lassen!« Plötzlich steht Denise in der Tür, ihre Pistole im Anschlag. Ellen fährt erschrocken herum, und noch ehe sie auf Denise zielen kann, ist diese schon bei ihr und tritt ihr mit einem gezielten Sprung die Waffe aus der Hand. Im Nu haben wir Ellen überwältigt, und Herbert legt ihr Handschellen an. Denise und ich werfen einander einen schnellen Blick zu. Woher hat er die Dinger plötzlich? Alte Gewohnheiten kann man offenbar nicht ablegen.

Das Weitere überlasse ich meinen beiden Mitarbeitern. Ich trete vor die Tür, atme die frühlingsfrische Luft, halte mein Gesicht in die Sonne, um die düstere Stimmung abzuwehren, die mir ins Herz kriecht. Zwei Menschen tot, zwei weitere haben ihr Leben ruiniert, ein Kind ohne Eltern: nur des Geldes wegen. Geld, das niemanden glücklich machen wird. Nicht einmal Marisas Sternen wird sich der Sinn des Ganzen offenbaren.

Während wir auf die Polizei warten, wollen mir Ellens Worte nicht aus dem Sinn gehen. »Leben, sterben, was heißt das schon? In ein paar Jahren sind wir alle in Vergessenheit versunken.«

42.

Die Jugendwohngruppe liegt in einer ruhigen Seitenstraße in St. Augustin. Rachel öffnet mir die Tür, sie hat mich bereits erwartet. Mit einem Lächeln bittet sie mich herein, erkundigt sich höflich nach meinem Befinden, als hätte sie einen Benimmkurs gemacht. Ich gehe auf das Spiel ein und erkläre, ich könne nicht klagen, viel spannender sei allerdings die Frage, wie es ihr ginge. Sie hat sich gut eingelebt und fühlt sich wohl in der Gruppe, erfahre ich. Tatsächlich sieht sie frischer aus, ausgeschlafener, entspannter. Sie trägt ihr Haar offen und hat einen Hauch blauen Lidschatten aufgetragen, wodurch sie merkwürdigerweise nicht älter, sondern jünger wirkt.

»Lass uns an die frische Luft gehen«, schlage ich vor. Ich bin mir nicht sicher, ob und in welcher Form die Jugendlichen hier überwacht werden, und was ich Rachel zu sagen habe, ist nicht für fremde Ohren bestimmt. Also verfrachte ich sie in meinen Wagen und steuere in Richtung Siegaue. Zwischen Wiesen, Feldern und der Sieg, die munter dem Rhein entgegenplätschert, können wir ungestört reden. »Gehst du wieder zur Schule?«, erkundige ich mich.

»Selbstverständlich.«

So selbstverständlich war das vor Kurzem nicht, denke ich und sage: »Ich habe dir dein Geld mitgebracht.«

»Wozu?« Rachel sieht mich verwundert an. »Ihre Aufgabe haben Sie doch erfüllt: Ellen wurde verhaftet, und das war es, was wir wollten.« Sie grinst, aber ich spüre ihre Unsicherheit. Und ihren Schmerz.

»Von Kindern kann ich kein Geld nehmen«, sage ich.

»Das fällt Ihnen erst jetzt ein?« Der Spott ist nicht zu überhören.

»Alle vier Wochen klopft mein Gewissen an die Tür, und gestern war es mal wieder so weit.« Rachel reagiert nicht auf meine Bemerkung, sondern schaut zum Wasser hin. »Allerdings dachte ich, dass es vielleicht besser ist, wenn ich es eine Weile aufhebe, bis du älter bist«, ergänze ich. Ihr Blick wandert zurück zu mir.

»Okay«, sagt sie gedehnt, schüttelt den Kopf und fängt an zu lachen. »Und ich dachte schon, Sie meinten es ernst.«

Jetzt bin ich irritiert. »Natürlich meine ich es ernst, Rachel. Glaubst du, ich will dich über den Tisch ziehen?«

»Na klar.«

Ich bleibe stehen und schaue ihr in die Augen. »Blödsinn!

Aber es ist eine Menge Kohle, du bist erst 13, und ich weiß nicht, ob du in deiner Wohngruppe …«

»14«, fällt Rachel mir ins Wort. »Ich hatte vor drei Tagen Geburtstag.« Auch das noch. Ausgerechnet jetzt, wo sie gerade ihre komplette Familie verloren hat. Mit gespielter Heiterkeit gratuliere ich ihr nachträglich und frage, wie sie den Tag verbracht hat.

»Kira hat mich besucht und zwei weitere Freundinnen aus der Schule«, erzählt sie. »Die Erzieher haben mir einen Kuchen gebacken und eine kleine Party organisiert, das war cool.« Sie macht eine Pause und fügt hinzu: »Pavel war auch da.«

Aha, Pavel war auch da. Sie sagt das, als habe sie sich das Beste bis zum Schluss aufgehoben. »Er hat mir das hier geschenkt.« Stolz hält sie mir einen Anhänger hin, den sie an einem langen Lederband um den Hals trägt, eine filigran gearbeitete Silberkugel, in deren Inneren sich eine zweite, rosa schimmernde Kugel befindet.

»Wie nett von ihm«, heuchle ich. »Sehr hübsch.«

»Das ist ein Engelsrufer. Pavel hat ihn von einer alten mexikanischen Heilerin bekommen. Sie sagte, er solle ihn gut aufheben für jemanden, der ihm am Herzen liegt.«

Ich bezweifle, dass Pavel je einen Fuß auf mexikanischen Boden gesetzt hat, aber bei ihm kann man sich nie sicher sein.

»Horchen Sie mal!« Rachel hält mir die Kugel ans Ohr und schüttelt sie sanft. Ein feiner Glockenklang ertönt. »Das hören die Engel. Man kann sie damit rufen, wenn man sie braucht.«

Ich muss zugeben, dass mir die Idee mit dem Engelsrufer gefällt. Rachel kann jede Unterstützung brauchen, egal von welcher Seite. Womit Pavel mal wieder die Nase vorn hätte bei der Antwort auf die Frage, was dem Mädchen momentan mehr hilft: ein Zauberamulett, das Engel anlockt, oder ein Briefumschlag voller Geldscheine, die irgendwann in ferner Zukunft in ihren Besitz übergehen. Aber mein Mitleid hat Grenzen, und es gibt noch einiges mit diesem Mädchen zu klären. »Was ich dir sagen wollte: Wir haben das Versteck der Beute gefunden.« Erneut schweigt Rachel und beobachtet scheinbar konzentriert einen kleinen braun gefleckten Hund, der einem Schmetterling nachjagt.

»Hast du verstanden, was ich gesagt habe?«

Sie nickt und sagt leise: »Mutters Schoß.«

»Warum hast du gelogen? Warum hast behauptet, du hättest diesen Brief geschrieben? Die ganze Geschichte war doch nicht ausgedacht, sie war real.«

Rachel schiebt die Unterlippe vor. »Es war Marisas Idee«, erklärt sie säuerlich. »Sie meinte, Sie hätten die Sache zu sehr hochgekocht. Alle Welt suchte plötzlich nach dem Geld, und dann haben Sie auch noch die Polizei eingeschaltet ... Das war nicht gut, für niemanden.«

»Warum nicht? Weil für Marisa die Gefahr bestand, nicht mehr an die Kohle ranzukommen? Oder für Ellen?«

Warum ich ausgerechnet sie das fragen würde, weicht Rachel aus, und ich beschließe, die Sache direkt anzugehen.

»Was ist damals passiert, zu der Zeit, als dein Vater den Brief bekommen hat?«

Rachel zieht eine Grimasse und kämpft sichtlich mit der Entscheidung, ob sie die Sache für sich behalten oder auspacken soll. Schließlich ringt sie sich zu einer Antwort durch. »Nachdem ich den Brief gefunden hatte, bin ich zu Papa gegangen und habe ihn darauf angesprochen. Ich habe zugegeben, dass ich ihn gelesen habe, und wollte wissen, was er zu bedeuten hat. Da hat Papa es mir gesagt.«

»Einfach so?«

»Nein. Er hat darüber nachgedacht und gemeint, ich hätte ein Recht darauf, die Wahrheit zu kennen, weil sie ja auch mein Leben betreffen würde. Dann hat er mir von dem Überfall erzählt. Davon, dass er Geldsorgen hatte und Onkel Werner auch. Dass sie gedacht hätten, bald alle Probleme los zu sein, wenn sie den Geldtransporter ausrauben würden. Sie begingen also den Überfall, kassierten die Beute und flohen. Das ist die offizielle Geschichte.« Sie hält inne und sieht mich bedeutungsvoll an. Sie ist stolz darauf, die Wahrheit zu kennen, stolz darauf, die Dinge zu durchschauen – offenbar im Gegensatz zu mir. Kein Kind kann widerstehen, wenn es gegenüber einem Erwachsenen die Oberhand gewinnt.

»Und wie war es wirklich?«, hauche ich mit atemloser Spannung, die nur zum Teil gespielt ist.

»Das Geld befand sich nicht mehr in dem Fluchtfahrzeug«, verrät Rachel mir. »Sie hatten es vorher in einen anderen Wagen verfrachtet. Mein Vater sollte mit dem ersten Wagen weiterfahren und ihn in einer Garage verstecken. Es sollte so aussehen, als seien sie damit weiterhin unterwegs. Werner hätte zwischenzeitlich das Geld mit dem anderen Wagen in Sicherheit bringen sollen. Doch das hat er nicht getan, stattdessen hat er es in einem Loch vergraben – ohne dass Papa davon wusste.«

»Sorry, sprechen Sie bitte langsam, ich bin über 30«, werfe ich ein und frage scheinbar verständnislos nach. »Es hieß doch, Werner habe seinen Wagen mitsamt der Beute in die Luft gesprengt, nachdem man ihn umstellt hatte.«

»Es war abgemacht, den Wagen anzuzünden, um Spuren zu verwischen. Aber Papa hat geglaubt, Werner wollte ihn auf jeden Fall hochgehen lassen. Es waren Geldkisten im Kofferraum deponiert, die er vorher beschafft haben muss. Und er hat einen kleinen Teil der Beute geopfert, damit alles echt aussah.«

»Und wenn der Coup geglückt wäre?«

»Hätte es vielleicht wie ein Versehen gewirkt, zu viel Sprengstoff, der zu schnell explodierte.«

»Okay, das wäre vielleicht die offizielle Annahme gewesen. Aber wie hätte Werner deinem Vater sein Verhalten erklärt?«

Rachel zuckt die Achseln. »Das habe ich Papa auch gefragt, aber er konnte mir keine Antwort darauf geben. Heute glaube ich allerdings, er wollte mir nicht antworten, denn seit dieser Schmierlappen mit mir gesprochen hat, dieser Vogel, bin ich schlauer.«

»Carsten Vogel hat mit dir gesprochen?«

»Ja, und ich hoffe, ich sehe den Arsch nie wieder.« Sie weiß nicht, dass er tot ist, denke ich. Und ich werde bestimmt nicht diejenige sein, die ihr diese Nachricht kundtut. »Was wollte er von dir?«

»Keine Ahnung. Eigentlich wollte er zu Ellen, aber die hat ihn abblitzen lassen. Also kam er zu mir und fing an zu labern. Er meinte, er habe meinen Vater gut gekannt, und meinen Onkel auch, den sogar noch besser, sie hätten ja alle in Hagen eingesessen. Im Knast lerne man sich am besten kennen, blabla. Ob ich wüsste, dass meine Stiefmutter meinen Onkel viel öfter besucht hat als meinen Vater, hat er gefragt. Nein, das habe ich nicht gewusst, woher auch? Sie hat ihn so oft besucht, weil die beiden was miteinander hatten, hat Vogel behauptet. Und wissen Sie was?« Rachel bleibt stehen und sieht mich eindringlich an. »Der Typ hat die Wahrheit gesagt. Plötzlich ergab alles einen Sinn: Ellen und Werner hatten was miteinander, deshalb hat Werner Papa austricksen wollen. Er brauchte einen Dummen, der mit ihm die Sache durchzieht, einen, auf den er sich notfalls verlassen kann. Und den er anschließend bescheißen kann. Wenn's geklappt hätte, hätte er sich mit Ellen aus dem Staub gemacht, und

Papa hätte in die Röhre geguckt. Werner hätte das Geld eingesackt und wäre mit Ellen abgehauen, verstehen Sie? Dann hätte er nicht mehr überlegen müssen, wie er die Sache erklärt, er wäre fein raus gewesen. So sehe ich das Ganze. Dumm war nur, dass alles schiefging, was schiefgehen konnte, und zwar von Anfang bis Ende. Als Werner krank wurde und merkte, dass er nicht lebend aus dem Knast rauskommen würde, hat ihn das Gewissen gepackt, meinte mein Vater. Er wollte offenbar etwas wiedergutmachen und hat deshalb den Brief geschrieben.«

»Und dein Vater? Hat er gewusst, was mit ›Mutters Schoß‹ gemeint war?«, wage ich zu fragen.

Rachel denkt eine Weile nach. »Das war so ein Ding aus Onkel Werners Bundeswehrzeit«, sagt sie dann. »Er war bei den Feldstechern … nein, Fernspäher hießen sie. Die haben Löcher gebuddelt, die sie ›Mutters Schoß‹ nannten, weil sie drin hocken mussten wie Embryos.«

»Und das hat dir dein Vater erzählt?« Rachel nickt. »Und Ellen? Wusste die davon?« Sie schüttelt den Kopf. »Er hat es ihr nicht gesagt?« Ich gebe mich überrascht. »Und Marisa? Sie war immerhin Werners Frau.«

Rachel rümpft verächtlich die Nase. »Hätten die beiden dann so ein Theater veranstaltet?«

Ich kann es kaum fassen: Rachel hat die Wahrheit gekannt, offenbar als Einzige. Alle anderen, die Bescheid wussten, sind tot. Dieses Mädchen hat geschwiegen, der Stiefmutter gegenüber, der Tante gegenüber, gegenüber allen, die sie kannte. Selbst mir gegenüber, die ich doch für sie ermitteln sollte. Und allmählich wird mir klar, was das zu bedeuten hat. Aus welchem anderen Grund sollte Rachel mir in den Rücken gefallen sein, als es eng für sie wurde? »Dein Vater hat das Geld geholt, nicht wahr?«, frage ich leise.

»Woher soll ich das wissen? Ich bin noch ein Kind.« Rachel klimpert mit ihren blauen Lidern. Ein Lächeln huscht über ihr Gesicht, auf einmal sieht sie sehr viel älter aus. Sie legt einen Zeigefinger an ihre Lippen, und ich weiß nicht, ob es nur eine zufällige Geste ist oder ob sie damit ausdrücken will, dass sie nicht mehr sagen wird. Eine Weile gehen wir schweigend nebeneinander her.

»Und, was wirst du demnächst tun?«, frage ich schließlich. »Hast du Pläne?«

Rachel lässt sich einen Moment Zeit mit der Antwort. »Ich glaube, ich werde mir ein Pferd kaufen«, erklärt sie nachdenklich und fügt mit einem schrägen Blick in meine Richtung hinzu: »Aber eins, auf dem ich auch reiten kann.«

»Keine schlechte Idee«, sage ich schmunzelnd. »Allerdings solltest du es auch bezahlen können.« Ich ziehe den Briefumschlag aus meiner Jackentasche und will ihn ihr reichen, doch sie hebt abwehrend die Hand.

»Nicht nötig. Behalten Sie's.«

Ich zögere kurz, dann stecke ich das Kuvert wieder ein. Als ich wenig später am Straßenrand halte, um Rachel vor ihrer Wohngruppe abzusetzen, klopft Pavel in heiterem Rhythmus an die Seitenscheibe, mit strahlendem Lächeln wie eh und je.

ENDE

DANKSAGUNG

Ich danke allen, die mich unterstützt und dazu beigetragen haben, dass aus einer Handvoll Ideen ein Buch wird. Besonderer Dank gilt meinem Mann, der an mich glaubt, meiner Lektorin Katja Ernst für ihr kompetentes Feedback und die freundliche Unterstützung sowie Polizeihauptkommissar Thomas Zirngibl von der Kreispolizeibehörde Rhein-Sieg-Kreis, der selbst das Zeug zum Krimiautor hat.

Durch die zahlreichen Anregungen ist die Handlung authentischer geworden, auch wenn sie selbstverständlich fiktiv ist und nicht den Anspruch erhebt, die Realität abzubilden.

Michaela Küpper

*Weitere Krimis finden Sie auf den
folgenden Seiten und im Internet:*

WWW.GMEINER-SPANNUNG.DE

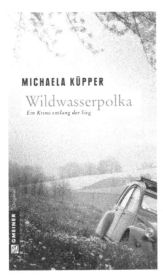

MICHAELA KÜPPER
Wildwasserpolka
....
978-3-8392-1431-2 (Paperback)
978-3-8392-4175-2 (pdf)
978-3-8392-4174-5 (epub)

»Mit einer gehörigen Portion schwarzen Humors fesselt der erste Siegtalkrimi von Michaela Küpper.«
Siegener Zeitung

Ein scheinbar alltäglicher Auftrag entpuppt sich für Privatdetektivin Johanna Schiller als brandgefährliche Angelegenheit: Während sie in Sachen ehelicher Untreue ermittelt, wird sie Zeugin eines angekündigten Doppelmordes. Kurz darauf entdeckt sie eine Leiche im Kofferraum ihres Wagens – aus der Jägerin Johanna ist eine Gejagte geworden. Hals über Kopf flieht sie aus ihrer Heimatstadt Siegburg ins Siegtal, doch ihre Verfolger sind ihr dicht auf den Fersen …

WWW.GMEINER-VERLAG.DE
Wir machen's spannend

STEFAN KELLER
Kölner Wahn
....
978-3-8392-1749-8 (Paperback)
978-3-8392-4761-7 (pdf)
978-3-8392-4760-0 (epub)

»Der fünfte Fall für Privatdetektiv Marius Sandmann«

Ein Obdachloser verbrennt im Keller eines Mietshauses. Die Polizei glaubt an einen Unfall – Privatdetektiv Marius Sandmann an Mord. Er stößt auf Gemälde, die der Obdachlose gemalt hat. Beeindruckende, beängstigende, brutale Bilder. Musste er ihretwegen sterben?

Als Sandmann sich auf die Suche nach Angehörigen dieses Outsider-Künstlers macht, entdeckt er ein schreckliches Familiengeheimnis und zieht die Aufmerksamkeit eines Mörders auf sich, der 20 Jahre unentdeckt geblieben ist.

KLAUS ERFMEYER
Gutachterland
....
978-3-8392-1771-9 (Paperback)
978-3-8392-4805-8 (pdf)
978-3-8392-4804-1 (epub)

»Der 8. Fall für Rechtsanwalt Stephan Knobel«

Ehrgeiz und Können haben den arroganten Dortmunder Patrick Budde zu einem anerkannten Psychologen und Sachverständigen gemacht. Als sich seine Frau Miriam von ihm trennt, bittet er Rechtsanwalt Stephan Knobel darum, seine Ehe abzuwickeln. Doch der Routineauftrag nimmt schnell eine überraschende Wendung: Miriam verschwindet mit einem Mann, der nach einem früheren Gutachten Buddes ein gefährlicher Triebtäter ist.

GMEINER SPANNUNG

WWW.GMEINER-VERLAG.DE
Wir machen's spannend

MARGIT KRUSE
Wer mordet schon im
Hochsauerland?
....
978-3-8392-1780-1 (Paperback)
978-3-8392-4823-2 (pdf)
978-3-8392-4822-5 (epub)

»Das beliebte Wanderziel Hochsauerland verwandelt sich in einen Mordschauplatz.«

Wer schlug dem Förster des Alten Forsthauses in Rehsiepen den Schädel ein? Wieso gab es einen Toten am Hundegrab der Isolde von der Hunau? Warum hat der Heilstollen Nordenau dem smarten Guide den Tod gebracht? Weshalb landete der Knappenchorleiter aus dem Kohlenpott vor der Duisburger Hütte mit dem Kopf im Grillfeuer?

Mord und Totschlag im Hochsauerland. Begleiten Sie die Autorin auf ihrer mörderischen Reise in ihre zweite Heimat. Wälder und Täler, forellenklare Bäche und Flüsse sowie malerische Fachwerkdörfer wollen entdeckt werden.

BIRGIT EBBERT
Wer mordet schon im
Ruhrgebiet?
....
978-3-8392-1776-4 (Paperback)
978-3-8392-4815-7 (pdf)
978-3-8392-4814-0 (epub)

»Dort, wo die Verbrecher wohnen«

Nach einem Klassentreffen liegt einer der ehemaligen Kameraden tot in der Burgruine Isenburg. Am Ümminger See wird eine Frauenleiche gefunden. Im Archäologischen Park Xanten verschwinden nacheinander Teilnehmer eines PR-Wettbewerbs. Anja Kleine, Krimi-Buchhändlerin, Sven Keppelmann, Hobbyermittler, und der gerade vom Bergmann zum Privatdetektiv umgeschulte Hannes Haarmann haben alle Hände voll zu tun. Denn das Verbrechen scheint sich im Ruhrgebiet wohlzufühlen.

WWW.GMEINER-VERLAG.DE
Wir machen's spannend

SUSANN BRENNERO
Meyerling ermittelt in
Düsseldorf
....
978-3-8392-1790-0 (Paperback)
978-3-8392-4841-6 (pdf)
978-3-8392-4840-9 (epub)

»Lösen Sie 30 Rätsel-Krimis aus Düsseldorf und der Umgebung!«

Düsseldorf ist eine Stadt der Superlative: Am Rhein steht der Fernsehturm mit der weltgrößten Digitaluhr und in der Altstadt lockt Altbier an der längsten Theke der Welt. Doch Kriminalkommissar Maximilian Meyerling hat keine Zeit, die Vorzüge seiner Stadt zu genießen. Auf der Grafenberger Rennbahn wurde ein Jockey ermordet, im Hofgarten liegt eine Leiche und in Kaiserswerth ist ein Mann über Bord gegangen. Auf Meyerling warten insgesamt 30 Fälle, die es in sich haben.

SEABSTIAN THIEL
Geheimprojekt Flugscheibe
....
978-3-8392-1799-3 (Paperback)
978-3-8392-4859-1 (pdf)
978-3-8392-4858-4 (epub)

»Ein Kriminalroman über Rache, Krieg und Liebe, der einen erschütternden Einblick in die Intrigen des Zweiten Weltkriegs gewährt.«

Im Februar 1945 taucht ein unbekanntes Flugobjekt mit deutschem Hoheitszeichen am Himmel auf. Mühelos besiegt es den neuesten deutschen Jagdbomber im Vergleichsflug. Ist Hitler etwa im Besitz einer Wunderwaffe? Panisch alarmiert ein Widerständler seine Verbündeten.

In Düsseldorf ahnt Nikolas Brandenburg davon nichts. Er denkt pausenlos an die Tochter seines toten Freundes. Lebt sie wirklich noch, wie sein Erzfeind Luger behauptete? Nikolas macht sich auf den Weg zu Luger in die Wewelsburg, die Ordensburg der SS.

Das Neueste aus der Gmeiner-Bibliothek

Unsere Lesermagazine

Bestellen Sie das kostenlose KrimiJournal in Ihrer Buchhandlung oder unter www.gmeiner-verlag.de

Informieren Sie sich ...

www ... auf unserer Homepage:
www.gmeiner-verlag.de

@ ... über unseren Newsletter:
Melden Sie sich für unseren Newsletter an
unter www.gmeiner-verlag.de/newsletter

f ... werden Sie Fan auf Facebook:
www.facebook.com/gmeiner.verlag

Mitmachen und gewinnen!

Schicken Sie uns Ihre Meinung zu unseren Büchern per Mail an gewinnspiel@gmeiner-verlag.de und nehmen Sie automatisch an unserem Jahresgewinnspiel mit »mörderisch guten« Preisen teil!

GMEINER SPANNUNG

WWW.GMEINER-VERLAG.DE
Wir machen's spannend